HOLLY BLACK
THE QUEEN OF NOTHING

空境之诗

森林战歌

［美］霍莉·布莱克　著

洪丹莎　陈拔萃　译

台海出版社

北京市版权局著作合同登记号：图字 01-2020-4977

THE QUEEN OF NOTHING: Copyright © 2019 by Holly Black
Published by agreement with Baror International, Inc., Armonk, New York,
U.S.A. through The Grayhawk Agency Ltd.
Simplified Chinese edition copyright © 2023
China Pioneer Publishing Technology Co., Ltd
All rights reserved.

图书在版编目（CIP）数据

空境之诗 . 森林战歌 /（美）霍莉·布莱克著 ; 洪
丹莎 , 陈拔萃译 . -- 北京 : 台海出版社 , 2023.8
　书名原文 : THE QUEEN OF NOTHING
　ISBN 978-7-5168-2758-1

　Ⅰ. ①空… Ⅱ. ①霍… ②洪… ③陈… Ⅲ. ①长篇小
说—美国—现代 Ⅳ. ① I712.45

中国版本图书馆 CIP 数据核字 (2021) 第 278011 号

空境之诗 . 森林战歌

著　者：[美]霍莉·布莱克		译　者：洪丹莎　陈拔萃	
出版人：蔡　旭		责任编辑：俞滟荣	

出版发行：台海出版社
地　　址：北京市东城区景山东街 20 号　邮政编码：100009
电　　话：010-64041652（发行，邮购）
传　　真：010-84045799（总编室）
网　　址：www. taimeng. org. cn/thcbs/default. htm
E - mail：thcbs@126. com

经　　销：全国各地新华书店
印　　刷：大厂回族自治县德诚印务有限公司
本书如有破损、缺页、装订错误，请与本社联系调换

开　本：620 毫米 ×889 毫米　　　　1/16
字　数：234 千字　　　　　　　　印　张：17
版　次：2023 年 8 月第 1 版　　　印　次：2023 年 8 月第 1 次印刷
书　号：ISBN 978-7-5168-2758-1

定　价：59. 00 元

···

献给李 · 巴杜格，
一个从不轻易放过我的人。

THE QUEEN OF NOTHING

———·— 第一卷 —·———

精灵之王已许下誓言，

与大地之女结下良缘。

他们神圣尊贵的后代，

受十字架与圣水庇护，

必不畏惧诅咒的爪牙。

倘若一切皆为宿命！

愿这一天不要来临！

不要来临！

———《精灵之歌》

（埃德蒙·克拉伦斯·斯特德曼）

序　章

皇家占星师巴芬斜眼凝视着头顶的星图，不敢眨一下眼睛——那颗代表精灵族新生王子的星，即将坠落了。

卡丹王子出生一周后，才得以面见至尊王。而在他之前的五位皇族子嗣，都是一出生就被送到至尊王面前的，彼时他们身上的血水还未洗净，哭声不绝，散发着新生儿的勃勃生机。但这一次，阿莎夫人却不让至尊王前来探望，直至她感觉自己的身体状态有所好转。

眼前这个婴儿干瘪枯瘦，不哭不喊，黑洞般的双眸紧盯着至尊王埃尔德雷德。婴儿用力甩了一下屁股上那根鞭子一样的尾巴，威力之大，几乎使襁褓都散开了。阿莎夫人好像也不知道应该怎么抱他。她伸长了手臂，把婴儿抱得离自己远远的，似乎希望有谁能来接过手。

"告诉我，他的命运如何。"至尊王催促道。

此时的王座大厅里只有寥寥数人——宫廷诗人兼内政大臣凡人瓦尔·莫伦、来自常务委员会的钥匙大臣蓝达林，以及占星师巴芬。他们是来见证新王子诞生的。

至尊王的声音在空旷的王座大厅中回荡。巴芬犹豫了，但他别无选择，只能回答。在卡丹王子出世前，埃尔德雷德已经有五个孩子了，这个数量令他的子民震惊，毕竟空境人的血脉稀薄，生育率也很低。星图昭示了前五位王子和公主在诗歌、政治等方面所能取得的成就，以及他们的善良和邪恶。但这一次，巴芬从星图中看到的却是完全不同的东西。

"卡丹王子将会是您的最后一位皇嗣，"这位皇家占星师说道，"他将成为王冠的毁灭者和王权的颠覆者。"

阿莎夫人不禁急促地倒吸一口气，第一次把孩子抱入怀中，似乎想保护他。婴儿在她怀中挣扎着。"是谁影响了你对星图的解读？难道是埃乐温公主对你说了什么？又或者是达因王子？"

"要是她把孩子摔到地上就好了。"巴芬脑海中浮现出邪恶的念头。

至尊王的大手来回抚摸着下巴。"难道没有办法阻止这一切吗？"

巴芬从星图里看到了很多谜团，唯独看不见明晰的答案。这虽是一件坏事，但也不乏好处。他常常希望自己能够看穿更多事情，但这一次，他可不这么想。他低下头，避开至尊王凝视的目光，说道："只有用他自己的鲜血，才能换来伟大君王的诞生，但在那之前，我的预言必将成真。"

埃尔德雷德转向阿莎夫人和婴儿——这个厄运的预兆。婴儿像石头一样安静，既不哭也不闹，只有尾巴还在不停地抽打着空气。

"把这个孩子带走，"至尊王说道，"随你怎么抚养他。"

阿莎夫人毫不畏惧。"我会用适合他的方式去养育他。不管怎么说，他是王子，是你的儿子。"她的语气干脆而生硬。

巴芬想到，有些预言之所以成真，恰恰是因为人们试图采取行动阻止它。这个想法让他心里很不舒服。

所有人都站着，沉默不语。不一会儿，埃尔德雷德向瓦尔·莫伦点头致意，莫伦随即离开了大殿，回来时，手里拿着一个细长的木盒，盒盖上雕刻着蜿蜒的树根图案。

"这份礼物，"至尊王说道，"是为了感谢你让我们绿石楠王朝更加繁盛。"

瓦尔·莫伦打开盒子，里面是一条精美绝伦的项链，镶嵌着硕大的绿宝石。埃尔德雷德拿起项链，放在阿莎夫人的头上，又用一只手的手背轻抚阿莎夫人的脸颊。

"您太慷慨了，我的陛下。"阿莎夫人的语气缓和了一些。她怀中的婴儿攥紧双拳，昂着头，深邃的眼眸看着自己的父亲。

"下去休息吧。"埃尔德雷德的声音比刚才柔和。

这一次，阿莎夫人顺从了。离开时，她高昂着头，把孩子抱得紧紧的。巴芬忽然打了一个冷战，一个不祥的预感在脑海中一闪而过。这个预感与星图的预言无关。

至尊王埃尔德雷德再也没有去看望过阿莎夫人，也没有召见过她。也许他应该放下成见，好好培养自己的儿子。但看到卡丹王子，他就仿佛看到了王朝飘忽不定的命运。因此，他选择避而不见。

阿莎夫人作为王子的母亲，迫切地希望重回宫廷生活，尤其是在至尊王不待见自己的情况下。她的脑海中时常涌现出奇思妙想和往昔的欢乐趣事。她无比怀念以前那种轻松快乐的幸福生活。不过，她可不能带着一个拖油瓶去参加舞会，所以她给孩子找了一只小产过的猫当奶妈。

这样的日子一直持续到卡丹王子学会翻身。因为那个时候，猫妈妈又怀孕了，身体笨重，而卡丹王子总是去揪它的尾巴，所以猫妈妈逃到马厩去了。卡丹王子再次被撇下了。

卡丹王子无人关爱，无人照拂，在偌大的宫廷中自己长大了。谁又敢阻止王子躲在餐桌下，狼吞虎咽地啃食从餐桌上偷来的食物呢？他的哥哥姐姐们只会嘲笑他，像逗小狗似的戏弄他。他很少穿衣服，身上往往只挂着花环。侍卫们靠近时，他会朝他们扔石头。除了他母亲，没有人能管住他，但阿莎夫人从不制止他粗鲁的行为，甚至恰恰相反。"你是一位王子，"每次卡丹王子在冲突中占下风或是不敢要什么东西时，阿莎夫人就会坚定地跟他这么说，"皇宫里的一切都是你的，你只管索取就是。"有时候，她说得更简单——"我要那个东西。去拿过来。"

精灵的小孩和凡人的小孩不一样。前者只需要一点儿微不足道的爱就够了。他们晚上睡觉时不需要大人哄，也不用躺在被窝里，只要裹一角桌布，就可以在大厅里某个冰冷的角落睡得踏踏实实；他们无需接受喂食，只要在厨房里舔一舔露水，吃一点儿脱脂干面包和奶油就很满足了；他们也不需要别人的安慰，因为他们几乎不会哭泣和流泪。

普通的精灵孩子也许只需要一点儿关心和爱护，而精灵王子还需要一些忠告教导。倘若卡丹王子接受过教育，那么在他哥哥达因让他去射那个凡人头顶上的核桃时，他一定会明智地拒绝。但他习惯了意气用事，任性妄为。

"精妙的箭法最能讨父亲的欢心，"达因王子说着，不禁露出戏谑的窃笑，"但这可能太难了。算了吧，万一失手就不好了。"

对于一个迫切希望得到父亲的关注却从未如愿的人而言，这样的话太有诱惑力了。卡丹没有考虑过那个凡人的身份，也没想过一个凡人怎么会出现在宫廷里，更不可能知道那个人是瓦尔·莫伦的挚爱，也不知道如果他死了，瓦尔·莫伦会有多么疯狂。

如果悲剧就此发生，达因王子就能不费吹灰之力地站在至尊王身边更显眼的位置上了。

"太难了？算了？懦夫才说这种话！"卡丹幼稚地虚张声势。很显然，他中了哥哥的激将法，变得更狂傲了。

达因王子笑了。"那至少交换一下弓箭吧。这样万一你射偏了，就可以说是我的弓箭有问题。"

对于这突如其来的善意，卡丹王子本应保持警惕，但是他的大脑仍未开化，不知何谓真情，何谓假意。他不假思索地将达因王子的弓箭搭上弓弩，拉开弓弦，瞄准核桃。有那么一瞬间，卡丹感觉心中一沉——自己很可能会射偏，很可能会伤到那个男人。但下一秒，他心中就燃起了一把狂放的愤怒之火，他决定做一件震惊所有人的事，让父亲再也不能无视自己！如果做好事不能引起至尊王的注意，那就做一件非常、非常坏的事！

卡丹激动得手都抖动起来。

那个凡人的双眼盛满泪水，非常恐惧，但浑身僵硬，无法动弹，显然，他中了魔法。没有人会自愿当作靶子。就在这一刻，卡丹王子有了新的想法。他刻意假笑一下，放松了弓弦。弓箭从槽口掉了下来。"我才不会在这样的环境下射箭呢，"他说着，感觉自己很荒谬，竟然退缩了，"这风把我的头发都吹乱了，根本看不清楚。"

然而达因王子却举起弓箭，把卡丹换给他的箭射了出去，直接把凡人的喉咙刺穿了。凡人闷声倒地，两眼睁得浑圆，瞳孔逐渐失去焦点。

这一切发生得如此之快，卡丹甚至来不及尖叫，来不及做出任何反应。他只是盯着自己的哥哥，慢慢地，一个恐怖的想法侵入他的大脑。

"啊，"达因王子满意地笑道，"太可惜了，你的弓箭射偏了。也许你可以跟父亲抱怨说是因为头发遮住了眼睛。"

在这之后，无论卡丹王子如何为自己辩护，都没有人相信他。达因早就料到了这一点。他讲述了一个"鲁莽、傲慢的小王子和弓箭"的故事。至尊王甚至不允许卡丹在场旁听。

尽管瓦尔·莫伦强烈要求判处卡丹死刑，但至尊王还是按照宫廷的法则，以惩罚其他王子的方式来惩罚卡丹。至尊王把阿莎夫人锁进了遗忘塔，让她代替卡丹受罪。他庆幸自己终于找到理由这么做了，因为他发现这对母子都喜欢招惹是非。卡丹王子的监护权落在了大王子贝尔金头上，他是众王子中最残忍的一个，但也是唯一愿意接纳卡丹的人。

从此，卡丹臭名远扬，尽管他不是始作俑者。

第一章

　　我，茱德·杜尔特，流亡中的精灵至尊王后。早上大部分时间，我都沉迷于各式各样的电视节目中：烹饪比赛、卡通栏目，还有一档重播的挑战赛——参赛者要不断用刀把各种箱子和瓶子划开，再切开一整条鱼，才算完成挑战。下午，如果欧克愿意的话，我会对他进行训练。晚上，我就给当地的精灵跑跑腿，办些杂事。

　　我保持低调行事。其实我一开始就应该低调一点儿的。但如果现在我要咒骂卡丹，那我也必须咒骂自己。我就是个傻瓜，愚蠢地踏入他为我设下的陷阱。

　　小的时候，我总是幻想自己能重回人类世界。我常常和塔琳、薇薇安一起回忆人类世界的种种，回忆草坪刚修剪完的泥土和青草味，回忆汽油的气味，回忆我们在邻居家后院玩捉迷藏的样子，回忆夏天在散发着漂白水气味的泳池里畅游的场景。我还会梦见用茶粉冲泡的冰茶和橘子口味的冰棒。我曾经多么渴望平凡的东西：马路上热沥青的气味、街灯上缠绕得乱七八糟的电线和各种朗朗上口的广告词。

　　可现在，我真的要永远留在人类世界了，竟又无比怀念起空境来。我渴望魔法，也想念魔法。甚至，我好像有点儿怀念身处恐惧之中的战栗。我感觉现在的自己每天都活在梦中，一场无休止的梦，没有一天是完全清醒的。

　　我用手指敲着刷过漆的木质野餐桌。还只是早秋时节，但缅因州已经很凉爽了。夕照将公寓大楼外的草坪印上了斑驳的图案。我看着欧克在高速公路边的森林里和其他小朋友玩耍。这些小朋友和我们住在同一栋楼里，有的年纪比较小，有的比八岁的欧克要大，他们每天都坐同一辆黄色校车上下学。他们玩的战争游戏完全不讲规则，就像所有孩子小时候玩过的一样。大家手拿树枝相互追赶，用树枝攻击对方，但目标是对方手上的树枝，而不是对方本身。每当有一根树枝断了，他们就会尖叫着大笑起来。我却注意到他们所使用的剑法招式都是错误的。

我静静地看着他们做游戏，突然，我发现欧克使用了魔法。

他应该是无意识的吧，我想。当时他正悄悄靠近其他孩子，但他所在的地方没有任何遮蔽物。他一直往前走，就这样光明正大地走到了其他孩子面前，却没有被人发现。他越走越近，那些孩子还是没有看向他。突然，他往前一跳，挥舞着手中的树枝，他的玩伴受到了惊吓，发出尖叫。

他隐身了。他用了魔法。而我，一个始终对魔法保持警惕防备的人，竟然直到他施展完才发现。孩子们只是觉得欧克很机灵或很幸运，只有我知道，他是多么大意。

我等待着。孩子们陆续回家了，只剩下我弟弟欧克。我不需要魔法，哪怕地上铺满落叶，我也能悄无声息地偷袭他。只一招，我就成功地用手臂绞住了欧克的脖子。我用力箍紧他的喉咙，试图让他感到恐惧。他往后一顶，角差点儿打到我的下巴。招式还不赖。他想摆脱我的控制，但没有全力以赴。他知道是我，他不怕我。我用力收紧手臂。如果绞喉的时间足够长，他就会晕倒。他想说话，但开始缺氧了。他完全忘了以前的训练，开始挠我的手臂、踢我的腿，疯狂而猛烈地攻击我。我很自责。我只是希望他能感觉到害怕，因为害怕而努力反击，并不是真的想吓坏他。

我松开手，他踉跄着走了几步，喘着粗气，双眼满是泪水。"为什么要这样？"他瞪着我，眼神中满是责怪。

"我要提醒你，战斗可不是游戏。"我感觉自己变成了马多克，连声音仿佛都不是我自己的了。我不希望欧克像我一样，有一个愤世嫉俗且充满恐惧的童年。但我希望他能好好活着，而马多克至少教会了我如何生存。

但是怎样才能教会欧克正确的东西？我只有一个支离破碎的童年，拿什么去教育他呢？万一我所重视的东西都是错误的呢？

"如果有人真的想伤害你，你怎么办？"

"我不管，"欧克说，"我不在乎那些东西。我不想当国王。永远不想当国王！"

我静静地盯着他看了好一会儿。我多希望他是在撒谎，但是，他是精灵，他撒不了谎。

"我们不可能自由地决定自己的命运。"我说。

"如果你那么在乎，那你去统治吧！"他说，"我不会去的。永远不会！"

我紧紧咬住后槽牙，以免自己发飙吼他。"我不行，你也知道，我现在是通缉犯。"

他用力地跺自己的小蹄子。"我也是！我之所以来到人类世界，就是因为父亲要抢那个蠢王冠，你也要抢，人人都想要。可是，我不想要。那东西是受诅咒的。"

"所有的权力都是受诅咒的。"我说，"现在，我们之中最可怕的人正在不择手段地夺取权力，而那些能将权力运用好的人却不想承担责任，但这并不意味着他们能永远逃避下去。"

"你不能强迫我当至尊王。"他说着向后退，然后转身跑向公寓楼。

我瘫坐在冰冷的地面上，心里清楚自己把这次谈话搞砸了。我意识到，马多克训练塔琳和我的办法，比我训练欧克的要高明得多。我也意识到自己是多么自大和愚蠢，竟然妄图控制卡丹。

我知道，在这场博弈游戏中，我其实早已出局。

公寓内，欧克房门紧闭。而我的精灵姐姐薇薇安此时正靠在厨房的柜台上，看着手机傻笑。她一看到我，就抓着我的手，一圈又一圈地转起来，直转得我头晕。

"我和希瑟和好了！"她激动地说着，声音里透着无尽的喜悦。

希瑟是薇薇的人类女友。她能忍受薇薇隐瞒过去，也能忍受突然冒出来的欧克和他们一起生活。但是，当她发现薇薇不是人类，还对她使用过魔法后，她决定和薇薇分开，搬了出去。这次分开是薇薇活该，虽然我很不想这么说，因为我希望自己的姐姐快乐，而希瑟确实让她很快乐。

我抽出身来，疑惑地对她眨了眨眼。"什么？"

薇薇把手机拿到我面前晃了晃。"她发信息给我了。她说想回来。我们会和好如初的。"

落叶不会重新连接树藤，破开的核桃肉无法严丝合缝地塞回核桃壳里，变了心的女友也不会突然回心转意，假装什么都没有发生过而重归于好。

"我看看。"我伸出手去拿薇薇的手机。

她把手机递给我。

我翻看之前的对话，大部分是薇薇发出的道歉内容，然后是一些不经大脑的承诺，最后是越来越绝望的乞求，而希瑟那边几乎没有说话，只有零星几条信息，大意都是："我还需要时间冷静。"最后是这样一条信息：

我想忘了精灵的事，忘掉你和欧克都不是凡人的事。我不想再这样下去了。如果我要求你把我的记忆清空，你会吗？

我盯着屏幕上的文字看了好一会儿，深吸一口气。我明白薇薇为什么会把这条信息理解为要求和好，但我认为她想错了。如果这条信息是我发的，那我最不希望看到的就是薇薇答应我的要求。相反，我希望薇薇让我相信，即使她和欧克都不是人类，他们也会爱我；我希望薇薇能告诉我，假装没有精灵这回事是无用的；我希望薇薇跟我坦诚相待，说她以前做错了，以后无论如何也不会一错再错。总之，如果我发出这样一条信息，那只是一个考验。

我把手机交还给薇薇。"你打算怎么回复她？"

"我会答应她所有的要求。"我姐姐说。

精灵的誓言对于凡人而言自然是无比奢侈的，但对于一个必须遵守诺言的精灵而言，却是彻头彻尾可怕的。

"也许她并不知道自己真正要的是什么。"我说。无论怎么做，我都于心有愧。薇薇是我的姐姐，希瑟是人类。我对她们俩都有所亏欠。

但是现在，薇薇只觉得一切都会变好，完全没兴趣去想其他事情。她露出轻松灿烂的笑容，从水果筐里拿起一个水果抛到空中。"欧克是怎么了？又摔门又跺脚的。难道现在青春期的小孩都这么浮躁吗？"

"他不想当至尊王。"我告诉她原因。

"哦，这样啊。"薇薇朝他的房间瞥了一眼，"我还以为是什么大事呢。"

第二章

晚上要去工作。太好了。

生活在人类世界的精灵和生活在空境的精灵需求不一样。在精灵世界边缘生存的寂静族人们不喜欢狂欢作乐，也不喜欢宫廷的阴谋诡计。但没想到，他们竟然有很多奇怪的任务要交给我这种人——一个了解精灵，而且不怕偶尔打打架的人类。我离开空境一周后就认识了布莱恩。这个精灵突然出现在公寓外面，全身黑毛，脑袋像羊头，脚像羊蹄子，手捧一顶圆顶礼帽。他说自己是蟑螂的老朋友。

"我明白你现在处境尴尬，"他一边说，一边用那双古怪的金色羊眼看着我，矩形的黑色瞳孔总是保持水平状态。"按照官方的说法，你应该已经遇难了，对吗？所以你没有社保号，也不能去人类学校读书。"

"而且还在找活干。"我猜这是他的目的，便直截了当地告诉他，"私活。"

"你在别的地方可找不着我这儿这么多私活，"他一边给我打包票，一边抬起羊蹄子放在心脏的位置，"请允许我做一下自我介绍。我叫布莱恩，是一只羊头福卡精灵，如果你还没猜出来的话。"

他没有让我发誓效忠于他，也没让我许诺什么的。我想接多少活就接多少，至于能赚多少钱，就看我有多大胆了。

今天晚上，我们约在湖边碰面。我骑着二手自行车一路飞驰。这辆自行车买来没多久后轮就瘪了，不过毕竟价格摆在那儿，反正够我在这附近活动了。

布莱恩的穿着打扮特别讲究：帽子上系着一根丝带，丝带上装饰着几根颜色艳丽的鸭毛。为了搭配帽子，他还穿了一件花呢外套。我越走越近，只见他从外套一侧的口袋里掏出一只手表，瞥了一眼之后，眉头拧成了一个"川"字。

"噢，我迟到了吗？"我问道，"对不起，我习惯根据月光的角度来判断时间。"

他露出很厌烦的表情。"就算你在宫廷里待过，也不用给我摆架子。你现在什么也不是。"

我是精灵至尊王后。这个想法毫无预警地在脑海中闪现，我紧紧咬住口腔两侧的肉，不能把这么荒谬的话说出来。他说得对，我什么也不是。

"什么任务？"我泰然自若地问道。

"旧港口有族人吃当地居民。我需要找个人阻止她。"

我简直不敢相信，他还会在乎人类的生命，甚至花钱让我去阻止这件事。

"当地的人类居民？"

他摇摇头。"不，不，不，吃的是咱们精灵族人。"话音刚落，他似乎想起来在跟谁说话，有些结巴。我尽量不把他的口误当成是对我的身份认同。

杀人，还吃人？听起来可不是什么轻松的任务。"雇主是谁？"

他紧张地笑了一声。"没谁，只是一个做好事不留名的人。反正他们很乐意雇你去做这件好事。"

布莱恩喜欢雇我干活，其中一个原因就是我能接近精灵。精灵们从不认为凡人会偷他们的东西，或是悄悄捅他们一刀。他们不会想到凡人也能不受魔法影响，能知道他们的习惯，还能看穿他们糟糕的还价伎俩。另一个原因是，我太需要钱了，所以我很乐意接这样的任务——这种从一开始我就知道会失败的任务。

"地址？"我问道。

他塞给我一张对折的纸。

我把纸展开，低头看了一眼。"这薪酬可得给够啊。"

"五百美元。"听他的语气，这仿佛已经是高价了。

我们的房租是两千美元一个月，还没算日常的吃穿用度呢。希瑟走后，我要分摊的房租接近八百美元。我还想给自行车换个新轮胎。五百美元根本不够。何况这次任务难度如此之高。

"一千五。"我抬起眉毛还价道，"现金，要激光验钞。先给一半，如果我回不来了，另一半付给薇薇安，作为对我家人丧亲的补偿。"

布莱恩抿紧了嘴唇。我知道他有钱，他只是不想给我那么多，好让我不得不接受他安排的所有工作。"一千。"他妥协了，伸手从花呢外套贴身的口袋里摸出一叠用银色夹子夹住的钞票，"看，我现在就能付订金，你可以直接拿走。"

"行。"我同意了。对于一个一晚上就能解决的任务而言，这个价格还不错，当然前提是我能活着回来。

他把现金拿给我，从鼻子里哼出一口气。"等你完成任务再找我。"

我的钥匙串上有一个激光小手电。我用手电筒仔细照了每一张钞票的边缘，确保都是真钞。让布莱恩知道我是个谨慎的人总没有错。

"还要五十块路费。"我突然开口。

他皱起眉头。过了一会儿，他把手伸到外套的另一个口袋里，把额外的钱递给我。"务必完成任务。"他说。

这家伙竟然没有推诿，这可不是一个好预兆。也许在接下任务之前，我应该再多问两句，应该再多要些钱。但现在已经太迟了。

我踏上自行车，和布莱恩挥手告别，一蹬脚就往城里去了。曾经，我以为自己会是英勇的骑士，驾驭着威风的骏马，在各种竞赛中搏斗，身上闪耀着荣誉的光辉。可惜，我的天赋最终将我引入另一条完全不同的道路上。

我想自己在精灵中也算是出色的杀手，但其实我真正擅长的是惹空境人生气。希望这能让我成功搞定杀人魔，达成我的目的。

在找杀人魔对质之前，我决定到处打听打听。

我先是见到了一只叫喜鹊的精灵，他住在迪林橡树公园的一棵树上。他告诉我，他听说杀人魔是一只红帽精灵。这当然不是好消息，但至少我和红帽精灵一起长大，熟知他们的本性。红帽精灵迷恋暴力、鲜血和谋杀。只要一段时间不杀人，他们就会变得焦躁不安。传统型的红帽精灵还有一顶专门的风帽，他们将其浸泡在被自己击败的敌人的鲜血中，仿佛那帽子能从死者的血液中获得生命力。

我问喜鹊知不知道杀人魔的名字，可惜他并不知情。他把我引荐给拉得哈。这是一只酒精灵，他总是偷偷摸摸地躲在柜台后面，趁别人不注意偷吸一口啤酒顶上的泡沫，在赌博的时候耍诈欺骗人类。

"你不知道是谁吗？"拉得哈压低了声音，"格里玛·莫格。"

起初我怀疑他在说谎，不过仔细想想也不无可能。我心里涌起一股强烈的欲望，想把布莱恩揪出来，把他给我的钱通通塞进他嘴里噎死他。

格里玛·莫格是北方牙齿宫廷最凶狠骇人的将军。蟑螂和炸弹就是从这个宫廷里逃出来的。小时候，马多克会在我睡前给我读格里玛的战略回忆录。光是想到要面对她，我就浑身冒冷汗了。我不可能和她战斗。而且，我也不认为可以耍小把戏糊弄她。

"她在搞什么鬼？"

"她被驱逐了，我听说，"拉得哈说，"也许是因为她吃了诺尔夫人喜欢的人。"

这个任务并不是非做不可，我提醒自己。我不再是达因影子会的成员了，我也不需要依靠卡丹至尊王的权力来统治精灵世界。我犯不着冒这么大的险。

但我好奇。

好奇心加上受过伤的强烈自尊心，驱使我在黎明时分不由自主地来到了格里玛·莫格的仓库门前。当然，我不会傻到空手来访。我从屠夫手上买了一块在冰箱里冻过的生肉、一份用锡箔纸包着的粗糙的蜂蜜三明治，还有一瓶味道不错的酸啤酒。

在仓库里，我沿着小道慢慢晃悠，来到一扇看起来像公寓入口的门前。我敲了三次门，希望如果不出意外的话，食物的香味能掩盖我恐惧的气息。

门开了，一个穿着便服的女人从门缝里往外瞧。她弓着腰，手里挂着一根抛过光的黑色木质拐杖。

"什么事啊，小姑娘？"

我一眼就看穿她皮囊下的伪装，注意到她的绿皮肤和异于常人的硕大牙齿。真像我的养父马多克，那个杀了我父母的人，那个给我读格里玛战略回忆录的人。马多克，曾经的至尊宫廷大将军，现在的王权之敌，而且对我很不满。但愿他和至尊王卡丹能毁了彼此的生活。

"我给您带了一点儿见面礼，"我拎起手里的冻货，"能进去坐坐吗？我想和您谈一笔交易。"

她微微皱了皱眉。

"总不能眼睁睁看您到处吃人，什么也不做吧。"我说。

"可能我会把你吃了呢，漂亮的小丫头。"她反驳道，眼神顿时亮了起来。不过，她随即退后一步，允许我进入她的"巢穴"了。毕竟她也不会在门口就吃人。

她的公寓是双层小复式，吊顶很高，四面都是砖墙。挺漂亮。地板打过蜡，亮晶晶的。墙上有几扇大窗户，房子光线充足明亮，视野很好，能看到小镇上的风景。家具陈设都是老物件。其中几件家具的编织套子都磨破了，还有零散的小刀划痕。

　　这个地方充斥着浓重的血腥味，空气中弥漫着一股铜锈气，还夹杂着一丝甜腻腻的味道，让人反胃。我把礼物放在一张厚重的木桌子上。"这是送给您的，"我说，"希望您能原谅我不请自来的鲁莽行为。"

　　她嗅了嗅那块冻肉，又把蜂蜜三明治拿在手里看了看，最后一拳把啤酒瓶的盖子撞开。痛饮一口后，她上下打量了我一番。"看来已经有人跟你说过我的事了。真不知道那些人在担心什么，小羔羊。不过，你显然就是一个祭品，看来他们希望你能让我转变胃口，以后改吃人类。"她笑了，露出骇人的大牙齿。也许在她看来，对于凡人而言，她的伪装没有必要存在。

　　我看着她，眨眨眼。她也看着我，显然是在等我的回应。

　　我没有尖叫着夺门而逃，这似乎让她不太高兴。我能看出来。我想她肯定很期待在我逃跑时追杀我的那一刻。

　　"您可是格里玛·莫格，"我说，"是军队的将领，是令敌军闻风丧胆的战士。您真的打算就这样度过晚年的退休生活吗？"

　　"退休？"她重复着我的话，似乎这是对她莫大的侮辱，"就算我现在下台了，以后我也会再带领一支新的军队，一支更强大的军队。"

　　偶尔我也会跟自己说类似的话，但听到这话从别人口中说出，还说得如此响亮，着实刺耳。不过我也因此想到一个好主意。"好吧，只是这儿的精灵不希望您实现您回军队的计划之前被吃掉。当然，作为人类，我更不希望您吃凡人。反正凡人肯定给不了您想要的东西。"

　　她没回应，等我说下去。

　　"一场战斗，"我思索着所知道的关于红帽精灵的一切，"这是您所渴望的，对吗？一场拼尽全力的战斗。我敢说您杀的那些精灵都不是高手，简直太浪费您的才能了。"

"是谁派你来的？"她终于问了。她重新审视着我。

"您做了什么事惹她不高兴？"我问道，"您的王后？您肯定是闯了大祸才会被逐出宫廷。"

"是谁派你来的？"她大吼道。我猜自己踩到她的雷点了。我气人的功力真是一点儿也没退步。

我忍住笑，同时发现自己竟然怀念这种尔虞我诈的计谋游戏所带来的冲击，怀念在生死之间铤而走险的感觉——你可没有一丝后悔的余地，在忙着夺取胜利的时候，又或者说，忙着保住自己小命的时候。尽管我不想承认。"我已经告诉您了，是那些不想被吃掉的本地精灵。"

"为什么派你？"她问道，"为什么打发一个小丫头片子来和我谈？"

我扫视整个屋子，注意到冰箱上放着一个圆圆的盒子。那是一款老式的帽盒。我的目光已经移不开了。"可能是因为就算我失败了，他们也没有什么损失吧。"

听到这儿，格里玛·莫格笑了，又灌了一口啤酒。"你还是个宿命论者。那你打算怎么劝我呢？"

我走到桌边，拿起食物，试图找个借口靠近帽盒。"首先，我要帮您收拾一下杂物。"

格里玛·莫格似乎被我逗乐了。"我想，像我这样的老太太确实需要一个年轻人来帮忙打打杂。但你要小心，冰箱里可能会有意想不到的收获，小羔羊。"

我打开冰箱门。被她杀害的本地精灵的残骸映入眼帘。她爱收集断手和头颅，保存起来，要吃的时候或烘烤或水煮，吃不完的就像节日盛宴后的剩饭剩菜一样放在冰箱里。我的胃有点儿抽筋了。

她脸上挂着邪恶的微笑。"我记得你刚才说要挑战我，和我决斗？

还想吹嘘自己是战斗的一把好手？就让你看看输给格里玛·莫格是什么下场。"

我深吸一口气，然后轻跳起来，把帽盒从冰箱上打下来，抱在怀里。

"别碰它！"她大吼一声，缓缓站直身子。

我一把掀开帽盒的盖子。

红色风帽。浸满一层又一层鲜血的风帽。

她咧开嘴，龇着牙朝我走来，已经走到屋子中间了。我掏出口袋里的打火机，大拇指"嚓"的一声点起火苗。她看到火光，马上停下了脚步。

"我知道您花了很多很多年才让这顶帽子变得如此光泽鲜亮。"我默默祈祷自己不要手抖，也祈祷火苗不要摇曳飘动，"也许帽子里有来自您第一场，甚至上一场胜利的血液。如果没了它，那再也没什么能留住往日胜利的荣光了，没有荣誉，就什么都没了。现在我要和您谈一笔交易。您发誓不再杀人，不杀精灵，也不杀人类。只要您还在人类世界生活一天，就必须信守诺言。"

"如果我不答应你，你就烧了我的宝贝？"格里玛·莫格接着我的话往下说，"这种做法可不光彩。"

"我当然也可以和您好好打一场，"我说，"但我很可能会输，只有这样，我才能赢。"

格里玛·莫格举起黑色拐杖指着我，"你就是马多克的那个凡人孩子，对不对？就是我们新任至尊王流亡中的内政大臣，和我一样被赶出来的。"

我点头，因为被认出来而感到狼狈。

"你又做了什么呢？"她问道，嘴角露出一丝满意的戏谑，"肯定也闯了不小的祸吧。"

"我很蠢，"看来我最好还是自己承认，"我为了两只抓不住的鸟，放飞了握在手里的那一只。"

她发出一阵爆炸般的隆隆笑声。"那我们简直太般配了，不是吗，红帽的女儿？但杀戮是与我骨血融合在一起的天性。我不打算放弃杀人。既然我已经被困在人类世界了，那就要找点儿乐子。"

我把打火机靠近帽子。帽檐部分已经有点儿焦黑了，一股恶臭迅速在空气中散发开。

"停！"她发出一声怒吼，狠狠地瞪着我，"够了！我有一个提议，小羔羊。我们比试比试。如果你输了，把帽子还给我，完好无缺的帽子。我接着狩猎。而你，要砍下一个小拇指给我。"

"您要吃吗？"我问道，移开手上的打火机。

"看心情，"她回应道，"也有可能当成胸针别起来。你管我怎么用呢？重点是那将成为我的战利品。"

"我为什么要答应您呢？"

"因为如果你赢了，我就答应你的要求。我还会告诉你关于你们至尊王的重要秘密。"

"我不想知道任何关于他的事情！"我生气了，情绪来得太快，太愤怒。我没想到她会把卡丹牵扯进来。

她又笑了，这一次的笑声是低沉的隆隆声。"小骗子。"

我们紧紧盯着对方好长时间。她的眼神变得和蔼柔善起来。她知道我上钩了，知道我会接受她的提议。我自己也清楚这一点，虽然这很荒谬。她是个传奇人物，真打起来，我没有一点儿胜算。

但是卡丹的名字一直在我耳畔回荡。他有新的内政大臣吗？有新的情人吗？他会亲自去开会议事吗？他会谈论起我吗？他有没有和洛基一起嘲笑我？塔琳有没有笑？

"好，我们比试，出血即停。"我说着，把脑子里乱七八糟的想法通通清空。能有个地方发泄怒火还是很不错的。"我不会把手指切给你，"我说，"你赢了，把帽子拿回去，就这样。然后我离开这里。这是我同意和你战斗的最后让步。"

"出血即停太无聊了。"格里玛·莫格身子前倾，像在戒备什么，"要打就打到其中一人痛哭求饶。我不会杀了你，我会让你在爬回家的路上血尽而亡。"她满足地叹了一口气，好像在想什么开心的事情，"给我一个机会，让我把你干瘪瘦弱的骨头一根根敲碎。"

"你是在赌我的尊严。"我把她的帽子收起来，塞进一个口袋里，把打火机放进另一个口袋。

她没有否认。"我赌赢了吗？"

出血即停是很无聊。两个人仿佛是在跳舞，寻找对方的破绽，根本不算真正的战斗。我的声音直接从喉咙里冲出来："赢了。"

"很好。"她把拐杖举起来指着天花板，"我们到屋顶去。"

"哦，这可真文明。"我说。

"你最好带了武器，我是不会提供给你的。"她走向门口，重重叹了一口气，好像自己真的只是个老妇人。

我跟着她走出公寓，沿着昏暗的走廊往前走，走到一条几乎没有光照的楼梯前。我的神经开始紧张了。

她两步一跨地登上楼梯，显得非常迫切，到了楼梯顶端，又猛地推开一扇金属门。紧接着，她从拐杖里抽出一把细剑，金属发出尖锐的摩擦声。她的两瓣嘴唇咧到了耳后根，炫耀着满嘴的利齿。

我把藏在靴子里的长刀抽出来。这把刀的攻击范围不够大，但我不会用魔法改变物品。可我要是背着暗夜剑，连车都骑不好。不过，此时此刻，我真希望能把暗夜剑带来。

我一脚踏上公寓的沥青屋顶。初升的太阳将天际线染成金粉色。空气中透着丝丝凉意，夹杂着水泥和垃圾的臭味，还有附近公园里秋麒麟草的气味。

我既感到恐惧，也有一丝迫切的渴望，心脏怦怦直跳。格里玛·莫格朝我冲来。我早有准备，侧身一闪，躲到一旁。我一遍又一遍地重复这个招式，让她很恼火。

"你说了会全力战斗！"她咆哮着。不过至少我能预判她的招式。我知道她渴望血液，渴望暴力，知道她对于狩猎和捕杀都习以为常。我只能祈祷她过于自大。在面对一个有还击之力的对手时，她是有可能露出破绽的。

机会渺茫，但有可能。

她再次朝我扑袭过来。我转身躲避，顺势一脚踢向她的膝盖窝，力道之大让她直接摔到了地上。她怒吼着，迅速爬起来，向我全力突袭。有好一会儿，我看着她那张愤怒的脸，那大得让人胆战的牙齿，感觉到有一股可怕的力量让我浑身麻痹僵硬，动弹不得。

怪物！我的大脑发出尖叫。

我咬紧牙关，克服想要逃跑的强烈欲望。我们的刀锋闪着寒气，在朝阳的光辉中映出鱼鳞似的银光。刀剑碰撞在一起，发出铜铃般清脆的声响。整个屋顶都是我们的战场。我的双脚始终保持着灵活敏捷的状态，随时变换着站位。我的眉毛挂着汗珠，腋下也被汗水湿透了。我呼出的温热气息，在凉爽的空气中凝结成雾气。

终于能和其他人搏斗，而不是和自己练手了。这感觉好极了。

格里玛·莫格眯起双眼盯着我，寻找着我的破绽。不过，马多克纠正过我所有的错误动作，幽灵也早已把我战斗中的每一个坏习惯都改掉了，而且我始终牢记他们的教诲。她唤起一阵猛烈的飓风，想把我逼退到屋顶边缘。我一步步后退，试图在狂风中保持稳定，同时还要小心她那把长刃。之前她还有所保留，但现在她可不让着我了。

她一次又一次试图用狂风使我坠楼。我必须拿出严峻的决心来和她战斗。汗水不断滑落，我背上的两扇肩胛骨之间挂满了汗珠。

退着退着，我的脚撞到一条竖直插在沥青里的金属管子，跌了一跤，她见状迅速发起进攻。我举起长刀进行格挡，但这也让我的刀壮烈牺牲了。它从屋顶上旋转着掉了下去。我听到它掉到地面上，发出一声闷响。

我就不应该接受这个任务，不应该同意和她战斗，不应该和卡丹结婚，也不应该被驱逐到人类世界来。

愤怒让我爆发出一股力量，我成功躲过格里玛·莫格的攻击，而她因为冲劲太大，一下摔倒在我身边。我顺势用手肘痛击她的胳膊，趁机去抓她的剑柄。

这招并不是很光彩。没关系，反正我已经很久没有过光彩的日子了。格里玛·莫格的确强悍，但此时也对我的动作感到意外。她犹豫了一下，然后用额头猛地撞击我的脑袋。我趔趄着后退。

差点儿就能拿到她的武器了。

就差一点点儿。

我的头剧烈地疼痛起来，有点儿眩晕。

"那是作弊，小姑娘。"她不满地说道。

我们都大口喘着粗气。我感觉自己的肺像是铅做的，无比沉重。

"我又不是骑士。"仿佛是为了强调自己的话，我捡起手边唯一能作为武器的东西：一根金属棒子。它很重，也没有什么突出的尖角，但我现在只能用它了。至少它比我的刀子长。

她笑了。"你应该投降，但我也很高兴你没有屈服。"

"我可是乐观主义者。"我说道。

她全速爆发冲向我，不过我的攻击范围比她大。我们踱步转圈对峙。她突然发动攻击，而我侧身一闪，躲避着她那像旋转的棒球棍一样的武器。此刻，我心里有很多美好的愿望，但最希望的就是能把它打下屋顶。

我的力量逐渐衰弱。这根棒子太重了，而且很不趁手。

放弃吧。眩晕的大脑说道。趁你现在还能站起来，求饶吧。把帽子还给她，也别要钱了，回家。薇薇能用魔法把叶子变成钱。就这一次，没什么大不了的。你不是在和一个王国做斗争。虽然在那场斗争中，你已经打败仗了。

格里玛·莫格朝我袭来，仿佛能嗅到我绝望的气息。她试探着我，招式迅速又有攻击性，试图突破我的防卫。

汗水从额头往下滑，滴进眼里，我的双眼顿时感到一阵刺痛。

马多克把战斗比喻成很多东西，例如一场飞速进行中的策略游戏、一支舞蹈。但现在它更像是一次争执。在这次争执中，格里玛·莫格的招数接连不断，而我只能防御，根本没有得分的机会。

我全身肌肉紧绷。管不了那么多！我一只手拿着棒子，另一只手把帽子从口袋里抽出来。

"你要干什么？你答应过——"她话音未落。

我把帽子朝她的脸上扔去。她伸手去抓帽子。她分心了。那个瞬间，我拼尽全力用金属棒狠狠地往她身上砸去。我钳住她的肩膀。她痛苦地号叫一声，摔到了地上。我打了她一棍，又挥起金属棒砸向她的手臂，把她的剑从屋顶打飞到楼下。我挥起棒子，准备再补一棍。

"够了。"她趴在沥青地板上，抬头看着我，锋利的牙齿上挂着血丝，脸上露出惊讶的神情，"我投降。"

"真的？"我放下金属棒。

"是的，小骗子。"她咬着牙说道，用力把自己撑起来，坐在地上，"你打败了我。把我扶起来吧。"

我把金属棒扔到一边，走近她，心里隐隐期待着她能抽出一把匕首刺向我。但她只是伸出手，让我拉她一把。她戴上风帽，用另一只手托着受了伤的手。

"牙齿宫廷中的大部分人已经和曾经的大将军，就是你父亲，还有其他卖国贼站在同一战线了。叛徒们倾巢而出，据可靠消息，你们的至尊王将在下一个满月到来之前被废黜。惊喜吗？你喜欢不？"

"这是您离开的原因？"我问道，"因为不想当卖国贼？"

"我离开是因为另一只小羔羊。好了，你走吧。虽然这游戏比我想象的要有趣多了，但也该结束了。"

她的话语回响在我耳畔。你们的至尊王。废黜。

"你还欠我一个誓言。"我的声音低沉又沙哑。

出乎我的意料，格里玛·莫格真的许诺了。她发誓今后不会在人类世界进行猎杀了。

"有机会再来找我战斗吧！"我朝门口走去时，她在我背后喊道，"我有很多秘密，还有很多事情你不知道呢，马多克的女儿。而且，我发现你也很渴望暴力。"

第三章

一踏出格里玛家的门，我瞬间感到全身僵硬，想到还要骑自行车回家，更感觉精疲力竭，真想直接躺倒在路边。

最终，我决定搭公交车回家。我艰难地把自行车绑在公交车后面的行李架上，一些不耐烦的乘客向我投来异样的目光，但当他们发现我身上流着血时，就决定无视我了。

我对于人类世界时间流动的感觉一直很奇怪。在精灵世界里，黎明时分这么跌跌撞撞地回家就像凡人在漆黑的午夜踉跄着走回家一样危险。但在人类世界，黎明的光照却能驱散黑暗。这是一段美好的时光，当然只是对早起的人而言，对于游手好闲的人来说可不是。

一位戴着俏皮的粉色帽子的老太太递给我几张纸巾，并没有对我说三道四，这一点我很感激。我用纸巾尽可能地将自己擦拭干净。

在接下来的路途中，我一直看着窗外的蓝色天空。我感觉很疼，同时也为自己感到难过。我在口袋里摸索一番，终于找到四粒阿司匹林，仰头一吞，咽了下去。

"据可靠消息，你们的至尊王将在下一个满月到来之前被废黜。惊喜吗？你喜欢不？"

我尝试说服自己不要在意此事，甚至应该感到高兴，精灵王国终于要被连根拔起了。退一万步说，卡丹身边有不少能识破这些阴谋的谋士，还有影子会以及半支国家军队。属国的统治者也都臣服于他。还有一整个常务委员会任他调遣。就算要找一个新内政大臣，估计他也挑花眼了。

　　我根本不想去猜现在是谁代替我站在卡丹身边，但我闲着也是闲着，想想有哪些糟糕的选择也无妨。他不会选妮卡茜娅，因为妮卡茜娅已经是深海宫廷的大使了。他也不会选洛基，因为洛基已经是狂欢委员会总管了，而且人品叫人难以忍受。他更不会选阿莎夫人，因为……因为她很糟糕，她早就觉得总管很无聊，而且她会为了自己的利益出卖王权，卡丹不至于糊涂到选她，但也许他就是这么糊涂。我期待着他们这么做，期待着所有人都后悔，包括卡丹，应该说尤其是卡丹。我期待着马多克带领大军占领宫廷，把卡丹赶下去。

　　我用额头抵住冰凉的车窗玻璃，提醒自己这一切都与我无关了。我尝试把卡丹从脑海中剔出去，但失败了，只好把一切都清空，什么也不想。

　　恍惚中，有人摇了摇我的肩膀，把我晃醒了。"嘿！孩子，"是公交司机，他紧皱的眉头透露着担忧，"孩子？"

　　换作以前，我早就用刀子割开他的喉咙了，根本不会给他说话的机会。这时我才想起刀被我弄丢了。我竟然忘了在格里玛·莫格家周围找一下刀。

　　"我醒了。"我迷迷糊糊地说着，用手抹了把脸。

　　"刚才我还以为你撑不住了。"他皱着眉头说道，"你流了很多血。要我打电话给你的家人吗？"

　　"我没事，"我直起身来，这才发现公交车几乎空了，"我坐过站了吗？"

　　"我们刚到。"他似乎非常想帮助我，但只是摇摇头，叹了口气，"别忘了你的自行车。"

　　之前我的身体只是僵硬，现在感觉更糟了。我穿过公交车的过道，全身的骨头都嘎吱作响，像是把一截人形树干从地底拉出来一样。我用僵硬的手指笨拙地去够自行车,这才注意到手指上沾了锈渍一样的血污。我刚才在司机面前糊了自己一脸血吗?鬼知道呢!我费了半天劲儿,总算把自行车扛了下来,推着它慢慢穿过草坪,走向公寓大楼。我打算把自行车扔在灌木丛里,希望老天保佑,它不会被偷走。

突然,我看到长凳上坐着一个人,她粉色的头发在阳光下闪闪发光。她把手中的咖啡杯举起来,跟我打招呼。

"希瑟?"我和她保持着一段距离。想到公交车司机看我的眼神,我想也许现在让她看见我的刀伤和瘀青并不是一件好事。

"我在努力鼓起敲门的勇气。"

"啊,"我说着,把自行车放倒在草地上,因为灌木丛离得太远了,"你可以跟我一起进去,然后……"

"不!"她大喊一声,突然回过神来,压低了声音,"我不确定今天要不要进去。"

我看着她,发现她看起来非常疲惫,头发也褪色不少,好像顾不上去重新染色似的。

"你在外面多久了?"我问道。

"没多久。"她移开视线,避免和我对视,耸了耸肩,"我时不时会过来,看看自己感觉怎么样。"

我叹了一口气,决定不再隐瞒自己的伤口。我走向楼梯,却猛地扑倒在台阶上。我已经累得站不起来了。希瑟愣在原地。"茱德?哦不,我的天啊……什么……发生了什么?"她追问道。她的声音太大了,吵得我缩成一团。

"嘘!你也不想薇薇发现你在这里吧,"我提醒她,"我的伤比看起来要严重。但我回去洗个澡,包扎一下,再好好睡上一天就好。"

"好吧。"她的语气让我感觉她其实并不相信我的说辞,"我扶你进去。你就别为我的事操心了。你伤得太重了,刚才就不应该在那儿站着和我说话！"

我摇摇头，抬起一只手，轻轻推开她。"我没事，在这儿坐一会儿就好了。"

她注视着我，虽然担心我的伤势，却也不想这么快就和薇薇碰面。"我想，你还在那个地方生活对吗？你是在那里受伤的吗？"她问道。

"你是说空境？"我喜欢希瑟，但我不会因为她讨厌我成长的地方就假装那里不存在，"不，我是在这里受伤的。因为我还在整理头绪，所以一直和薇薇一起住。但如果你要搬回来的话，我会离开的。"

她低头看向自己的膝盖，开始咬自己的一小块指甲，摇摇头道："爱是愚蠢的。我们只会互相伤害。"

"是啊。"我说着，又想到了卡丹，想到自己是如何像傻瓜一样，一步步走进他精心设计的陷阱。无论我多么希望薇薇开心，我都不想希瑟成为我这样的傻瓜。"对，也不对。也许爱是愚蠢的，但你不傻。我看了你发给薇薇的信息，你只是过不了心里那一关。"

希瑟端起咖啡，长呷一口，道："我会做噩梦，关于那个地方、关于精灵的梦。我睡不着。我看着街上的人，会怀疑他们是不是都中了魔法。这个世界的怪物已经够多了，想从我身上得到好处、想伤害我、夺取我正当权利的人也够多了。我不想见识另一个充满怪物的可怕世界。"

"那么，一无所知就更好吗？"我问道。

她满面愁容，一言不发，再说话时，眼神穿过我，就好像是在看后面的停车场一样。"我甚至不知道该怎么跟父母说明薇薇和我吵架的原因。他们一直问我是不是薇薇变心了，是不是她弟弟欧克对我来说负担太重了。他们以为我不接受欧克只是因为他年龄太小，却不知道他的另一重身份。"

"他确实只是个孩子。"我说道。

"我讨厌这种害怕欧克的感觉，"她说，"我知道这样说会让欧克伤心。但我讨厌他和薇薇能使用魔法。薇薇可以用魔法来解决每一次争吵，用魔法让我对她着迷，或者把我变成一只鸭子。我甚至不敢深究自己当初为什么会爱上薇薇。"

我皱了皱眉。"等一下，什么意思？"

希瑟转过来看着我。"你知道人们为什么会相爱吗？好吧，确实没人清楚地知道。但是科学家们研究过，两个人相爱和信息素、面部对称性，还有初遇的环境等古怪的因素有关。人类很奇怪，我们的身体很奇怪。也许我被她吸引就像苍蝇被食肉植物吸引一样。"

我发出一声难以置信的感叹，耳边却响起贝尔金的话："我曾听说，对凡人来说，恋爱和恐惧的感觉非常相似。"尽管我不愿相信，但这句话也许是正确的。尤其是当我想到自己对卡丹的感觉，可我明明不应该对他产生任何感觉。

"好吧，"希瑟说，"我知道这听起来很荒谬，我也觉得自己很荒谬。但我还是很害怕。算了，我觉得我们应该进去给你包扎伤口了。"

"让薇薇发誓不对你使用魔法，"我说，"我知道怎么让她说出正确的誓言来限制她的行为，然后……"我停了下来，因为我发现希瑟看着我的神情是那么忧伤，也许是因为相信誓言听起来很幼稚，也许是因为用誓言去限制薇薇的行动这件事本身就太过魔幻，足以让希瑟感到害怕。

希瑟深吸一口气。"薇告诉我，她从小就生活在人类世界，在你父母遇害以前。对不起，提起你的伤心事了，但我知道因为这件事，她的童年过得非常糟糕。我理解，这是很正常的，换作谁都会这样。"她吸了一口气，等待我的回应。

我坐在台阶上，思考着她说的话。身上的刀伤仍在渗血，伤口周围是成片的瘀青。换作谁都会这样？不，我不会，我好得很。我想起薇薇以前的样子——怒气冲冲，不停地尖声叫骂，凡是能够到的物品，都被她砸个稀碎。只要我让马多克抱我，薇薇就会扇我巴掌。她狂暴的怒火仿佛要把马多克的整个房子都燃烧殆尽。但那已经是很久很久以前的事了。我们终会妥协，只是时间问题。

我没有接希瑟的话。她的声音微微颤抖，接着说道："问题是，我不知道她是不是在……跟我玩过家家。我不知道她是不是在假装生活踏上了正轨，假装她以前只是迷失了自己，没找到真正的归属。"

我握住希瑟的手。"薇薇为了我和塔琳，在精灵世界生活了太久。"我说，"她其实不想待在那里。她最终离开那里是因为你。她确实曾经选择逃避，没有向你做任何解释。她早该把精灵世界的事情一五一十地说出来，她也应该告诉你，她从始至终没有对你施过魔法，哪怕是一次误用。不过现在你都知道了，你必须自己决定能不能原谅她。"

她张了张嘴，似乎想说些什么，却又没说出口。"如果是你，你会原谅她吗？"她最终还是问出了口。

"我不知道，"我低下头，看着自己的膝盖，"现在的我不是一个宽宏大量的人。"

希瑟站在原地对我说："好吧，你也休息过了。站起来，你要回去抹药才行。其实你更应该去看医生，但我知道你一定不愿意。"

"你说的对，"我说，"你说的都对。不看医生。"我转动身子，试图靠身体把自己撑起来。希瑟过来扶我，我也不再抗拒，甚至靠在她身上，让她撑着我一瘸一拐地走进家门。我不想再死要面子硬撑了，就像布莱恩说的那样，我谁也不是。

希瑟扶着我穿过厨房，路过一张小餐桌，桌上还放着欧克的麦片碗，里面有半碗粉色的牛奶。果脆圈包装盒边上放着两个空马克杯，我注意到杯子数量有蹊跷，却没反应过来是怎么回事。直到希瑟把我扶进客厅，我才意识到我们家来客人了。

薇薇坐在沙发上，希瑟进来的时候，她脸上顿时焕发出光彩。她看着希瑟，那种情感就仿佛自己偷了巨人那会说话的竖琴，明知道大难临头却无暇顾及。我的目光转向坐在薇薇身旁的人，她坐姿拘谨，身穿精灵宫廷制作的衣服，一件由薄纱和柔软玻璃纤维编织而成的华美服装。那是我的双胞胎姐姐——塔琳。

第四章

尽管我遍体鳞伤，浑身僵硬酸痛，但一见到塔琳，全身的肾上腺素瞬间涌动起来，叫嚣着要扭断塔琳的脖子。薇薇站了起来，也许是因为我面露凶光，但更可能是因为我身边的希瑟。

"你，"我对塔琳说，"滚出去！"

"等一下，"塔琳也站了起来，"求求你。"

现在所有人都站着，在这小小的客厅里注视着彼此。房间里气氛紧张，争吵一触即发。

"我不想从你那张满口谎言的嘴里听到任何一个字！"我很庆幸能将格里玛·莫格和希瑟带给我的烦躁情绪通通发泄出来，而且发泄的对象正好罪有应得，"滚！否则我就动手了。"

"这是薇薇的公寓。"塔琳反驳道。

"这是我的公寓。"希瑟提醒我们道，"而且你受伤了，茱德。"

"我不管！如果你们都想让她留下，那我走！"我转身硬撑着迈出家门，走下楼梯。

身后的纱门发出"砰"的声响，塔琳冲到我面前。清晨的冷风将她的礼服吹得鼓鼓的，如果我不曾见过真正的精灵公主，那我可能会将她误认为是公主殿下了。一时间，我们看起来就像是没有血缘关系的两个人，连面容都不复相似。

"发生什么事了？"她问道，"你看起来像刚打完架。"

我不说话，继续往前走。但是，因为全身酸痛，四肢僵硬，我的动作十分缓慢，而且我根本不知道自己要去哪里。不如到布莱恩那儿去，他会给我找地方休息的，只是价格可能不会让我很满意。但哪怕让我和格里玛·莫格睡在一起都比这里好得多。

"我需要你的帮助。"塔琳说道。

"不，"我说，"不，绝不。永远不可能。如果这是你来的目的，那你现在得到答复了，走吧。"

"茱德，听我说吧。"她再次挡在我面前，强迫我看向她。

我抬头看她一眼，随即绕开她波浪般的裙摆往边上走。"不听，"我说，"我不会帮你，也不会听你解释。听听这个有魔力的字——不。你想说什么废话都随便你，我就一个字——不！"

"洛基死了。"她脱口而出。

我猛地转过身。头顶的天空明亮而蔚蓝。鸟群在附近的树林中此起彼伏地鸣叫着。不远处传来建筑工队施工的噪声，还有往来不绝的车辆行驶声。此时此刻，我站在人类世界的土地上，得到了一个精灵的死讯——一个我认识且亲吻过的精灵——这感觉过于荒诞离奇。

"死了？"不可能，就算我经历过那么多事，这在我听来依然不可能，"你确定吗？"

洛基在婚礼前夜，和他的朋友们一起追杀我，就像一群狗在追着一个纸箱子撕咬。我发誓会让他付出代价。如果他死了，我就无法报仇了。他也无法再策划一场派对来羞辱卡丹；无法和妮卡茜娅一起嘲笑别人；无法将塔琳和我玩弄于股掌之中，让我们反目成仇了。也许我应该为他的死感到庆幸，毕竟他给我带来过那么多苦难，但我没想到自己竟然会感到悲痛。

塔琳深吸一口气，似乎是在为自己壮胆。"他死了，我杀的。"

"什么？"我晃了晃头，好像这样才能明白她刚才说的话。

她却面露尴尬，好像自己刚才说的只是一桩愚蠢的事故，而不是谋杀亲夫这种事。我想起了马多克，他当时站在三个惊恐尖叫的孩子身旁，明明残忍地杀害了她们的父母亲，却一脸意外，好像他无意如此似的。我很好奇现在塔琳心里是不是也这样想。

以前我就知道自己和马多克有很多相似的地方，多到让我不自在。但我从未想过塔琳和他竟也有相似之处。

"我需要你假扮我。"她说完了要说的话，似乎一点儿也不觉得这个招数非常低级。但当初就是这一招，让马多克成功带走了半支原本属于卡丹的国家军队，也让我成为他们计划的一环，最终害得我被流放。"只是几个小时而已。"

"为什么？"我刚问出口，就发现自己问得并不清楚，"不是问为什么要我假扮你，而是问为什么要杀他？"

她深吸一口气，然后回头看了看公寓，说道："进来，我会告诉你的。我会告诉你一切。求求你，茱德。"

我看向公寓，虽然很不愿意承认，但我确实无处可去。我不想去找布莱恩，我想回家躺在自己的床上休息。另外，尽管我已经精疲力竭，但无可否认，这个假扮塔琳偷溜回空境的提议确实让我心绪不宁。一想到我能回到精灵世界，能见到卡丹，我就忍不住心跳加速。

还好没有人能窥探到我的想法，愚蠢却真实的想法。

回到公寓，希瑟和薇薇站在咖啡桌边上激烈地争吵着。我无意打扰，至少她们开始交流了，这是好事。我走向欧克的房间，因为我仅有的几件衣服都塞在他的衣柜最底部的抽屉里。塔琳跟在我身后，皱着眉头。

"我要去洗澡，"我告诉她，"再涂点儿药膏。你先去厨房做一杯能疗伤的魔法西洋蓍草汁，然后我再听你忏悔。"

"让我帮你吧。"她说。我正要拒绝，却见她的头摇得像个拨浪鼓。"你连个侍从都没有。"

"我也没有需要侍从抛光的盔甲。"我说。

不过，当她小心地帮我把上衣拎起来脱掉时，我没有拒绝。上衣沾了血块，变得硬硬的。她揉搓着上衣，把血渍洗掉。我疼得缩到一边，开始检查自己的伤口。表面的肌肤已经被切开了，附近的肌肤红肿刺痛。我觉得格里玛·莫格从不像我一样好好保养刀具，她总是不把刀子擦干净。

塔琳打开淋浴开关，调整好淋浴头的位置，慢慢把我扶到浴缸边上，让我进入温暖的热水中。作为姐妹，我们不知看过多少次对方的裸体，但是当她盯着我腿上凌乱的旧伤疤时，我才想起来她从未仔细看过我的伤痕。

"薇薇跟我说了，"塔琳慢慢地说着，"关于我婚礼前夜的事。那天你不仅迟到了，而且异常安静，脸色苍白，状态很糟糕。我以为你还爱着他，但薇薇坚持说不是。她说你受伤了。"

我点点头。"我记得那天晚上。"

"洛基……做了什么吗？"她不敢直视我，先是盯着地板砖，然后又看向一幅裱起来的画。那是欧克画的希瑟，棕色的皮肤，粉色的头发。

我抓起薇薇在有机商店买的身体清洗液，天然抗菌的，我把它涂在凝结的血块附近。它闻起来像漂白水，涂上之后伤口剧痛无比。"你是想问，他有没有试图杀了我？"我问道。

塔琳点头。我和她四目相对，无声中，她已经知道答案了。

"为什么你不说呢？为什么你还让我和他结婚呢？"她追问道。

"我不知道，"我承认，"我当时并不知道带头追杀我的人是洛基，直到我看到你戴着那晚我遗失的耳环，我才明白。紧接着，我就被深海宫廷的人抓走了。回来后不久，你就背叛了我，所以我觉得没必要阻止你结婚。"

塔琳的眉头拧成一个结，很显然，她既想跟我争辩，又想暂时忍让来博取我的好感。但最终，争吵还是开始了。毕竟，我们是双胞胎。

"我只是按照父亲的要求去做！我根本不知道这些事有那么重要。更何况，你当时手握重权，却不好好利用。我从来没想过要伤害你。"

"我想，比起洛基和他的朋友对我的追杀行动，还是你在背后捅刀子更可恶，而且是两次。"

我看得出她还想说些什么，却硬生生地把嘴边的话吞了回去。她深吸一口气，咬紧牙关挤出一句话，"我很抱歉。"说完，她离开了浴室。

我调高水温，洗了一个漫长的热水澡。

等我洗完澡出来，希瑟已经离开了。餐桌正中间摆放着一个大茶壶，旁边是一个小一点儿的茶壶，里面装着西洋蓍草茶。塔琳把冰箱翻了个遍，用残羹剩饭做了一种能增强神经能量的茶饮。她找到了半包姜汁饼干，拿出来整齐地摆放在托盘里。她还用面包做了火腿西芹三明治和花生酱麦片三明治。

薇薇一边煮着咖啡，一边担心地看着塔琳。我倒了满满一杯疗伤茶，一饮而尽，然后再续满杯子。经过一番休整，我现在身上干干净净，伤口也包扎好了，还换了一身新衣服。我感觉头脑变得更清晰，足以面对洛基的死讯，也可以接受我姐姐就是杀他的凶手这个事实。

我拿起一块火腿三明治，咬了一口。西芹非常爽口，味道有点儿奇怪，但并不难吃。这时候我才发现自己早已饥肠辘辘。我把剩下的三明治一股脑儿塞进嘴里，又拿了两块放在面前的盘子里。

塔琳先是紧张地十指交握，随后又捏紧自己的裙子。"我当时已经气昏了。"她说道。我和薇薇都没有说话，我在一旁尽量安静地嚼着西芹。"他曾经承诺会爱我至死，但他的爱抵不过他的狠。他曾警告我说精灵不会像人类那样相爱，起初我还不明白什么意思，直到他把我扔在那座宏伟而可怕的宫殿整整好几周，我才有所体会。我在花园里栽种混种玫瑰，换新窗帘，甚至为他的朋友举办长达一个月的狂欢会。这些都没关系。我为他保持纯真，也为他变得放纵而疯狂。我把所有的一切都给了他。但他却说我已经没有吸引力了。"

我睁大了双眼。这句话真是糟透了，但应该不是他的临终遗言。

"我猜，接下来你的故事就精彩了吧。"我接着塔琳的话问道。

薇薇突然笑出声来，紧接着瞪了我一眼，怪我让她发笑。

塔琳的睫毛沾满了晶莹的泪珠，扑闪扑闪的。"也许是吧。"她的语气平淡低沉，我读不出有什么情绪。"我跟他说这样的日子不能再继续下去了，我们必须做出改变。但从他的反应来看，他觉得我很荒谬。他一直喋喋不休地说啊、说啊、说啊，企图让我放弃挣扎。我看到桌上有一把镶嵌了珠宝的开信刀，然后——你还记得马多克教我们的东西吗？——我还没反应过来，开信刀的利刃就已经刺穿了他的喉咙，他终于闭嘴了。我把开信刀拔出来，喷涌而出的鲜血把地面都染红了。"

"所以你本不想杀他？"薇薇问道。

塔琳没有说话。

我理解这种忍无可忍后冲动爆发的感觉。我也体会过把刀子插进某人身体里的滋味。"没事的。"我嘴上这么说，心里却不敢肯定。

她看着我，说："我原以为我们没有一点儿相似之处，我和你不一样。但现在看来，我们是同类。"

她似乎并不觉得这是一件好事。

"他的尸体在哪里？"我试图把重点放到更实际的问题上，"我们要把尸体处理掉，然后……"

塔琳摇摇头。"已经被发现了。"

"怎么会这样？你做了什么？"如果说之前我还对她来找我帮忙感到厌烦，那么现在，我只恨她为什么不早点儿来找我，那样的话，我就可以处理好这件事。

"我把他的尸体拖到海边。我以为海浪能把他卷走，但海水只是把他冲到了另一个沙滩上。不过，唔……他有一部分被吃掉了，所以他们很难确定他是怎么死的。"她无助地看着我，好像仍然不敢相信这样的事情会发生在自己身上，"我不是坏人。"

我轻轻地啜了一口西洋蓍草茶，说道："我没说你是坏人。"

"他们要审问我，"塔琳接着说，"他们会先对我使用魔法，再问我问题。我没办法撒谎，但如果是你代替我回答，你就能说自己没有杀他了。"

"茱德被驱逐了，"薇薇说，"除非她能得到至尊王的原谅，或者特赦什么的，否则就只能流亡。如果她被精灵抓住了，会被杀的。"

"只是几个小时而已，"塔琳一会儿看着薇薇，一会儿看着我，"没有人会发现的，求求你了。"

薇薇不满地抱怨起来："这太冒险了。"

我的沉默可能给了她错误的暗示，让她以为我正在考虑。

"你想去，对不对？"薇薇盯着我的眼神像刀子一样，"你想找个借口回去。但你要知道他们会对你施魔法，会问你的名字还有其他问题，如果你的回答方式和塔琳不一样，他们会发现的，到时你就完蛋了。"

我摇摇头。"我身上有精灵符，它能保护我不受魔法影响。"我讨厌自己因为有望重回空境而兴奋，讨厌自己对权力的渴望，也讨厌自己竟然想和卡丹重逢。也许空境里存在结束流亡的办法，要是我能发现就好了。

塔琳皱起眉头，问道："精灵符？为什么你会有这个东西？"

薇薇怒目圆睁。"告诉她！告诉她你到底做过什么。告诉她你的身份，还有你不能回去的原因。"

塔琳的脸上出现了新的表情，似乎有点儿害怕。

马多克一定告诉过她卡丹发誓臣服于我这件事，否则，她怎么知道如何命令卡丹释放一半的国家军队呢？回到人类世界后，我用了大量时间来厘清来龙去脉。我没有告诉塔琳自己能控制卡丹，这就足以让她生气了；而会让她更加愤怒的是，我明明可以控制卡丹，却假装无法说服他，无法让他撤销洛基狂欢会总管的职务。

　　当然，塔琳帮助马多克的理由还有很多，毕竟他还是我们的父亲。也许，塔琳也想参与到这场战略游戏中来。又或许，她考虑到一旦马多克成为至尊王，自己也会因此获益。

　　"我应该向你坦白一切，关于达因和影子会，但是……"

　　我刚开始说，薇薇就打断了我的话。"跳过这些，"她说，"直截了当，告诉她你的身份。"

　　"我听说过影子会，"塔琳马上接着说，"那是一个间谍组织。你是说，你是间谍？"

　　我摇摇头，此刻我终于明白，薇薇想要我说的是我和卡丹结婚并且很快就成为精灵至尊王后的事。但我不能说。每次想到这件事，我的心头就涌起一股羞赧，因为我当时竟然相信他是真心待我的。如果要解释这件事，我势必会让自己看起来像个蠢货，而我还没有准备好在塔琳面前露怯。我必须结束这场对话，所以我说了一句一定能转移她们注意力的话——"我决定扮演塔琳回去接受审问。一两天就回来，然后我再向她解释一切。我保证。"

　　"你们俩就不能都留在人类世界吗？"薇薇问道，"去他的精灵！去他的破事！我们找一个大点儿的公寓一起生活得了。"

　　"就算塔琳要和我们一起生活，也最好不要缺席至尊王的审问。"我说，"而且我也能带回一些东西卖了换钱。我们总要想办法付大房子的房租吧。"

　　薇薇恼火地看着我。"只要你想，我们随时可以搬出公寓，不再伪装成凡人。我这样做只是为了希瑟。如果只是我们三个人，那完全可以找一间湖边的废弃旧仓库，施法将它隐藏起来，不让外人进入。我们如果想买东西，大可以去偷，想要什么都行，只要你开口，茱德。"

我从夹克外套里把自己拼命赚来的五百美元掏出来，放在桌子上，道："布莱恩晚一点儿会把剩下的一半送过来。我们还是要伪装成凡人，因为希瑟很显然没有跟你断绝关系。现在我要去睡个午觉，睡醒就动身去空境。"

塔琳疑惑地看着桌上的钞票。"如果你需要……"

"一旦暴露身份，你会被处决的，茱德。"薇薇打断了塔琳的话。确实，我是自愿代替塔琳受审的，但这并不意味着我原谅她了，也不代表我们变得更亲密了。我也不希望她有任何想和我亲近的举动。

"我不会暴露的。"我说道。

第五章

欧克去上学了，于是我躺到他的床上去睡觉。因为伤势严重，我很快就陷入沉沉的睡梦中，与黑暗融为一体。

梦里……

我在宫殿的果园里听课，坐在傍晚时分被拉长的树荫中。没有云彩的蓝色夜空中，悬挂着一弯尖尖的新月。我循着记忆绘制出一幅星图，墨水在纸张上凝结成一点一点的猩红。是血。原来我把自己的羽毛笔浸泡在一瓶鲜血中。

果园另一边，我看见了卡丹王子，他和他的玩伴们坐在一起。瓦莱里安和洛基看起来很诡异：他们的衣服上爬满了蛾子，蛀出了大大小小的洞；他们的身体毫无血色，肤色苍白；他们的眼睛像染上了墨渍，呈现出一片浓郁的黑。妮卡茜娅好像没有注意到这些。她海蓝色的头发编成了粗大的辫子，垂在脑后，两瓣嘴唇抿出一个讥讽的笑。卡丹头上戴着沾染了血污的王冠，身子歪向一侧，棱角分明的俊俏脸庞美得摄人心魄。

"你还记得我死之前说过什么吗？"瓦莱里安用嘲讽的语气对我大喊道，"'我诅咒你。我诅咒你三次。既然你杀了我，我诅咒你的双手永远沾着血污。诅咒你只有死亡相伴。诅咒你——'说到这里，我就死了，所以我一直没机会把剩下的话说完。你想听吗？我诅咒你短命早亡，一生笼罩在悲痛中；我诅咒你死无葬身之地！"

我打了个冷战。"好吧，这最后一句够瘆人的。"

卡丹朝我走来，一脚踩在我的星图上，银色的尖头靴踢翻了我的墨水瓶。瓶里的血液泼洒出来，染污了纸张，覆盖了我做的标记。

"跟我来。"他傲慢地说。

"我早知道你喜欢她。"洛基说，"所以我必须先拥有她。你还记得在迷宫花园的那场派对吗？还记得我是怎么在你的注视下和她接吻的吗？"

"我当然记得。你搂着她，但她的眼睛却看着我。"卡丹反击道。

"不是这样的！"我反驳道，脑海中却浮现出那晚的场景——卡丹坐在一张毯子上，一位淡黄色头发的精灵女子俯身亲吻他靴子的边缘，另一个女孩则在亲吻他的喉咙。其中一个女孩亲吻他的嘴唇时，他凝视着我，眼中闪烁着沥青一般痴缠的光芒。我还记得洛基抚摸我后背的手，吐在我面颊上的气息，以及我紧绷的身体，这一切让我无法承受。

"跟我来。"卡丹说着，把我从那张星图旁拉开，其他人还在接着上他们的课。"我是精灵国的王子，你必须遵从我的意愿。"他把我领到一棵橡树下，又把我抱起来放在一根低垂的树枝上，双手扶着我的腰向我靠近，最后站在我双腿之间。"这样是不是好多了？"他注视着我说道。

我不明白他的意思，但还是点了点头。

"你很美。"他的手抚摸着我的手臂，而后慢慢往下滑，最后停在我的侧腰上，"美得无与伦比。"他声音轻柔，诱使我凝望他幽深的黑色瞳孔，盯着他那张恶劣又扭曲的嘴。但这无疑是一个错误。"但美好的容颜终会逝去。"他接着说，声音和刚才一样温柔，像是对爱人低语。他的手指在我腰侧逗留，我感觉胃开始痉挛，而后一股暖流涌进腹中。"你紧致的皮肤会长出皱纹，会长色斑，会变得像蜘蛛网一样薄；你的胸部会下垂；你的头发会日渐稀疏；你的牙齿会发黄。最终，你所拥有的一切，以及你的所有成就，都会腐化成泥，从此消失。关于你的一切终将烟消云散。你什么也不是。"

"我什么也不是。"我重复着他的话，这些话语让我感到绝望无助。

"尘归尘，土归土，你从虚无中来，自然要回到虚无中去。"他在我的颈边耳语。

一阵突如其来的恐怖像闪电传遍我全身，我必须远离他。我用力一推，跳下树枝，却没有落到地面上，只是坠落、坠落、无尽地坠落，像爱丽丝掉进兔子洞一样往下落。

然后，梦境改变了。

我躺在一块大石板上，身体裹在布里。我想坐起来，但动弹不得，仿若一块木雕玩偶。我可以睁开双眼，却不能扭头，也不能眨眼，什么事都做不了。唯一能做的就是盯着同一片蓝色天空，以及天空中一弯镰刀似的月。

马多克出现了，走到我身边，用他那双猫眼俯视着我。"真可惜。"他好像在自言自语，"只要她不与我作对，我就能给她想要的一切。"

"她从来就不是一个听话的姑娘，"站在他身旁的奥里安娜说道，"不像她姐姐。"

塔琳也在这里，一颗晶莹的泪珠在她脸颊上划过一道优雅的弧线，"他们只允许我们中的一个存活，那个人一定会是我。你适合与蟾蜍、蛇精为伍，而我才与红宝石和钻石相配。"

随后他们三个离开了。

接下来出现的是薇薇，她伸出长长的手指，用力握着我的肩膀。"我应该救你的，我的使命就是拯救你。"

"下一次就是我的葬礼了。"随后出现的是欧克，他喃喃自语道。

妮卡茜娅的声音在空中回荡，仿佛是从远方飘来的。"人们说精灵会在婚礼上哭泣，在葬礼上大笑，但我觉得你的婚礼和葬礼同样惹人发笑。"

紧接着出场的是卡丹。他的嘴角挂着盈盈笑意，但开口时，却是密谋一般的窃语。"小的时候，我们会把葬礼搬上舞台，就像一出小戏剧。

当然了，凡人扮演的都是尸体，或者说，最后都会变成尸体。"

这一刻，我终于能开口了。"你说谎。"我说道。

"我当然是在说谎，"他说，"这是你的梦，你看好了。"他用温暖的手掌抚摸我的脸颊，"我爱你，茱德。我很久以前就爱上你了。我永远不会停止爱你。"

"闭嘴！"我说。

下一个俯视我的人是洛基，他的嘴里时不时会流出水来。"最好确认她是真的死了。"下一秒，他就把刀子插进我的胸膛，反复刺入我的胸口。

梦到这里，我终于醒了。

我的脸上涕泗横流，喉咙里卡着一声喊不出来的尖叫。我一脚踢开被子。外面一片漆黑，我肯定睡了一整天。我把灯打开，深呼吸，摸摸自己的额头，确认有没有发烧，然后静等着大脑内的轰鸣声平息。我越是回忆刚才的梦，心里就越忐忑。

我从房间走到客厅，看到咖啡桌上放着一个打开的比萨外卖盒。不知是谁把蒲公英的绒毛放在了比萨里的意大利辣香肠边上。欧克正在向塔琳解释什么是"火箭联盟"。察觉到我的动静，他们俩都小心翼翼地看向我。

"嘿，"我对塔琳说，"我能和你聊一聊吗？"

"当然可以。"塔琳说着，从沙发上站了起来。

我回到欧克的房间，坐在床沿上。"我需要知道有没有人指使你来这里，"我说，"我需要知道这是不是至尊王设下的陷阱，为了诱骗我破坏流亡的判决。"

塔琳似乎很惊讶，但她想起自己做过的事，就没有问我为什么会这样想了。她一只手摸着自己的肚子。"都不是，"她说，"我没有告诉你事情的全部。"

我没说话，因为我不知道她指的是什么。

"我一直在想母亲的事，"过了一会儿，她才开口，"我以前一直以为，她离开空境是因为和我们的凡人父亲相爱，但现在我却不敢确定了。"

"我没听明白。"我说。

"我怀孕了。"她压低了声音说道。

数百年来，人类因为能够怀上精灵的血脉而备受重视。精灵女子如果能在漫长的生命中怀上一胎已是幸事。大多数女性精灵都无法受孕。但人类妻子不一样，我们的血液流动不像精灵那么缓慢，更容易受孕。这些我都清楚，只是没有想到塔琳和洛基也会有孩子。

"哇，"我的目光转移到她护着肚子的那只手上，"哦。"

"不应该有人重蹈我们的覆辙，度过那样的童年。"她说。

她是不是想象过孩子在那样的家庭里长大，被洛基随意地对待？又或者，她是不是想过如果自己离开了，洛基会追杀她，就像马多克追杀我们的母亲那样？我不确定，但我不应该再逼她。

经过长时间的休息，我才发现塔琳面容中的疲态。她的眼中布满血丝，两颊瘦削，显然很长时间没有进食了。我意识到，她之所以会来找我们，是因为走投无路。而且，来这里之前，她肯定认为我极有可能不会帮她。

"他知道吗？"我问道。

"知道，"她沉默了，仿佛是在回忆当初和洛基的谈话，又或者说回忆那场谋杀，"但我没有告诉其他人，除了你。告诉洛基之后……唉，之后的事，你都知道了。"

我不知作何回应。此刻，她看起来是那样的无助。我抱住她，把头靠在她的肩膀上。我知道，很多事我早该告诉她，也有很多事她应该让我知道；我知道，我们此前没有真心对待彼此；我知道，她伤害过我，比她想象中更深。但无论如何，她仍然是我的姐姐，是我那杀人、守寡还怀着孕的姐姐。

一小时后，我收拾好行囊，准备出发。塔琳把她的生活细节一一告诉我，包括她每天和哪些精灵说话，如何使用洛基的财产等等。她给我一双手套，好让我把断指隐藏起来。她那华丽的薄纱长裙现在穿在我身上，我还按照她的风格做好了造型，而她则穿着我的黑色裤子和毛衣。

"谢谢你。"她说。这是精灵从来不会说的话语。在精灵听来，"感谢"是很粗鲁的，仿佛说话者试图用一句轻飘飘的话抵消自己欠下的债。但人类的感谢完全不同。

我故作轻松地耸了耸肩。"没事儿。"

欧克走过来想要拥抱我。虽然他才八岁，但身体已经发育得相当结实了。"要熊抱哦。"他说道。这意味着他会跳起来，用手臂紧紧圈住我的脖子，几乎能让我窒息。我接受了他的熊抱，也用力地和他相拥，以至于有点儿喘不过气。

我松开他，摘下手上的红宝石戒指。这枚戒指曾经被卡丹偷走，又在婚礼宣誓时还给了我。在假扮塔琳期间，我绝对不能带在身上。"你能帮我保管吗？等我回来再还给我。"

"能，"欧克悲伤地说，"快点儿回来。我会想你的。"我没想到他会对我如此亲近，尤其是在上次激烈的争吵过后。

"我会尽快的。"我承诺道，亲了一下他的额头。

我走向厨房，薇薇在那里等着我。我们一起走到房子外的草地上，她在那里挖了一小块土地来种千里光草。塔琳跟在我们身后，卷起毛衣的袖子。

"你确定要这么做吗？"薇薇问道，拔出一根草。

我看向她。她站在阴影中，只有头发被街灯照亮。平时她的头发是棕色的，和我的一样。但在恰当的光照下，她的发丝就会发出绿金色的夺目光彩。她不像我这么渴望精灵的魔法。她怎么可能和我一样呢？她的魔法与生俱来。

"你也知道，我一定要这么做，"我说，"好了，你到底要不要告诉我你和希瑟怎么样了？"

她摇了摇头。"等你活着回来再说。"她朝千里光草吹了一口气，"好马儿，听从我妹妹的指挥，带她平安到达。"

千里光草被吹落到地上，瞬间幻化成为一匹瘦弱的黄色小马，它有着翡翠般的眼睛和蕾丝一样的鬃毛。小马朝空气呼哧呼哧地喷着气，用铁蹄不住地踏着地面，和我一样渴望飞翔。

洛基的宅邸和我印象中一样，有着高高的尖塔和长满青苔的围墙，上面覆盖着厚厚的金银花和常春藤；连接城堡和外界的树篱迷宫弯弯绕绕，让人头晕眼花。这个地方就像童话故事中的完美城堡。在这里，爱应该是一件简单的事情，不应该是痛苦的根源。

"在夜里，人类世界看起来就像是撒满了坠落的星星。"这句话突然跳入我的脑中，这是我们一起站在最高塔的塔顶眺望时，洛基说过的。

我指挥千里光马着陆，然后翻身下马，走向城堡宏伟的大门，把小马留在草地上刨土。我一靠近，两扇大门就自动打开了。门后站着两位仆人，他们身上散发着一股霉味，肤色苍白，血管清晰可见，就像两尊大理石雕塑，肩后垂着布满灰尘的小翅膀。他们用毫无感情的黑洞般的眼睛向我致意，这个瞬间，我想起精灵是多么的残暴，多么的泯灭人性。我深吸一口气，挺直身子，朝门内走去。

"欢迎回来，尊贵的夫人。"其中的女仆向我问好。塔琳告诉我，这两人是兄妹，分别叫尼拉和尼夫。他们的债主原本是洛基的父亲，他过世后，他们继续照顾债主的儿子。他们以前总是躲在别人看不见的地方，行事偷偷摸摸的，塔琳住进来后，就禁止他们鬼鬼祟祟地做事了。

在人类世界，我已经习惯感谢别人为我提供帮助，哪怕只是微不足道的事情。但现在我必须忍住，不能表达谢意。"回家真好。"说罢，我快速经过他们，走进大厅。

大厅和我记忆中的样子有所不同。以前，房间大多是空置的，就算有家具，也只是陈旧笨重的摆设，或是一些古老的装饰品；长餐桌上没有任何东西，地板上也是。但现在，随处可见坐垫、地毯、酒杯、托盘，还有半满的玻璃酒瓶，所有器皿都闪着艳丽的色彩——朱砂红、焦土棕、孔雀蓝、幽墨绿、璀璨金、暗灰紫……沙发的外罩还残留着一层薄薄的金粉，也许是最近哪位客人留下的。我眉头紧皱，一个银酒壶映照出我的脸，和我对视良久。

仆人们都在看着我，我不能去研究这些房间，因为我"本该"对它们非常熟悉。我尽量让自己的面部表情舒缓一些，尝试收起对那些未知的细节的疑惑。

这些房间是塔琳设计的，这一点我敢肯定。以前住在马多克的城堡时，她的床上也摆满了各种颜色鲜艳的枕头，她喜欢美丽的东西。当然，我没有忘记这是举办酒宴派对的地方，是声色犬马之地。塔琳曾提到自己举办了长达数月的狂欢派对，但直到现在，我才能想象到她躺在抱枕堆中酩酊大醉、开怀大笑甚至亲吻别人的场景。也许，还不只是亲吻。

我的姐姐，我的双胞胎姐姐，她是高贵的百灵鸟，不是聒噪的白头翁；她总是腼腆害羞，从不作乐纵欲。至少以前我是这样认为的。当我沉迷于战斗和阴谋时，她却义无反顾地走上了欲望之路。

我走向楼梯，开始担心自己能否瞒天过海。我梳理自己掌握的一切信息，回忆着我和塔琳编造的最后一次见到洛基的场景。我会说洛基原本打算和他的塞尔基族情人见面，反正这也是极有可能的事。而且，陆地精灵最近正好和深海宫廷起了冲突，我希望精灵们能把矛头转向深海宫廷。

"您想在大厅用晚膳吗？"尼夫跟在我身后问道。

"在房间里吃。"我说。我不愿意独自在长餐桌上吃饭，更不愿意忍受周遭质疑的目光。

我走上楼，装出一副熟门熟路的样子。可当我打开房门，却感到惊慌失措。有一瞬间，我还以为自己走错地方了。但冷静下来细想，只是洛基的房间也发生了变化而已。房间里的床围着床幔，上面绣着狐狸，一群躲在高大的树后跟踪着某人的狐狸。床头边上有一张矮沙发，上面凌乱地摊着几件睡衣。此外，还有一张小桌，桌上放着散乱的纸张和几支笔。

我走进塔琳的衣帽间，看着她的裙子。这些裙子的颜色没有她选的装饰品那么五彩缤纷，但也差不多。我取出一件衬裙，又拿出一条厚重的绸缎长裙，然后脱下了身上的薄纱玻璃长裙。长裙的玻璃纤维滑过皮肤，我忍不住打了个冷战。

我站在镜子前，一边梳着头发，一边看着镜中的自己，观察着哪个细节可能会露馅。我的肌肉比较结实，但是可以用衣服盖住；我的头发比较短，但并不明显。最后，当然，是我的脾气。

"向您问好，尊敬的王。"我想象自己回到至尊宫廷的场景。塔琳会怎么做呢？我会屈膝下蹲，"很久未见了。"不过，塔琳很可能近期和卡丹见过面。对她而言，时间可并不长。我在心里打起了鼓。在审问中，我要做的不仅仅是回答问题，还要亲切地假装自己是至尊王的旧相识，而且是当着他本人的面。

我看着镜中的自己调整表情，收起阴沉的怒容，装出温顺乖巧的样子。"向您问好，尊敬的王，你这个叛徒，癞蛤蟆。"不行，尽管这样说能让我心情愉悦。"向您问好，尊敬的王，"我再次尝试，"我没有谋杀自己的丈夫，虽然他罪有应得。"

叩、叩、叩！突然传来的敲门声把我吓了一跳。尼拉端着一只木质托盘走了进来，他把托盘放在床上，向我鞠了一躬就出去了，整个过程几乎没有发出一点儿声音。

托盘里放着吐司，还有一种散发着奇异臭味的果酱，那气味让我情不自禁地分泌出口水。过了好一会儿，我才意识到那是精灵果制成的果酱。他们竟然端给塔琳，毫不顾忌精灵果可能对她造成伤害，仿佛这是她的日常食物。难道洛基一直悄悄喂她吃精灵果吗？还是塔琳自己要求的，好让自己意识模糊，找点儿乐子？我再次感到迷茫。不过，至少还有一壶蓖麻茶、一些软奶酪，以及三枚煮熟了的鸭蛋。如果排除诡异的精灵果酱的话，这还算得上一顿简单的晚餐。我喝了茶，吃了鸡蛋和吐司，用餐巾纸包住果酱，塞在衣柜角落里。如果哪天塔琳发现衣柜发霉了，那也没办法，这只是让我帮忙所要付出的一点儿小小的代价。

我看着衣柜，准备挑选审问时穿的裙子。不能穿得太夸张，我的"丈夫"尸骨未寒呢，我应该表现得伤心一点儿。虽然塔琳交给我的任务很黑暗，她的衣柜里却连一抹黑色都没有。我推开各种各样的丝绸缎子，略过一件锦缎长裙，上面绣着小动物藏在枝叶间偷瞄的森林风景图，裙边还缝制了灰绿色和天蓝色的丝绒。终于，我选中了一条赤褐色的裙子，我把它拿出来摊在矮沙发上。同时，我还挑了一双深蓝色的手套。我在她的珠宝盒里一通翻找，把以前送给她的耳环拿了出来。这对耳环一只是月亮，另一只是星星，由出色的铁匠格瑞森打造，上面附着的魔法能让佩戴者更加明艳动人。

我急切地想溜出洛基的城堡，回到影子会。我渴望见到蟑螂和炸弹，听他们说宫廷里发生的各种事情。我也渴望回到熟悉的地底暗室去，但暗室就在幽灵背叛我们，投靠深海宫廷时被他摧毁了。我不知道影子会现在在何处运转，我也不敢冒险去打听。

我打开窗户，坐在桌边，小口抿着蓖麻茶。远处吹来咸涩的海风，夹杂着野生忍冬花和冷杉木的草木香。我深吸一口气，明明自己已经回到了空境，心里却泛起思乡的愁绪。

第六章

审问时间定在第一颗星星闪耀时。我穿着塔琳的赤褐色长裙，披着围巾，戴着手套，扎着松垮的发髻，只身来到至尊宫廷。我的心怦怦直跳，但愿没人发现我的腋下已经因紧张而洇湿了。

过去，我身为至尊王的内政大臣，还是受人尊敬的。但在那之前，在精灵世界长大的八年里，我都没有得到应有的尊重。不过，我很快就适应了身份转变带来的处境变化。而现在，作为塔琳，我不得不接受各种猜忌的目光，不得不推开拥挤的人群往前走，毕竟，已经没有人会自动为我让出路来了。

塔琳，是叛国者之女，是流亡者的姐姐，还是弑夫的犯罪嫌疑人。围观者的凝视充满欲望和贪婪，他们热切地期望看到她因罪获刑的精彩场面。他们不畏惧她，即便她可能是杀人的犯罪嫌疑人，他们也只把她当作一介凡人，弱小的凡人。这应该是一件好事吧，我想。她看起来越弱小，无罪辩解的可信度就越高。

我朝着至尊王的宝座靠近，但始终不敢正视他。至尊王卡丹的出现似乎抽空了我身边的空气。有那么一瞬间，我甚至想拔腿就跑，最好在他发现我之前逃离这里。

也许我无法完成任务了。

我感到一阵眩晕，不知道自己能否将所有情绪隐藏起，若无其事地与他四目相对。我深吸一口气，将所有顾虑抛在脑后，一遍遍提醒自己，他一定不会发现我的真实身份。从前塔琳假扮成我时，他就没有看穿，现在也一定不会认出我。"再说，"我告诉自己，"如果你不把这件事了结了，你和塔琳都会有大麻烦。"我想起薇薇说过的所有话。她一直跟我说这是一个坏主意，她是对的，整件事都太过荒谬。我应该在人类世界流亡，直到获得至尊王的宽恕再回来；否则，我面临的只有死亡。

我转念一想，卡丹的话也许有漏洞，也许我来宽恕自己也可以。但我又想起当初我自称精灵王后时，侍卫们捧腹大笑的样子。卡丹无需开口，他只要保持沉默就能否定我的身份。即使我宽恕了自己，卡丹的沉默也能将我再次推翻。

不，如果他认出我，我只能逃跑，我只能祈祷自己在影子会练就的身手比侍卫们的强。可这样一来，所有人都可以确定塔琳犯下了罪行，不然，她为什么会让我来假扮她呢？万一，我没法逃出生天……我只能徒然地面对死亡。

真好奇卡丹会对我施以怎样的刑罚。也许他会把我绑在一块大石头上，丢进海里。这样的话，妮卡茜娅会非常高兴。如果他心情不好，我可能会面临斩首、绞刑、放血、溺毙、五马分尸等死法，甚至可能会成为癞蛤蟆的美餐。

"塔琳·杜尔特，洛基之妻，你必须站在受召者的位置。"终于，一位骑士开口打断我的浮想联翩。他的声音冷酷无情，身上花纹繁复的银色盔甲表明他是卡丹的亲卫。

我走到指定位置，但脑子里总想走到自己当内政大臣时的位置。突然，像是被惊醒一样，我终于记起自己现在的身份，深深地向卡丹屈膝行礼，表示自己对至尊王的传召没有丝毫不悦。我无法看着他的眼睛行礼，只好低头看着地板。

"塔琳？"是卡丹。

这个熟悉的声音瞬间在我心中掀起狂风巨浪。我不能再逃避了，便抬起头直视他的双眼。

他比我记忆中还要美，是一种惊世骇俗的美。除去一些天生丑陋的种族，精灵们都异常美丽。这种美是他们与生俱来的特质，是我们凡人无法承受的。在见到他之前，我完全忘了他们的美有多么摄人心魄。

卡丹的每一根手指上都戴着耀眼的戒指，薄薄的白色衬衫外穿着一件镶满宝石的雕金胸甲，脚上穿着一双尖头的及膝长靴。他的尾巴卷了起来，搭在大腿边。这时的他再也不需要隐藏自己的尾巴了。最重要的是，他头上戴着的，无疑是那顶血腥王冠。

他看着我，乌黑的双眸镶着金边，嘴角挂着一丝戏谑的笑，一头黑发乱糟糟的，仿佛没有打理过，也许他刚从某人的床上爬起来。

我不禁佩服自己，竟然曾经凌驾于他之上，凌驾于至尊王之上，并且自大地以为自己能够永远控制他。我记得他的双唇贴在我的嘴巴上的感觉。我记得他哄骗我的招数。

"尊贵的王。"我必须说点儿什么，我练习的所有说辞都以这句话开头。

"我们知道你现在很悲痛，"他的语气是如此高高在上，惹人讨厌，"我们本无意打扰，但是你丈夫的死因确实蹊跷。"

"您真的觉得她很悲伤吗？"妮卡茜娅说道。她正站在一位女士身后。

我想了好一会儿，才想起那位女士就是卡丹的母亲——阿莎夫人。她身着一袭银色长裙，头上的尖角闪耀着宝石的光辉。她的脸上也装点着银色，颧骨和双唇都闪着银色的光芒。

妮卡茜娅的身上仍是大海的颜色，深绿色的海草在她的长裙上野蛮地生长着。一头水蓝色的长发编成辫子盘在头顶上，戴着一顶用鱼的骨头和牙齿制成的小巧的皇冠。

她们俩都没有站在至尊王的宝座边上。看来内政大臣的位置仍是空缺的。

我很想朝妮卡茜娅发火，但塔琳是不会这样做的，所以我也不能这么做。我什么也没说，心里暗暗怨恨自己只知道塔琳不会做什么，却猜不到她会做什么。

妮卡茜娅朝我走近，面露悲伤。洛基是她的朋友，曾经还是她的爱人。虽然洛基不是一个称职的朋友，更谈不上什么良配，但我想她还是不希望他死去的。

"是你亲手杀了洛基吗？"她问道，"还是说，你让你妹妹替你动的手？"

"茱德还在流亡，"我轻声说道，语气柔和，却夹杂着一丝不该有的危险气息，"而且我也没有伤害洛基。"

"没有吗？"王座上的卡丹身子前倾，不时抽动尾巴。王座背上的藤蔓闪着冷光。

"我爱……"这样的话我实在说不出口，但所有人都在看着我，我只好强迫自己带着哭腔说出这句话，"我爱他。"

"有时我相信你是真的爱他，"卡丹心不在焉地说，"但你也有可能撒谎。我要对你施咒，这样一来，你只能说出真相。"

他的手指一弯，空中就出现了神奇的点点微光，可我什么也没感受到。看来，达因的精灵符还是很有威力的，就连至尊王的魔法都无法蛊惑我。

"好了，"卡丹说，"告诉我实话。你叫什么名字？"

"塔琳·杜尔特，"我优雅地说，庆幸自己没被蛊惑，"马多克之女，洛基之妻，空境的国民。"

他轻轻笑了一下。"你的宫廷礼仪真周到。"

"我受过良好的教育。"他应该最清楚，我们曾一起学习。

"是你杀了洛基吗？"他问道。

此话一出，我身边低声交谈的声音都慢慢停止了。没有歌曲，只有几声轻笑，还有轻轻碰杯的声音。精灵们急不可耐地等着我认罪伏法。

"不是，"我说着朝妮卡茜娅瞥了一眼，"我也没有雇凶杀人。也许我们应该到深海里找找线索，毕竟那是他最后出现的地方。"

妮卡茜娅转向卡丹。"我们都知道茱德谋杀了贝尔金，她也承认了。而且我一直怀疑是她杀了瓦莱里安。如果塔琳不是凶手，那一定是茱德。我的母亲欧拉女王已经与你商定了休战协议，此时杀害你的狂欢会总管对她有什么好处？而且她知道洛基是你的朋友……也是我的朋友。"尽管她努力掩饰自己的情绪，但话尾的哽咽却暴露了她最真切的悲痛。

我试图挤出几滴眼泪，现在哭出来对我有利。但是在卡丹面前，我无法落泪。

他低头看着我，皱起了眉头。"那么，你的看法呢？是你妹妹做的吗？别说那些我已经知道的事。没错，我是把她驱逐出去了，但这不一定能阻挡她。"

我真想朝他那张狂妄的脸上来上一拳，让他看看所谓的驱逐能不能困住我。"她没有理由杀洛基，"我不紧不慢地说着谎话，"我不认为她对洛基有什么深仇大恨。"

"是吗？"卡丹反问道。

"我隐约听到过宫廷中关于你、你妹妹，以及洛基的传闻，"阿莎夫人突然开口，"据说你妹妹深爱着洛基，洛基却选择了你。有的姐妹可是看不惯对方过得好的。"

卡丹瞥了一眼他的母亲。我很好奇是什么把她和妮卡茜娅吸引到一起的，也许她们本就臭味相投。我更好奇妮卡茜娅是否了解这位母亲。深海宫廷的女王欧拉是位令人闻风丧胆的君主，我甚至抗拒与她同处一室，但我相信她对自己的宝贝女儿妮卡茜娅应该是很不错的。或许妮卡茜娅会因此对卡丹的母亲抱有过分的期待，可阿莎夫人的母爱稀罕得连自己的亲儿子都未曾得到过。

"茱德没有爱过洛基。"我的脸因恼怒而涨得通红，但此刻的羞恼却成了我掩饰自己的绝佳面具，"她所爱的另有其人。那个人才是她想谋杀的对象。"

"够了。"卡丹打断我的话，也放弃了对我的逼问，这可太好了，"我已经得到我想知道的所有信息……"

"不！"妮卡茜娅的尖叫在大厅上引起了一阵不小的骚动。打断至尊王的话是一种无比放肆的行为，哪怕这样做的人是一位公主，更别说她还背负着使者的身份。妮卡茜娅似乎过了几秒才意识到这个问题，但她还是不顾一切地说了下去，"塔琳身上可能有其他咒语，让她不受魔法的蛊惑。"

卡丹凶恶地瞪了妮卡茜娅一眼，他可不喜欢别人公然挑衅他的权威。但是，他的愤怒很快就释然了。他朝我露出一个邪恶的笑容。"这么说，我们只能搜身了。"妮卡茜娅闻言也露出和他一样狡诈的笑。

这感觉就像重返过去上学的时光，我再次成为上流社会的靶子。我想起上次受辱的场景：先是受封为欢乐女王，又在所有狂欢者面前脱下衣裳。如果现在脱去我的长裙，他们将会看到我手臂上的绷带和皮肤上新鲜的伤口，会因此怀疑我并不是塔琳本人。我将百口莫辩。

我不能让这件事发生。我试图模仿我的继母奥里安娜，摆出一副高贵的样子。我学着她说话时那极富威严的语气说道："我的丈夫被谋杀了，无论你信不信，我现在的心情无比沉重。他尸骨未寒，我绝不会让自己成为宫廷的笑柄。"

然而，至尊王笑得更开心了。"那就如你所愿，我将在房间对你进行单独检查。"

第七章

　　我走在宫殿长长的走廊上，前面是卡丹，后面是防止我逃跑的侍卫。

　　我无比恼怒。再没有转圜的余地了。他会把我带到他的房间里。然后呢？他是不是还会让一名侍卫抓住我，然后除去我身上所有可疑的物品，像珠宝、衣物，直到我一丝不挂？那他一定会注意到我身上的伤痕，而那些旧伤他都见过。如果他摘下我的手套，那就证据确凿了，那一截半指必定会暴露我的真实身份。总之，只要我脱下衣服，他就会认出我，所以我必须找机会逃脱。

　　他的房间里有一条秘密通道，我沿着通道，可以爬到一扇水晶窗前，从那里离开。我偷偷瞄了一眼侍卫们，只要他们不在，我就能越过卡丹，从秘密通道逃跑。可问题是，怎么才能摆脱他们呢？我回想起卡丹在王座上宣布对我进行检查时，脸上那可怕的笑容。也许他就是想看塔琳的身体，毕竟，他曾经想得到我，而我与塔琳又是双胞胎。

　　如果我自愿脱掉衣服，也许卡丹会同意撤下侍卫。他也确实说过会单独搜我的身。这让我产生了一个更大胆的想法：也许我可以分散他的注意力，让他无法认出我。我可以把蜡烛吹灭，在昏暗的光线中脱去衣服……

　　我过分专注于思考，完全没有注意到一个长着马蹄的仆人正朝我走来。她端着一个托盘，里面放着一个浅绿色的玻璃酒瓶，还有一套棕色的玻璃酒杯。我们擦肩而过时，托盘突然朝我倾斜。她大叫一声，随即把我撞倒。我们一起摔倒在地板上，周围撒满了破碎的玻璃碴。

　　侍卫们停下脚步，卡丹也转头看过来。我看着那个侍女，感到困惑又意外。因为她的冒失行为，我的长裙湿透了。精灵们很少会这么粗心大意，我隐约觉得这不是一场意外。

紧接着，手腕处传来一阵冰凉的皮套触感，是侍女握住了我的手。她假装清理玻璃，趁机塞给我一把带鞘的短刀。又借着帮我清理发间的玻璃碴的机会，凑近我的耳旁。"你的父亲已经赶来了，"她悄声说，"看到信号，就刺杀最靠门的守卫，然后逃跑。"

"什么信号？"我一边帮她收拾碎片，一边问道。

"哦！不，夫人，我真抱歉，"她摇着头，用正常的音量说，"您是尊贵之躯，我来收拾就好。"

至尊王的一名亲卫抓住我的手臂。"接着走。"他说着，一把将我拉了起来。我抬起手捂住胸口，以防袖子中的小刀掉出来，然后继续朝卡丹的房间走去。

我脑海中一团乱麻，但有一件事很清晰：马多克要来营救塔琳。

我想起来了，在我脱离马多克的掌控，违背他的命令后，是塔琳帮助他挣脱了效忠至尊王的誓言，帮他夺得了半支国家军队。我想知道马多克到底给了塔琳什么样的承诺，令她如此言听计从。马多克现在一定很高兴，因为塔琳终于摆脱了洛基这个累赘。但是，马多克的计划是什么？他准备和谁战斗？如果他发现自己救的不是塔琳，而是我，又会做些什么？

两位仆人推开厚重的房门，至尊王走进房间，一屁股坐在矮沙发上，我紧随其后，没有一个侍卫跟进来。我刚踏过门槛，两扇大门就合上了。我不自在地站在厚地毯上，这是最后的审判。但能安慰我的是，我的计划还是有可能成功的。我不需要说服卡丹屏退侍卫，因为他们从来不敢久留。而且，我有短刀傍身。

会客厅还是和从前一样，充斥着烟草、马鞭草和三叶草的香味。卡丹整个人陷在沙发里，双脚跷起来搭在棺材似的石桌上，手指敲打着沙发边缘。他的脸上闪过一丝狡黠的笑，这跟他刚才坐在王座上和我说话的样子非常矛盾。

"唔，"他的手指一直在敲打身下的沙发，"你没有收到我的信吗？"

"什么？"我声音听起来十分沙哑。他的话让我完全摸不着头脑。

"你一封信都不回，"他接着说道，"我还以为你决定要留在人类世界实现你的野心了呢。"

一定是考验。一定是陷阱。

"尊贵的王，"我生硬地说，"我以为你带我来这儿，是为了要确定我身上没有其他的咒语或护身符。"

卡丹挑了挑眉，笑得更欢了。"如果你想的话，我会这么做。那就请你把衣服脱了吧，我不介意。"

"你在做什么？"我绝望地问道，"你在玩什么把戏？"

他看着我，似乎我才是那个举止奇怪的人。"茱德，你不会真的以为我认不出你吧。在你踏进宫殿的那一刻，我就认出你了。"

我晃了晃头，感觉脑袋不太清醒。这不可能。如果他早知道是我，那我不可能活着来到这里。我会被囚禁在遗忘塔，等待处决。但也许他想让我违反驱逐条令；也许我这样做正合他意，因为我现在完全处于他的掌控之中；也许这只是他的一场游戏。

他从沙发上站起来，凝视着我。"过来。"

我不由自主地后退了一步。

他皱起眉头。"我的顾问说你和牙齿宫廷的使者见过面，还说你现在在为马多克做事。我本不愿相信，但现在看到你的眼神，也许我不得不信了。告诉我你没有。"

他的话让我感到困惑，但我很快就明白过来了。他指的是格里玛·莫格的事。"我不是叛徒。"我说着，突然反应过来自己的袖子里还藏着一把小刀。

"你生气是因为……"话说到一半，他突然停下来仔细端详我的脸，

"不，你不是生气，你是害怕。你为什么害怕我？"

我有点儿发抖，心里涌起一股莫名的情绪。"我没有，"我依然在撒谎，"我恨你。你驱逐了我。你对我说的所有话、你的承诺，全都是圈套。而我，竟然愚蠢到相信你。"小刀已经滑到了我的掌心。

"当然是圈套……"他刚一开口，便看到了我手中的武器，于是没再说下去。

突然，整个房间晃动了起来。就在我们附近的某处，发生了一场爆炸。强烈的震动晃得我们根本站不稳，书架上的书全部倒在地上，装饰用的水晶球从架子上滚落，在地板上来回滚动。我和卡丹惊讶地看向彼此，紧接着，他眯起双眼，似乎是在怀疑我。

这时候我真应该捅他一刀，然后逃之夭夭。

一阵短兵相接的声音从附近传来。

"待在这儿。"我说着，掏出小刀，把皮套扔在地上。

"茱德，不要……"他在我身后大声呼喊，但我已经赶到了大厅中。

已经有一名侍卫倒地身亡，看样子是被一只手贯穿了身体。其他侍卫正在和马多克的精锐部队交战。我了解马多克的部队，这是一支受过高强度训练且不要命的敢死队，是无情的战斗机器，不会给对手留丝毫余地。如果他们靠近卡丹，那卡丹就有生命危险了。

我再次想起那条逃生道路，我可以带卡丹从那里逃走。但作为交换，他必须宽恕我。卡丹要么结束我的流亡生涯，要么祈祷他的侍卫能战胜马多克的精兵吧。

我正准备回到房间去跟卡丹谈判，忽然被一名穿着盔甲的士兵抓住了手臂。"找到塔琳了！"她粗暴地喊道。我认识她。西利亚，她有一半的胡德拉 [1] 血统，是个恐怖的精灵，我曾经见过她将一只鹧鸪分尸，

---

[1]　胡德拉是斯堪的纳维亚传说中的一种森林精灵。

她非常享受杀戮的快感。我用小刀刺向她的手掌，但她戴着坚固的手套，刀尖瞬间就被折弯了。

这时，一只覆盖着钢铁盔甲的手握住了我的手腕。"我的女儿，"我耳边传来了马多克可怕的声音，"孩子，别怕……"他用一块布捂住我的口鼻，一股让人反胃的甜腻味道瞬间充斥了我的鼻腔。我的四肢渐渐麻木，没过多久，我就失去了知觉。

第八章

再次醒来，我发现自己身处一片陌生的森林之中。在这里，竟然闻不到包围整个空境的海水的咸味，也听不到阵阵海浪声，只能听见篝火发出的噼啪声和远处人们交谈的声音。目力所及之处，只有成片的蕨类植物和发霉的树叶。

我坐起身，发现身上盖着几层厚毯子，最外面是一条马褥子，样式比较精美。我身上还穿着塔琳的衣服，手上也还戴着她的手套。不远处停放着一辆高大的马车，车门是开着的。

"你可能会有一点儿头晕，"身旁传来一个温柔的声音，"过会儿就好了。"是奥里安娜，她就坐在我身边。她的长裙看起来是由几条裙子拼凑而成的，她将头发梳在脑后，用一顶绿色的帽子盖住，和我记忆中那个精致的宫廷夫人判若两人。

我用手摸了摸头发，发型有点儿松动，但发夹还固定在里面。"这是在哪儿？发生了什么？"

"你父亲本来就不喜欢你待在那个岛上，现在又没有了洛基的保护，用不了多久，至尊王就会找借口将你囚禁起来。"

我用手抹了把脸。火堆边上，有一只细长的昆虫精灵正在搅动一口大锅。"要喝汤吗，凡人？"我摇摇头。"你想到汤里来让我煮了吃吗？"它又憧憬地问道。

奥里安娜将它赶走，从火堆旁的草地上拿起一只壶，将里面冒着热气的汤装进一个木杯子里，那汤散发着树皮和蘑菇的香味。我抿了一小口，头晕的感觉马上就缓解了许多。

"抓到至尊王了吗？"我问道，努力回忆自己被带走时的情形，"他还活着吗？"

"马多克没有抓到他。"她听起来非常失望。

我恨自己竟然替卡丹松了一口气。"但……"我刚准备问那场战斗是如何结束的，却又想起了自己此时的身份，于是赶紧闭上嘴巴。

过去，我和塔琳有时会在家里假装成对方。只要不是假扮时间太长或者表现得太明显，大部分情况下，都能瞒过别人。也就是说，只要我不做任何蠢事，就很有可能瞒过他们，悄悄逃走。但是，然后呢？

卡丹表现得那么漫不经心，似乎判处我流放只是我们之间的一个笑话。他还提到了信，可我从来没有收到过他的信。我无法想象卡丹写的信是什么样子。是简短的还是正式的？信纸会沾着酒渍吗？信里会说些什么呢？会写满那些流言蜚语吗？他打算宽恕我了吗？还是说他准备跟我谈条件？又或者说这只是他的又一个圈套？

当然是圈套。

无论他此前是怎么想的，现在，他肯定认为我在为马多克做事了。我其实不该在意他的想法，但不得不承认我为此感到心烦意乱。

"你父亲的目的就是将你救出来。"奥里安娜告诉我。

"不仅如此吧？"我说，"他不可能单单为了我就对精灵宫殿发起进攻。"我的思绪混乱无比，各种猜测一个接一个地跳出来，已经无法确定到底什么是真的了。

"我从不质疑马多克的计划，"她冷静地说，"你应该也一样。"

我几乎忘了受奥里安娜控制是怎样的感觉了。在她眼里，我的好奇心似乎马上会令整个家族蒙羞。但现在，她的丈夫偷走了至尊王的半支军队，而且正在策划谋反，她却还自视甚高，这让我烦躁不已。

我脑海中再次响起格里玛·莫格的声音——"牙齿宫廷中的大部

分人已经和曾经的大将军，就是你父亲，还有其他卖国贼站在同一战线了。叛徒们倾巢而出，据可靠消息，你们的至尊王将在下一个满月到来之前被废黜。"

看来危机已经迫在眉睫了。但我现在的身份是塔琳，我不应该再反驳奥里安娜。

几秒钟后，她露出了懊悔的表情。"现在最重要的就是让你好好休息。你刚失去洛基，又卷入到这些事情中，一定很累了。"

"是的，"我说，"事情太多了。我想休息一下，不知是否方便。"

奥里安娜伸出手，帮我把额前的碎发向后拢。如果她知道面前的人是我，茉德，一定不会做出这样宠溺的举动。我和奥里安娜的关系远不及塔琳和她的关系，塔琳十分崇拜她。奥里安娜疏远我的理由有很多，最重要的一点是我把欧克藏在了人类世界，导致他无法继承王位。从那以后，奥里安娜对我既有感激，又有憎恨。但是塔琳不同。我想，奥里安娜应该自认为很了解塔琳。也许她们俩很相似，不过经历了洛基之死后，我的双胞胎姐姐变得令我都感到陌生，我不确定她们还有多少相似之处。

我闭上双眼，原本只想冷静地思考逃跑的办法，却不知不觉睡着了。

再次醒来，我身处一辆行进的马车之中。四周的帘子都放了下来。我看不见外面，但能听见大部队前进的声音，还有地精呼唤彼此时特殊的低吼声。马多克和奥里安娜就坐在我对面的长椅上。

我看着这个将我养育成人的红帽精灵，他是我的养父，也是杀害我亲生父亲的凶手。我仔细观察着他那张脸，那张熟悉的、非人类的脸。他应该好几天没有刮胡子了，脸上长出了不少胡楂，看起来疲惫不堪。

"终于醒了？"他说着，脸上露出了笑容。他一笑就露出许多獠牙，不禁让我想起了格里玛·莫格，这感觉很不舒服。

我坐起身，努力朝他挤出一个微笑。不知是那碗汤让我昏迷不醒，还是马多克的甜梦草让我失去知觉，总之，我一点儿也想不起来自己是怎么乘上这辆马车的。"我睡了多久？"

马多克做出放松的姿态。"距离至尊王那莫须有的审问已经过去三天了。"

我头昏脑涨，害怕自己会说错话，引起他的怀疑。不过，我现在容易昏迷的体质和我姐姐倒是很像。在被深海宫廷俘获以前，我的身体已经被锻炼得百毒不侵了。但现在，我却像塔琳一样脆弱。只要我足够谨慎，一定可以神不知鬼不觉地离开这里。我思考了一下，塔琳可能会跟马多克说洛基的事。于是，我深吸一口气，说道："我跟他们说我没有杀洛基，即使中了魔法，我也是这么说的。"

马多克盯着我，那表情不像是看穿了我的伪装，倒像是觉得我做了傻事。"我怀疑那个小屁孩根本没想让你离开宫殿。他为了留住你可真是拼尽全力。"

"卡丹？"这听起来不像他的作风。

"我的半支军队都折在里面了。"马多克沉痛地对我说，"我们确实不费吹灰之力就进入了宫殿。但在那之后，整座宫殿的出口都关闭了，而且所有通往出口的路都坍塌了。藤蔓、树枝和树叶缠绕在一起，阻挡了我们的路，像钳子一样夹住我们的咽喉，给我们造成了巨大的损失。"

我盯着他看了好一会儿。"那都是至尊王做的吗？"我不敢相信这是卡丹的战斗力，我那时居然还想着保护他。

"他的护卫都受过良好的训练，战斗力高强，他自己的实力也非常强。幸好我在发动总攻以前先试探了他一番，不然到时可能会措手不及。"

"那么，您还认为挑战他是明智的决定吗？"我小心翼翼地问。这不太像塔琳会说的话，但也不太像我会说的话。

"逆来顺受的人才需要做明智的决定，"马多克反驳道，"而且所谓明智的决定对于小绵羊而言并没有想象中那么有用。毕竟，像你这么聪明的人也会选择嫁给洛基。当然了，也许你有自己的打算，也许你聪明到让自己成为一个寡妇。"

奥里安娜按住他的膝盖，从此提醒他注意言辞。马多克放声大笑，说："怎么啦？全世界都知道我不喜欢他，你该不会指望我为他哀悼吧？"

如果他知道杀害洛基的人正是塔琳，还会笑得这么开心吗？我在开什么玩笑呢，他肯定会笑得更欢，甚至可能会把自己给乐疯了。

终于，马车停下了。马多克跳下车，招呼着他的士兵。我也走下马车，四处张望，眼前陌生的景象和浩浩荡荡的军队让我感到茫然。

茫茫白雪覆盖了这里的每一寸土地，巨大的篝火堆和纵横交错的帐篷点缀着这一片纯白的风景。那些帐篷有的是用兽皮搭成，有的是用精心设计的彩绘帆布、羊毛和丝料搭成的。但最让我震惊的是这些帐篷的规模之大。每一顶帐篷里都驻扎着许多装备齐全的士兵，似乎随时准备向至尊王发起进攻。营地后面向西一点儿的位置，有一座小山。小山的四周被无数厚厚的冷杉木的树皮包围，边上还有一顶帐篷和几名士兵。我感觉这里离人类世界非常遥远。

"我们在哪儿？"我问奥里安娜。她跟着我下了马车，把一件斗篷披在我肩上。

"牙齿宫廷附近，"她说，"只有巨魔和胡德拉会生活在这么遥远的北方。"

牙齿宫廷就是那个囚禁过蟑螂和炸弹的安西里宫廷，同时也是驱逐了格里玛·莫格的宫廷，是我最不想踏足之地，也是我无法轻易逃脱之地。

"来，"奥里安娜说，"我带你去安顿一下。"

她带我穿过营地，空气中弥漫着浓浓的烟雾，土地上的融雪被厚重的军靴踩得泥泞不堪。我看到一群巨魔正在剥去一头驼鹿的皮，一群妖精和地精正在高唱战歌，一位裁缝在火堆前修补一堆隐形盔甲。远处，传来金属碰撞的声音、人们大声叫喊的声音还有动物的叫声。我不知所措，只能在拥挤的人群中跟紧奥里安娜。

终于，我们来到一顶看起来巨大且坚固的帐篷前。帐篷的门口摆着两把椅子，上面都铺着羊皮。我的目光被旁边那一顶更为精致的大帐篷吸引。那帐篷底下是一只金色巨爪，它将帐篷高高撑起，似乎只等主人一声令下，便要带着帐篷逃离这里。

就在我盯着帐篷看的时候，格瑞森出现了。格瑞森·史密斯，这个创造了血腥王冠以及许多精灵艺术品的人，现在仍在追逐更高的声望。他的衣着打扮格外精致，就像一位王子。他一看见我，便露出了狡诈的神情。我赶紧移开视线。

马多克和奥里安娜的帐篷让我想起了我们曾经的家，心里顿时升起一股不自在的感觉。帐篷的角落里搭建了一个临时厨房，里面挂着环状的干草药，草药旁边放着结了块的酱料、黄油和芝士。

"你可以去洗个澡。"奥里安娜朝帐篷另一角的铜色澡盆扬了扬下巴。澡盆里盛着大半盆雪。"我们把金属块丢到火堆里，等烧热之后再用它来融雪，升温的速度可快了。"

我想到还不能暴露自己的断指，于是摇摇头拒绝了。在这严寒地带，我一直戴着手套也不会有人起疑。"我只想洗把脸，再多穿点儿衣服，可以吗？"

"当然，"说罢，奥里安娜在这个小小的帐篷里忙活了一会儿，找出一条厚实的蓝色长裙，几条连裤袜还有几双靴子。她稍微出去了一趟又马上回来。几分钟后，一位仆人端着一碗热水走了进来，水里有杜松的味道。仆人把水放在桌上，和衣服放在一块儿。

"你自己在这收拾一会儿吧，"奥里安娜说着，披上了斗篷，"我们今晚和牙齿宫廷的人一起用晚膳。"

"我不想给你添麻烦。"看着她和善的脸，我感到很不适应，心里也清楚这个表情从来不是给我看的。

她微笑着摸了摸我的脸，说："你是个好孩子。"这样的夸奖让我尴尬得脸都红了。我从来不是一个好孩子。

她走出帐篷，这样就变成我自己一个人了。我在帐篷里面搜寻了一番，没有发现任何地图或作战计划，只好暂时放弃搜索。我吃了一点儿芝士，把脸和身体其他能洗的地方都洗了，然后用薄荷油漱了口，还把舌头清洁了一下。最后，我将头发简单地梳理了一下，编成两条紧实的辫子，换上更厚重、更保暖的衣服，还把丝绒手套换成了羊毛的，并且检查了手套里的填充物，确保断指不会露馅。

等所有事情都做完，奥里安娜正好回来了，身后还跟着几位士兵。士兵们提着一个大木箱，里面装着兽皮和毛毯。奥里安娜让士兵们用这些材料铺出一张床，还在床的四周围了帘子。

"凑合着睡吧。"她看着我，等待我的答复。

我忍住想要隆重感谢她的冲动。"比我想象中的好多了。"

士兵们离开时，我跟他们一起走出了帐篷，并根据落日确定了自己的方位。我望着面前汪洋一般的帐篷群，陷入了思考。我看得出有来自各方势力的不同军队。马多克的军队上方有他的印记，是一枚自转的新月，而牙齿宫廷的帐篷上则印着一座阴森的山脉。还有两三个宫廷也派出了人马，这些宫廷要么本身就没有实力，要么只派出了小部分士兵。"叛徒们倾巢而出。"格里玛·莫格曾这么说。

我情不自禁地开始用从前的间谍思维思考。此刻，我正处在揭发马多克谋逆计划的最佳位置上。我在他的营地里，甚至在他的帐篷里，我完全可以将一切大白于天下。但这个想法太过疯狂。谁知道奥里安娜或马多克什么时候会发现我的真实身份？

马多克曾对我立下这样的誓言："如果让我培养你，我会尽全力将你培养成我的敌人，和我一样强大的敌人。"这是带着讽刺的恭维，也是直白的威胁。我知道他会怎样对待他的敌人，他会杀了他们，用他们的血为自己的帽子加冕。而且，就算他真的叛变了又如何？我已经被驱逐了，只是一个微不足道的流亡者。但是，如果我能拿到马多克的作战计划，我就能用它换取流亡的结束。除非卡丹认为我是在撒谎，否则他一定会同意的，因为，我提供的可是拯救空境的办法。

如果薇薇在这里，她一定会让我少担心什么王啊、战争啊之类的事，找到回家的办法才是最要紧的。薇薇说得没错，如果我们能放弃凡人的伪装，完全可以住在更宽敞的地方。而且在与格里玛·莫格一战后，我一定能从布莱恩那里接到更好的活。还有，在那场审问之后，塔琳也不太可能再回到空境生活了。除非，马多克成为统治者。

也许我应该放手让他去做。但我却过不去心里那一关。这听起来很荒谬，但我无法抑制自己的愤怒，我的胸口似乎燃起了熊熊烈火。我是空境的至尊女王。尽管遭到驱逐，但我依然是女王。这意味着，马多克想夺取的不仅是卡丹的权力，也是我的权力。

第九章

我们在牙齿宫廷的帐篷中共进晚餐。这顶帐篷比马多克的至少要大三倍，地面铺满毛毯和皮草，帐篷顶上垂挂着华丽的吊灯。每一张桌上都点燃了圆形的白色蜡烛，摆放着精美的玻璃酒瓶和玻璃碗，瓶子里装着淡白色的酒，碗里盛着我从未见过的挂着霜的白色浆果。一位竖琴师坐在帐篷的角落，美妙的音乐在帐篷里流淌，与人们嘈杂的说话声交织在一起。

帐篷中央放置了三张王座，两大一小，似乎是用冰块雕刻成的，晶莹的座位里还凝固着花朵和树叶。两张大的王座上没有人，小的王座上却坐着一位蓝色皮肤的女孩。她头戴一顶冰雕王冠，嘴巴和喉咙被一个金色嘴套箍着，身上穿着竖条纹的灰色丝绸长裙，看起来只比欧克大一两岁。她的目光一直盯着自己那不安分地动来动去的手指。她的指甲被咬掉了一小块，边缘留下了一丝薄薄的血痕。

如果她是公主，那谁是君主、谁是王后可就显而易见了。他们头上的冰雕王冠更为华丽炫目，他们的皮肤是灰色的，像岩石，也像尸体。他们的眼眸是明亮澄澈的黄色，像果酒一般。他们都穿着和女孩的皮肤一样蓝的衣服，看起来是很般配的三件套。

"这是诺尔夫人、贾雷尔陛下和他们的女儿——苏伦女王。"奥里安娜悄声说道。

所以，那个小女孩才是统治者？

不幸的是，诺尔夫人注意到了正在盯着她看的我。"一个凡人。"

她的语气带着轻蔑，我早已见怪不怪。"有什么可看的？"

马多克向我投来充满歉意的眼神。"请允许我向二位介绍我的养女——塔琳。我应该提过她。"

"应该吧。"贾雷尔王说。他的眼神很有压迫感，就像一只看到老鼠爬进自己巢里的猫头鹰。

我恪守礼仪，对他们说："很荣幸今晚能在贵宝地借宿。"

贾雷尔王把目光转向马多克。"真有趣。她好像以为自己与我们是同类。"

我几乎忘了这种感觉，忘了那些年自己是多么弱小无助，只能依靠马多克的庇护而活。现在，他的庇佑也只是因为还不知道身边站着的是我这个女儿罢了。我恐惧地看着贾雷尔王，我的眼神显然让他非常得意。我真讨厌这样。

我想起炸弹曾经跟我说过牙齿宫廷是如何对待她和蟑螂的——"牙齿宫廷把我们大卸八块，在我们身上装满了诅咒和精灵符。他们改变了我们。逼迫我们为他们效劳。"

我不断告诉自己，我不再是从前那个我了。虽然现在我被敌人包围了，但并不代表我没有还击之力。我发誓，总有一天我会让贾雷尔王也对我感到恐惧。不过，现在的我只能默默地走到帐篷的角落，坐在一个隐蔽的小土墩上，观察这个房间。

我记得常务委员会曾经说过，一些下属宫廷的统治者会将自己的子女伪装成凡人，养育在人类世界，以此逃避向至尊王效忠的誓言，待他们长大后再带回空境，并让他们成为统治者。我不知道牙齿宫廷是否做了这样的事。若果真如此，那么贾雷尔王和诺尔夫人一定失去了统治者的头衔。

真有意思。他们这样大摆排场，从王冠、王座，到这座奢靡的帐篷，无不显示着自己的威风，却肯支持马多克成为至尊王，让他凌驾于自己之上？我不相信。就算他们现在支持他，以后也必定会与他反目成仇。

就在这时，格瑞森走进了帐篷。他披着一件猩红色的斗篷，斗篷上那巨大的心形金属玻璃别针几乎要掉下来了。诺尔夫人和贾雷尔王同时看向他，两张僵硬的脸上挤出了一丝冷冰冰的笑。我看向马多克，他看起来不怎么高兴。

一番客套后，诺尔夫人和贾雷尔王催促我们落座。诺尔夫人拉着苏伦女王的嘴套，将她牵了过来。苏伦女王入座后，我注意到她嘴套上的绑带有些古怪。那些皮质绑带似乎已经嵌入她的皮肤，绑带上闪动的点点微光让我联想到施咒。

这可怕的东西也是格瑞森的杰作吗？看着她受束缚的样子，我不禁想到欧克。我朝奥里安娜看去，不知道她是否也想起了欧克。但她面无表情，整张脸就像冰湖一般安静而冷漠。

我们走到餐桌边上，我就坐在奥里安娜身边，对面是格瑞森。他发现我仍然戴着那一对星月耳环，于是朝它们笑了笑。

"你妹妹应该不会轻易把耳环送给你吧。"他说。

我身子前倾，手指摸了摸耳垂。"您的作品实在太精妙了。"我说。我知道他有多喜欢别人的奉承。

他颇为欣赏地看着我，估计是在为自己的作品而骄傲。如果此刻他觉得我很有吸引力，那也只是因为他的作品。但和他聊天对我有好处，因为其他人都不会跟我透露太多消息。

我努力思考着塔琳会说什么，却只能想到此时格瑞森想听的话。我轻声对他说："哪怕是在睡觉的时候，我也不想把它们摘下来。"

他更加洋洋自得了。"只是一些小玩意儿而已。"

"您一定觉得我很傻，"我说，"我知道您做过很多了不起的艺术品，但这一对已经足够让我开心了。"

奥里安娜疑惑地看了我一眼。我做错了什么吗？她怀疑我了吗？我开始紧张起来。

"你应该来参观我的锻造间，"格瑞森说，"请允许我向你展示真正的魔法。"

"非常乐意。"我嘴上应和着，心里却一直担心自己会暴露身份。刚刚试探的结果就只有他的邀请，令我有些挫败。要是他能一直在这里吹嘘自己的作品就好了，就现在，不要和我约其他时间！我不想去他的锻造间，我只想逃离这座军营。我迟早会露馅的，所以我一定要抓紧时间，看看这里有什么线索。

就在我们聊天的当口，仆人们端着晚餐过来了。谈话就此中断，这让我更加失落了。

今天的晚餐是一大块烤熊肉和一些云莓。一位士兵跟格瑞森聊起了他的胸针。坐在我身旁的奥里安娜正和牙齿宫廷的一位臣子聊着我不知道的一首诗。

我无事可做，便集中注意力捕捉马多克和诺尔夫人的声音。他们正在争论还可以拉拢哪些宫廷加入自己的阵营。

"你接触过白蚁宫廷的人吗？"

马多克点了点头。"罗本王和深海宫廷有血海深仇，但至尊王不允许他复仇，他因此心生不满。"

我的手紧紧地攥着小刀。我和罗本王有过约定，为了表示诚意，我甚至杀了贝尔金，这也是卡丹驱逐我的理由。在经历了那些事情后，罗本王还真有可能和马多克合作，这个可能会让我不好过。但无论罗本王的最终决定是什么，他既然发誓过会永远效忠血腥王冠，那就逃不脱誓言的约束。尽管有一些宫廷，例如牙齿宫廷，通过一些阴谋诡计摆脱了祖先的誓言，但大部分宫廷仍然受它约束，包括罗本王。那么，马多克会用什么办法解除这个限制呢？如果无法破解誓言，这些低级宫廷根本别无选择。他们必须听命于唯一一头戴血腥王冠的统治者——至尊王卡丹。

不过，塔琳可不会说这些话。我只好咬紧牙关，一言不发地听他们的讨论。

晚膳过后，我们回到自己的帐篷。我拿了一罐蜂蜜酒，给马多克的部下斟满。我并不是一个让人印象深刻的人，我只是马多克收养的人类女儿，一个他们擦肩而过时都不会留意的人，一个他们不屑的人。

奥里安娜没有再用奇怪的眼神看着我。也许她认为我和格瑞森说话时的表现有蹊跷，但也仅此而已，她没有其他理由怀疑我。

我感觉自己又跳入了过去的角色里，间谍的身份就像是一条厚重的毛毯，令我安心。今夜，我的表现会让所有人相信，我只是一个对父亲言听计从的女儿，我躺在床上，喉咙里生出一阵难以名状的苦涩。我已经很久没有这种感觉了，这种苦涩源于我对谋逆之事的无可奈何，哪怕它就发生在我眼前。

第二天，我从铺满毛毯和兽皮的床上醒来。在火堆边上喝了一口浓茶，然后在房间里四处走动，活动四肢。幸运的是，马多克很早就离开了。

"今天，"我对自己说，"今天我一定要想办法离开这里。"

穿过营地的时候，我注意到这里有军马。也许我可以偷一匹马，但我的马术并不精湛，加上没有地图，很快就会迷路的。地图之类的图纸应该都藏在军备帐篷里。也许我可以捏造一个理由，到那顶帐篷里拜访一下我的父亲。

"您觉得马多克会想喝茶吗？"我期待地问奥里安娜。

"如果他想喝，"她和蔼地对我说，"会让仆人去准备的。要想消磨时间，你还可以做很多事情。我们这群宫廷夫人会聚在一起缝制旗帜，如果你有兴趣的话，可以一起来。"

没什么比我的针线活更能出卖我的身份了。说我针线活差都算是在夸奖了。"我还没有准备好回答关于洛基的问题。"我不安地说。

她同情地点了点头。在这种聚会中，人们最喜欢做的就是打听别人的私事。一个死去的丈夫无疑会成为她们热议的话题。

"你可以拿着小篮子去采一些食物，"她建议道，"不过记得在森林里要小心，还有，离军营远一点儿。如果你遇到哨兵，就给他看马多克的印记。"

我尽力掩饰着内心的急切。"这个主意不错。"

我披上借来的斗篷。突然，她握住了我的手臂。"昨晚，我听见你和格瑞森的谈话了，"奥里安娜说，"你要小心这个人。"

这番话令我想起了她过去对于狂欢派对的谨慎。她让我们发誓绝不参加舞会，绝不在外面乱吃东西，绝不做任何会让马多克蒙羞的事。当然，她有她的理由。在成为马多克的妻子以前，她曾是至尊王埃尔德雷德的情人，见过他的其他情人在狂欢派对上中毒身亡，包括她最好的朋友。尽管如此，我还是很讨厌她的行为。

"我会的，我会小心的。"我说。

奥里安娜直视着我的双眼。"格瑞森是个贪婪的人。如果你太友善，他或许会想得到你。他会像人们垂涎珍宝那样贪恋你的美貌，也有可能为了挑战马多克而抢走你。"

"我明白。"我试图让自己看起来无需她担心。

她无力地笑了一下，松开手。

我离开帐篷，提着小篮子朝森林走去。一踏入森林界内，我就卸掉了所有的防备，顿感如释重负。终于不用再进行角色扮演了。虽然只是这么一会儿，但片刻的解放也不错。

我做了几次深呼吸，思考着自己的下一步行动。无论怎么想，还是绕不开格瑞森。尽管奥里安娜刚刚警告了我，但我还是要想方设法接近格瑞森，他是我逃离这里的最佳筹码。他有那么多神奇的发明，也许能弄双金属翅膀带我飞回家；或者一只魔法雪橇，让一群雄狮拉着我逃脱。就算他什么也没有，至少他不了解塔琳，不会怀疑我的身份。如果他想从我这里强行得到什么，也没事，谁让他有随手放刀子的坏习惯，我随时可以杀了他。

我在森林里漫步，慢慢走向高地，从那里能俯瞰整个营地。锻造间坐落在一个偏僻的角落，它伸出帐篷外的三支烟囱里冒着滚滚浓烟。营地里有一个巨大的圆形帐篷，它是所有活动的中心。也许马多克就在那儿，地图也在那儿。

与此同时，我还发现了一件古怪的事情。在我第一次勘察整座营地时，就注意到山脚下有一小支警戒部队，他们离其他帐篷非常远。现在，从高地看过去，我才看见那里有一个山洞，洞口有两名哨兵把守。

真奇怪。那个地方离营地很远，行事极为不便。但，也许这就是它的意义所在，这座营地就是为了谋反而建造的，那个地方如此偏僻，就算产生再大的动静都不会有人发现。想到这一点，我打了个冷战。算了，这事暂时放在一边，我得先去找格瑞森。

我下山朝锻造间走去。在穿越营地边境时，有几个地精、蟋蟀精和长着粉状翅膀的精灵看了我几眼。我走过他们身边时，听见了"嘶嘶"的声音，一只巨魔用舌头舔着嘴唇，一副不好惹的表情，看上去一点儿也不欢迎我，但他们并没有阻挠我。

锻造间的大门没有关，格瑞森就在里面，裸着上身，露出毛发旺盛的精瘦躯体，正弯着腰捶打一块刀片。屋里酷热无比，几乎都要使人融化了，空气中还夹杂着刺鼻的木榴油味。他身边摆放着一排排武器和饰物，它们看起来都不简单：金属小船、胸针、银色的靴子跟、一把像是用水晶打造的钥匙。

在格瑞森成为叛徒之前，他曾让我带话给卡丹："我会为他做一件冰铠甲，它会让任何击打它的宝剑都变得粉碎，还会让他的心冷得感觉不到怜悯。告诉他我会为他铸造三把宝剑，这三把宝剑若是一齐使用，将具有三十个士兵的力量。"但现在，这些武器很可能都在马多克的手里，真可恶。

我打起精神，敲了敲门框。

格瑞森看到我，放下手中的铁锤。"戴耳环的姑娘。"他说道。

"您之前说邀请我过来，"我提醒他，"我希望今天来不会显得太迫不及待，只是，我实在是太好奇了。我能问问您在制造什么吗？还是说，那是秘密？"

这番话显然让他非常得意。他微笑着向我介绍他手中巨大的金属块。"我在打造一把能开天辟地的神剑。你觉得怎么样，凡人姑娘？"

格瑞森确实能制造出威力超凡的神器，但是，马多克的计划真的能打败空境的士兵吗？想想卡丹，这个掌控着几十个下级宫廷的至尊王，他能让大海沸腾，能呼风唤雨，能让万千植物瞬间枯萎。真的会有一把剑——哪怕是格瑞森锻造的神剑——能够与那种力量相抗衡吗？

"马多克一定很感激您加入他的阵营吧，"我平静地说，"还有您为他亲手打造专属神器。"

"哼，"格瑞森哼了一口气，眯起眼睛看我，"他确实应该感恩，但他有吗？你应该去问他，反正我是看不出来。如果世界上有人谱写了一首赞美我的歌，他有兴趣听吗？不，他会说他没空听歌。照我看，如果有人给他写一首歌，那他就有空聆听了。"显然，我的话没有让他继续吹嘘自己的武器，倒是加重了他的不满。

"如果他成了下一任至尊王，可就有很多赞美他的歌了。"我直击他的痛点。

格瑞森的表情一下子阴沉下来，嘴角往两边撇，摆出一副被恶心到的样子。

"但是您可是从马布女王时代开始就名声赫赫的大师，您的故事一定比他的有趣得多，非常适合编写成芭蕾舞曲呢。"我觉得自己奉承得太过了，但他的表情却由阴转晴。

"啊，马布女王，"他似乎陷入了回忆，"当年她请我打造血腥王冠时，确实给了我无上的荣誉，我也曾经发誓会一生守护血腥王冠。"

我露出期待的微笑，我知道他所谓的守护是什么——杀了血腥王冠佩戴者的人，也必定会付出生命代价。

他轻蔑地用鼻子哼了一声。"我希望我的作品能流芳百世，正如马布女王希望她的后代绵延不绝。但我跟她不同，我会把所有作品都放在心上，哪怕是那些不出众的。"

他伸出手，用沾满煤灰的手指摸了摸我的耳环，接着又揉搓我的耳垂，他的手指温热又粗糙。我躲开他的抚摸，轻轻笑了一下，希望他会觉得我的笑是因为端庄羞涩，而不是在责备他。

"比如说，你耳朵上这一对，"他说，"取下它们，你的美貌就会变得暗淡。它们给你增添的光彩可不止一点点，而是将你的美丽上升到一个新的层次。但是最终，你会丑得让精灵看到都尖叫。"

我强忍着要把这一对耳环摘下来的冲动。"您对它们下了诅咒，对吗？"

他脸上的笑容变得耐人寻味。"不是所有人都像你一样尊重匠人，马多克的女儿，塔琳。不是所有人都能得到我的馈赠。"

这句话让我沉思良久。这里一排排的武器，不知道有多少是受了诅咒的。

"这是您被驱逐的原因吗？"我问。

"至尊女王不喜欢我这么激进的艺术手法，所以在我跟随沃尔德王一起流亡时，已经失去她的重视了。"他言下之意，就是肯定了我的问题。

我点点头，装作完全不知道这个故事有多可怕。我的大脑飞速运转，回想着他制造的所有物品。"您第一次来空境的时候，不是给过卡丹一只耳环吗？"

"你记忆力不错，"他说。我的记忆力确实要比他好一些，因为塔琳并没有参加那一场血腥之月的狂欢派对。"那只耳环相当于给了他顺风耳的能力，那可是偷听的绝妙武器。"

我期待地看着他。他笑了。"这不是你想知道的，对吗？没错，那只耳环也受了诅咒。只要一句咒语，我就能让它变成一只红宝石蜘蛛，将他咬死。"

"那您念咒语了吗？"我问道。我想起在卡丹书房里的地球仪旁边，有一只被困在玻璃瓶里的红宝石蜘蛛，它永不停歇地在玻璃瓶里挣扎。尽管这场悲剧没有发生，但我还是感到后背窜起一阵凉飕飕的恐怖感，紧接着是无名的愤怒。

格瑞森耸了耸肩。"他还活着，不是吗？"真是一个巧妙的回答。听起来像是在否认，但实际却证明他发动了诅咒，只是没有起到作用而已。

我应该向他追问更多信息，应该问他知不知道离开营地的办法，但我已经无法忍受和他哪怕多一秒的谈话，我真怕自己会用他的武器杀了他。"我还能再来参观吗？"我咬紧后槽牙，挤出这句话，脸上堆砌的假笑已经变了形，感觉更像是在做鬼脸。

我不喜欢他看着我的眼神，仿佛我是一颗有待镶嵌的珠宝。"非常欢迎。"他说着，大手一挥，豪放地向我展示屋里的武器，"如你所见，我喜欢美丽的事物。"

第十章

离开格瑞森的锻造间后，我带着强烈的怒意，迈着沉重的步伐回到森林里继续采摘食物。我发泄一般地采集着花楸浆果、木酢浆草、荨麻、一些甜梦草，还有大量蘑菇。我一脚踢开一块石头，它叽里咕噜地滚向森林深处。但我心里还没有解气，于是又重复了一遍这个动作。要想平复心情，我还得踢很多块石头才行。我既没有找到离开这里的方法，也完全不清楚父亲的打算。唯一有的"进展"，就是离暴露自己更近一步了。

走在回帐篷的路上，我的脑海中闪过无数严峻的设想。突然，我看见马多克正坐在帐篷门口的火堆边上，一边清洁一边打磨着自己贴身携带的一套短剑。我一时心痒，几乎想过去帮他的忙。我不得不提醒自己，塔琳是不会这样做的。

"过来坐，"他说着，用手拍了拍身旁的空位，"突然来到这么险要的营地，你一定很不习惯吧。"

他怀疑我了吗？我在他身旁坐下，把满满当当的篮子放在火堆边上。虽然现在没有露馅，但我知道留给我的时间不多了，所以我冒险问出最好奇的问题："您真的认为能打败他吗？"

他大笑一声，仿佛听到小孩子天真的疑问似的，就好像我是在问"如果你把手伸得高高的，就能把月亮从天上拉下来吗？"似的。"如果我没有把握，就不会走这一步棋。"他的笑声突然让我有了底气，他没有认出我，真的认为我是塔琳，是那个对战争一窍不通的塔琳。

"但是您要怎么做呢？"

"那些战术什么的我就不跟你说了，"他说，"但我会向他下战书。获胜之后，我会把他的小脑袋瓜切成两半。"

"战书？"我被弄糊涂了，"但他为什么会接受您的挑战呢？"卡丹是至尊王，有无数军队任他差遣。

马多克咧开嘴笑了。"为了爱，"他说，"也为了责任。"

"谁的爱？"我相信就算是塔琳听到这些话，也会发出跟我一样的困惑。

"对于一个缺爱的人而言，给他多少爱都不算多。"他说。

我无言以对。过了一会儿，他看着我，同情地说："我知道你向来对战争兵法一类的事情无感，但我猜这一次的计划会让你感兴趣的。一旦确立了目标，我们就会用尽一切手段全力以赴。预言说卡丹会是一个糟糕的王，他自己也知道，却总以为能逃脱命运的束缚。那就来瞧瞧吧！我会给他一个机会，让他来证明自己是一名出色的统治者。"

"然后呢？"我追问道。

他又笑了笑，说："然后，精灵们就会称呼你为塔琳公主。"

我从小就对精灵界的各种战争故事耳濡目染。精灵族的寿命虽长，却极难孕育后代。因此，他们的大多数战争都遵循固定的"模式"，正如他们的王位继承顺序一样。精灵们的战争一般都会避免全军出击，在这个前提下，双方很可能通过达成一些协议来解决争端。不过，卡丹向来不怎么喜欢剑术，而且也不擅长谈判。为什么马多克认为他一定会接下战书呢？

就算好奇，我也不能问出口，否则马多克一定会对我产生怀疑。但我必须说点儿什么，总不能在这看着他却一言不发。

"茱德好像能控制卡丹，"我说，"也许您也能那样控制他，然后……"

他摇了摇头。"看看你妹妹现在的下场。无论她曾经拥有多大的权力，现在都被卡丹收回了。不，我不想再假装顺从地去侍奉他了。从现在开始，我要成为统治者。"他停下了手上磨刀的动作，转过头看我，眼里闪过一丝凶恶，"我给了她无数次机会，让她加入我们；给了她无数次机会，让她告诉我她在玩什么把戏。如果她早那样做，情况就会和现在截然不同了。"

我打了个冷战，难道他对我起疑了吗？"茱德很伤心，"我故作平静地说，"至少薇薇是这么说的。"

"你不想等我成为至尊王之后和她秋后算账，是吗？"他问道，"其实也不能说我不为她感到骄傲，她的成就可不小。她可能是我所有孩子中和我最相似的一个。当然，她也和人类世界的孩子一样，很叛逆，总想得到能力之外的东西。但是你……"

"我？"我把视线转移到火堆上。听到他对我的评价本来就已经让我感觉很不舒服了，马上又要听到他想对塔琳说的话，这让我感觉更糟，就好像是自己偷走了原本属于塔琳的东西。但我没有办法阻止他，任何轻举妄动都会暴露身份。

马多克伸手握住我的肩膀。这本该是一个让人安心的动作，但他的力道太重，手上的爪子太尖，仿佛下一秒，就会掐住我的喉咙，宣布他已经识破我的伪装。我的心跳越来越快。

"你一定感觉我更偏爱她，哪怕她这么不知感恩。"他说，"这只是因为我更了解她。不过，你和我有一个共同点，那就是我们都经历了失败的婚姻。"

我侧头看了他一眼，内心在放松和紧张两种情绪中反复交替。他真的认为自己的婚姻和塔琳的婚姻一样吗？

他收回手，朝火堆里扔了一根木柴。"而且我们的婚姻都以极端的悲剧收场。"

我倒吸一口气。"您不会真的认为……"我迟疑着，不知道该编出什么话来欺骗他，我甚至不确定塔琳是否会在他面前撒谎。

"不是吗？"马多克问道，"如果不是你杀了洛基，还会是谁？"

我沉默良久，竟编不出一个好理由。

他仰天大笑，伸出一根手指，用尖尖的爪子指着我，看起来高兴极了，"就是你！真的，塔琳，我一直以为你是一头柔弱的小绵羊，我真是大错特错！"他似乎为塔琳谋杀洛基一事感到骄傲，更甚于她身上的其他所有优点——她能让身边的人感到放松；她能选出最合适的着装，能见人说人话，见鬼说鬼话，让所有人都爱她。

"我杀了他，您很高兴？"

他耸耸肩，仍带着笑意。"我不关心他的死活，我只关心你。如果你为他的死感到悲伤，那我深表遗憾。如果你希望他活过来，好再杀他一次，那我很理解你的想法。也许你只想为自己伸张正义，只是正义的代价太过残酷。"

"您认为他对我做了什么，才会被我杀死？"我问。

他拨弄了一下燃烧的火柴，弄得火花四处飞溅。"我猜他伤了你的心，所以你就以牙还牙，以眼还眼咯。"

我想起自己将刀架在卡丹脖子上时的感觉——我对他那强大的力量感到恐慌，同时发现要解决恐慌其实也可以很简单。"这是您杀了妈妈的理由吗？"

马多克叹了口气。"战斗是烙印在我骨髓中的本能，即使没有战争，这种本能依然存在。"

我思考着他的话。不知道他付出了多大的代价，才让自己变得心狠手辣，一次又一次地进行战斗、杀戮。他的内心是否已坚如钢铁、寒如冰山，永远无法被温暖？我是否也有这么一颗冷漠无情的心？

就这样，我们静静地坐着，听着篝火发出的噼啪声。

他又说："在我杀害你们的母亲……你们的母亲和父亲的时候，就改变了你们。他们的死亡像一个燃烧的熔炉，锻造了你们三姐妹的性格。

将一把烧得通红的剑浸入油中，剑身的任何一点瑕疵都会让它断裂。你们三个从小就浸泡在鲜血中，却没有被毁灭，反而变得更强了。也许杀死洛基并不是你的过错，而是我造的孽。如果你无法承受自己的罪恶，那就让我分担吧。"

我想起塔琳说过的话："不应该有人重蹈我们的覆辙，度过那样的童年。"

尽管我永远不会原谅马多克，但此时此刻我却想安慰他。塔琳会说什么呢？我不知道。如果我用塔琳的身份去劝慰他，对塔琳也不公平。

"我应该把这些拿给奥里安娜了，"我说着，看向火堆边上那一筐塞满食物的篮子。我站起身时，他握住了我的手。

"我一定会记得你的荣耀，"他抬起头看着我说，"你做到了将家族利益置于个人利益之上。等一切结束后，你想要任何头衔我都会满足。"

他的话使我痛苦万分。我不是那个他希望坐在篝火边谈心的女儿，不是那个他愿意许下承诺的女儿，不是那个他在意且珍惜的女儿。不知道塔琳会为她自己和肚子里的宝宝求个什么恩典。我猜一定是安全感，这是马多克以为他已经给了，而我们却从未感受到的东西。不过，无论许下什么诺言，他残忍的天性总是让人置身于危险之中。

对于我而言，安全感根本不在考虑之列。虽然他到现在都没有识破我，但总有一天会看穿我的伪装。尽管我不知道穿越冰地要经过怎样的艰苦跋涉，但我下定决心，今晚一定要走。

第十一章

奥里安娜在看着仆人们准备整个军营的晚饭，我就站在她身旁。我仔细观察着仆人们煮荨麻汤的步骤，原来荨麻和土豆一起煮就能除去其刺鼻的味道。我又去看他们宰鹿，新鲜的鹿肉在寒冷的空气中冒着热气，他们用鹿的脂肪去烹饪柔软的蔬菜。

每支部队都有专用的杯子和碗，像装饰物一样挂在士兵的皮带上，当他们走路时就叮当作响。此时，这些杯子和碗到了仆人手上，里面盛着一定量的食物和掺了水的酒。

马多克和他的将军们坐在一起畅聊，时不时开怀大笑。牙齿宫廷的人们在自己的帐篷里用餐，只派了一名仆人在帐篷外面用另一堆火烹煮食物。格瑞森没有和将军一桌，而是和骑士们坐在一起。他滔滔不绝地讲述当年和沃尔德王一起流亡的故事，骑士们全神贯注地倾听着。我很快注意到，围在他身边的精灵身上佩戴的饰物比寻常精灵更多。

军队厨房就坐落在营地的角落，靠近山脚。远远地，我看见两名守卫在那个神秘的山洞门口放哨，没有过来和我们一起吃饭。他们身边，两头驯鹿正低头在雪堆里翻食着草根。我咀嚼着汤里的荨麻，计上心头。

等到奥里安娜让我们回自己的帐篷时，我已经做好了决定。我要偷走山洞门口的士兵的坐骑，从那里偷比从军营里偷方便些，而且就算露了马脚，他们也很难追踪我。我没找到地图，但我至少能通过星宿导航找到南方。希望我能在路上遇到一处凡人的住所。

回到帐篷里，我和奥里安娜将身上的雪抖落干净，一起喝了杯茶。

我握紧杯子，试图温暖我僵硬的手指。我不想太快实施计划，招致她的怀疑，但我必须行动起来。我还要打包一些食物和其他能找到的供给品。

"你一定很冷吧。"奥里安娜看着我说。我看着她的一头白发和幽灵一般苍白的皮肤，感觉她就像是雪做的。

"凡人的弱点，"我笑了笑，"这又让我想念空境了。"

"我们很快就能回家了。"她安慰我说。她是精灵，无法撒谎，这说明她内心深处对此深信不疑。她坚信马多克会胜利，会成为至尊王。

终于，她准备睡觉了。我洗了把脸，将火柴塞在一只口袋里，小刀放进另一只口袋。我躺在床上，估计奥里安娜已经睡熟之后，又数着秒等了一个半小时。

时间一到，我就悄悄地从被子里溜出来，尽可能安静地将脚塞进靴子里。我把几块奶酪、一大块面包和三个削了皮的苹果放进包里。我把采摘时发现的甜梦草也包在纸巾里带上了。然后，我蹑手蹑脚地走到帐篷门口，顺手还带上了我的斗篷。

帐篷外只有一名士兵，正在火堆前自娱自乐地雕刻着一支木箫。我走过他身边，朝他点头致意。

"女士？"他抬起头看着我。

我狠狠地瞪了他一眼。毕竟，我可不是什么囚犯，我是大将军的女儿。"怎么？"

"如果您父亲问起，我应该告诉他去哪里找您呢？"现在他看上去态度恭敬，但如果我的回答稍有疑点，他一定会不客气地对我进行问讯。

"告诉他我忙着去森林起夜。"我答道。所幸他没有追问。

我将斗篷披在肩上，朝外面走去。他没有再问我任何问题，但我知道，如果拖的时间太长，他一定会起疑。

到山洞去的路并不长，但夜色深沉，而且每一步都要顶着寒风，我又总是摔倒，所以短短的一段路，我走得十分艰难。旁边的帐篷里传出音乐和狂欢的呼喊，地精们唱着关于失去、渴望和暴力的歌曲；士兵们唱着关于皇后、骑士和傻蛋的民谣。

逐渐接近山洞，我看见洞口有三名守卫在站岗，比我预想中的多了一个人。洞口的通道又长又宽，像一张咧开的微笑的嘴。里面漆黑一片，偶尔闪过的点点光亮仿佛来自山洞深处。两头浅色的驯鹿趴在旁边睡觉，像猫咪一样在雪堆里蜷缩着。第三头则在附近的一棵树上蹭着自己的角。就是那一头了。我可以溜到它身边的树林里，用一颗苹果诱拐它。

就在我准备前往树林时，我听到山洞中传来一声哀号。厚重的冷空气卷着号叫声向我袭来，吓得我收回脚步。

马多克在这里囚禁了什么人。

我告诉自己不要多管闲事，但山洞里再一次传出一声痛苦的哀鸣，这让我抛弃了所有的理智。有人在里面受折磨。我必须确定那个人不是我认识的谁。我的肌肉因为低温而变得僵硬，所以只能缓缓潜行。我绕着洞口走了一圈，然后直接攀爬到上面的岩石上。

我的临时计划是趁守卫不注意，直接跳进洞口，反正他们大部分时间都在看着别的地方。这个计划可以很好地隐藏住我跳下去时的身形，但是那一跳必须非常精准，否则行动时发出的声音将会立刻让他们警戒起来。

我咬紧牙关，回忆着幽灵给我上过的课——动作要慢，每一步都要有十足的把握，藏在阴影中。有关他的回忆也令我想起了他的背叛。我说服自己至少他的课是货真价实的。我放低身体，慢慢地从一块岩石的缺口处进入。即使戴着手套，我的手指还是冷得发僵。

然后，我就那样吊在了那块岩石上。我突然发现自己犯了一个严重的估算错误：哪怕用力伸展身体，我的脚也碰不到地面。就这样往下跳的话，不可能毫无声响。我骑虎难下，只能尽可能地保持安静，以最快的速度行动了。我深吸一口气，松开了手。

我的脚踏在雪地上时还是发出了声响。其中一名守卫立刻转过头来，我迅速躲进黑暗中。

"怎么了？"另外一名守卫问道。

听到声响的守卫盯着洞口看。我不确定自己是否暴露了。

我浑身静止不动，屏住呼吸，希望他没有看到我，更希望他没有"闻"到我。还好现在天气冷，我一滴汗也没有流。我的刀子就在手边，我对自己说："你都和格里玛·莫格战斗过了，这几个小兵也没什么可怕的。"

过了一会儿，那名守卫没发现什么，就摇了摇头，转过身去接着听地精们唱歌了。我在原地等了好长一段时间，直到确认安全才敢出来。

我等了一会儿，让眼睛适应山洞昏暗的光线。洞内弥漫着一股矿物的味道，还有油灯散发的煤油味。倾斜的通道尽头有影子在闪烁，那处光亮吸引着我走上前去。

我往洞的深处走去，一路穿过石笋和钟乳石。我小心翼翼，仿佛在巨人的牙齿间穿行。最后，我停在一个新的洞室前，火炬发出的强光让我不由得又眯起了眼。

"茱德？"

我听见一个声音，一个我认识的声音。

是幽灵。他骨瘦如柴，锁骨上满是伤痕。他躺在地上，手腕戴着镣铐，镣铐末端连在嵌入地面的一块铁板上。在他身边围着一圈燃烧着的火炬，所有的光都正对着他。他抬起头看着我，淡褐色的眼睛瞪得大大的。

外面的天气本就让我浑身冰冷，此刻看到这一幕，我更是连骨髓都在发抖。幽灵对我说的最后一句话是："我为达因王子效劳，而不是你。"之后，我就被深海宫廷俘虏并幽禁了好几周。那是多少个恐惧、饥饿又孤独的日夜。但是，此时的他似乎忘了曾经对我做过的事，忘了他背叛过我，忘了他摧毁了影子会。他呼唤着我的名字，期盼着我是为他而来，救他出牢笼。

就算我想假扮成塔琳，他也一定不会相信。他不认为我姐姐能骗过守卫溜进这里。毕竟，是他亲自教会我如何在黑夜中潜行的。"我只是想来看看马多克在这里藏了什么，"我说着，拔出刀，"如果你想把守卫喊来……你知道的，我现在还没刺穿你的喉咙就是怕你死得太轰动了。"

幽灵挑起一抹难以察觉的奸诈笑容。"我还真会这样做。轰动地死去。我就是要跟你作对。"

"看来，这就是你侍奉他的酬劳，"我说着，扫了一眼整个洞穴，"这就是你背叛的报应。"

"你就幸灾乐祸吧。"他的声音听起来气若游丝，"我活该，我知道我做了什么。我就是个蠢货。"

"那你为什么要那样做？"问出这句话，让我感觉自己像一个怨妇。但我曾经那么信任他，我想知道自己错得到底有多离谱。难道在我以为我们是朋友的时候，他就十分厌恶我了？他是否和卡丹一起嘲笑我单纯好骗？

"你记得我说过我杀了欧克母亲的事吗？"

我点点头，利芮厄普是被红脸菇毒死的，因为当时她是至尊王的情人，却怀上了达因王子的孩子。如果奥里安娜没有将欧克从利芮厄普的肚子里掏出来，那么欧克也会死去。尽管我的弟弟最终安然无恙，但这仍是一个可怕的故事，可怕得让我无法忘却。

"你记得当时你看着我的表情吗？"幽灵问。

那是加冕礼过后的一两天。彼时，我已经将卡丹变成了我的阶下囚。我还没从震惊中缓过神来，还在努力拼凑着各种蛛丝马迹，试图破解马多克的阴谋。听到幽灵做的这些事，我当时的确很恐惧。毕竟，中了红脸菇毒可是一种凄惨的死法，而且我弟弟也差点儿死于其手。但那时候的我对很多事情都很恐惧。"我很讶异。"

他摇了摇头。"就连蟑螂都被吓坏了。他从来不知道我做过这样的事。"

"那就是你背叛我们的原因？你觉得我们在批判你？"我难以置信地问道。

"不，你接着听我说。"幽灵叹了一口气，"我杀了利芮厄普，是为了答谢达因王子将我带到空境。他为我提供了一切，也给了我活下去的理由。出于忠心，我做了这件事。但后来，我也震惊于自己的所作所为。在绝望中，我找到了当时我以为的、利芮厄普的唯一的孩子。"

"洛基。"我木然地说。不知道在卡丹的加冕礼过后，洛基有没有发现欧克就是他同母异父的兄弟。我很好奇他有没有想过，有没有跟塔琳说过这件事。

"我深感自己罪孽深重，"幽灵接着说，"我向洛基发誓要守护他并献出了自己的名字。"

"你的……"我刚开口，他就打断了我。

"我真正的名字。"幽灵说。

在精灵族中，精灵的真名是高度机密。若真名为他人所知，就会受到他人的控制。这比许下任何诺言都要严重，我不敢相信幽灵会将自己拱手献上。

"他让你做了什么？"我直奔主题。

"他有很多年都没有联系我，"幽灵说，"后来，他开始让我做一些小事——监视某些人，深挖他们的秘密。我一直认为他只是想做一些恶作剧，并不是什么危险人物，直到他命令我将你带到遗忘塔，让深海宫廷的人来绑架你。"

一定是妮卡茜娅请求洛基的。怪不得洛基和他的朋友敢在婚礼前夜对我进行围猎，他早就知道我第二天会消失。不过，我能理解幽灵的意思。我也一直以为洛基只是爱搞些恶作剧，哪怕我几乎丧生于此。我冲幽灵摇摇头。"我还是不知道你为什么会在这儿。"

他哽咽着，似乎在努力控制情绪，压下自己的怒火。"在遗忘塔事件之后，我尝试和洛基保持距离，好让他无法再命令我做任何事。我准备离开因斯麦尔岛，但是被骑士抓住了。我才发现洛基所做之事牵涉甚广。他将我的名字告知了你的父亲，这是他为迎娶你姐姐准备的彩礼，也是在贝尔金登上王位时能占有一席之地的保障。"

我简直无法呼吸，"马多克知道你的真名？"

"糟透了，对吗？"他无力地笑了笑，"这么长时间以来，你的到来是我遇到的唯一一件好事。真的是一件好事，即便我们都知道接下来会发生什么。"

我还记得自己控制卡丹时有多么小心谨慎。我让他发了很多无法逃避或离开我的誓言。马多克无疑也会这样做，而且只会变本加厉，让幽灵绝望地走上最后一条路。

"我会带你一起离开这里，"我说，"然后……"

幽灵打断了我的话，"我会告诉你从哪里下手最不痛。我会告诉你怎么弄能让我看起来像自杀。"

"你说过你会死得很轰动，还要与我作对！"我重复他的话，假装他只是在开玩笑。

"我也很想这么干。"他轻轻笑了笑，"我必须告诉你，我必须在死前把真相说出来。现在真相大白了，让我给你上最后一课吧。"

"等一下！"我举起手打断他的话。我需要制止他，我需要时间思考。

但是他却不理会我。"生活在掌控之下，盲目地听从别人的指令，这根本不叫活着。我知道你向达因王子索要了一张精灵符，我知道你就算杀人也要得到它。现在，没有任何咒语能迷惑你了。你还记得在此之前过的是什么生活吗？你还记得自己无力抗拒的感觉吗？"

我当然记得。我忍不住想起贝尔金家的那个女佣，苏菲，想起她装满石头的口袋。苏菲，消失在了深海中。我浑身发抖，打了个冷战。

"别那么浮夸，"我拿出身上的食物，坐在地上将奶酪、苹果和面包切成小块，"我们还没有走到绝路。我看你好像要饿死了，我得先让你活着。你可以对千里光草施魔法，让它带我们离开这里。这是你欠我的。"

他抓住奶酪和苹果塞进自己的嘴巴里。在他吃东西的时候，我就盯着困住他的锁链思考。我能撬开这些锁链吗？我注意到铁链末端的铁板上有一个洞，看起来正好能塞入一把钥匙。

"你又开始布局了，"幽灵注意到我想得入神，"格瑞森对这些链条下了咒语，只有最具神力的宝剑才能砍断它们。"

"我从未停止过布局。"我回答他，"关于马多克的计划，你了解多少？"

"很少。骑士们只会给我带食物和衣服。我只能在重兵把守的情况下洗澡。有一次，格瑞森过来看我，但就算我朝他吼叫、咒骂，他也全程一言不发。"大吼大叫一点儿都不是幽灵的风格。我在洞穴外听到的那几声哀号，那几声悲惨绝望的哀号更不像是他会发出来的。"有好几次，马多克过来诘问我关于影子会、关于宫殿、关于卡丹、阿莎夫人和达因，甚至是关于你的事。我知道他是在寻找弱点，寻找操控所有人的办法。"

幽灵朝苹果片伸出手，又犹豫了一下，感到很惊讶似的盯着食物看。"为什么你会带着这些东西？为什么会带着吃的来这个洞里？"

"我正准备逃跑，"我大方地承认，"就在今天晚上，在他们发现我不是塔琳之前。"

他害怕地瞪大双眼，抬头看我。"那就走，茱德，快跑。你不能因为我留下来。"

"我不走！你要帮助我离开这里。"我的态度很强硬，在他开口之前又截住他的话，"我还能再撑一天，告诉我怎么解开你的锁链。"

我脸上的表情似乎让他知道了我有多么严肃。"格瑞森有钥匙，"他说着，移开了视线，"我想，你只有动刀子才能让他乖乖拿出来。"

糟糕的是，幽灵说的是对的。

第十二章

我回到帐篷时，那名守卫已经不在那儿了。太幸运了。我赶紧掀开帷帐钻进帐篷里，准备在马多克和将军们的密谋结束之前躺回床上。但我没有料到，帐篷里点着蜡烛，奥里安娜清醒地坐在桌边。我的身体顿时僵住了。

她站起身，双手交叠在胸前。"你去哪儿了？"

"呃……"我迟疑道，心里猜测着她已经知道了多少，以及她会相信什么，"有一位骑士找我一起去看星星，然后……"

奥里安娜抬起手。"我为你打了掩护，赶在门口的士兵通风报信之前把他打发走了。所以，别再撒谎骗我了，你根本不是塔琳。"

身份被拆穿的战栗瞬间传遍全身。我真想沿着刚才的路线直接逃跑，但我不能不管幽灵。如果现在走了，那我搞到钥匙的概率就微乎其微了。到时，他逃不出来，我自救的可能性也极低。

"别告诉马多克，"我说道，虽然明知不太可能，但我要努力让她站在我这边，"求你了。我从来没打算来到这里。是马多克把我弄晕之后带到这里来的。我之所以假扮成塔琳是因为我在空境的时候就已经在扮演塔琳了。"

"我怎么知道你说的是真话？"她气势汹汹地追问道，眼睛一下都不眨，警惕地盯着我看，"我怎么知道你不是来这杀害他的？"

"我根本不知道马多克会来营救塔琳。"我反驳道，"我现在还在这里，只是因为我不知道怎么走而已。我今晚尝试了逃跑，但失败了。不过，你可以帮我离开这里。"我说，"帮我这一次。你以后永远不会再见到我。"

她思考着，我的承诺似乎对她有非常大的吸引力。"如果你走了，马多克会怀疑我的。"

我绞尽脑汁地想办法。"写信给薇薇。她能联系到我。我会留下一张纸条，说我去探望她和欧克了。马多克永远不会知道塔琳其实从来没来过这里。"

奥里安娜转过身，拿起一壶深绿色的草本茶倒进一个小杯子里。"欧克。我不喜欢他在人类世界长大之后的模样。"

她为什么突然换了话题！我真想崩溃大喊，但我强迫自己一定要冷静下来。我脑海里浮现欧克搅动麦片粥的样子。"我也不喜欢。"

她递给我一只精美的杯子。"如果马多克能成为至尊王，那欧克就能回家了。他不会受马多克和王冠的控制，他会很安全的。"

"你还记得自己说过伴君如伴虎这句话吗？"我等她先喝一口茶才拿起杯子。这茶喝进嘴里有一股青草的涩味，紧接着在我的舌尖爆发出一股迷迭香、荨麻和百里香交织的味道。我的脸抽搐了一下，但并不讨厌这个味道。

她恼怒地看了我一眼。"你记得我说过的话，却没有照我说的做。"

"确实，"我承认，"不过，我也为此付出了代价。"

"我会为你保守秘密，茱德。我也会给薇薇发消息。但我不会反抗马多克，你也不应该。我希望你向我保证。"

身为精灵至尊女王，我就是马多克要反抗的对象，我该跟他站在对等的位置上。然而，奥里安娜竟如此看不起我，要是她知道我的真实身份该有多好。不，我不能那么幼稚。如果马多克发现了我是女王，那我的麻烦可就大了，马多克一定会利用我。我曾经对他是那么畏惧，现在我就在他的身边，更应该提高警惕。

我看着奥里安娜的眼睛，像以前一样真诚地说着谎话："我答应你。"

"好，"她说，"告诉我，为什么你会在空境，还假扮成塔琳？"

"是她让我这样做的。"我扬起眉毛，等她理解这句话。

"她为什么……"奥里安娜刚开口，就顿住了。再开口时，就像是在自言自语，"哦，为了对付审问。"

我又喝了一口草本茶。

"我之前很担心你姐姐一个人在宫廷的境况。"奥里安娜说道，她淡淡的眉毛拧在了一起，"塔琳的家族已没有任何荣誉可言。阿莎夫人又刚回来，她一定会趁机杀鸡儆猴，在宫廷中彰显她的势力，谁让她的儿子已经是至尊王了呢。"

"阿莎夫人？"我问道。我很惊讶奥里安娜竟然会将阿莎夫人视作塔琳的威胁。

奥里安娜站起来去找写信的工具。回来坐下时，她开始着手写信给薇薇。写了几行字后，她抬起头看我，"我从未想过阿莎夫人会回来。"这才是被锁在遗忘塔的人的命运——被遗忘。

"她和你是同一个时期的宫廷夫人，对吗？"这是我能想到与我本意最接近的措辞了，我想说奥里安娜和阿莎夫人一样，当时都是至尊王的情人。尽管奥里安娜没有为至尊王生下孩子，没有其他夫人那样有地位，她也应该知道足够多的宫廷秘密，多得足以让她说出刚才那句话。

"知道吗，你母亲曾经是阿莎夫人的朋友，伊娃很欣赏她恶毒的作风。我不是为了伤你才这样说，茱德。这不是什么应该谴责的事，当然也不必引以为豪。"

"我认识你母亲。"这是阿莎夫人对我说的第一句话，"我知道她很多小秘密。"

"我不知道你也认识我母亲。"我说。

"不熟。而且我也没有资格去谈论她。"奥里安娜说。

"我并没有让你谈论她。"我说道。尽管我希望她能多聊聊我母亲的事。

一滴墨水从钢笔尖漏了出来，滴在信纸上。奥里安娜放下钢笔，将写给薇薇安的信封好。"阿莎夫人非常美丽，也非常渴望得到至尊王的恩宠。但是至尊王宠幸她的时间很短，我想埃尔德雷德一定认为就算和她睡觉也睡不出什么结果来。而且她怀上孩子时，他的懊恼完全表现在脸上，虽然那可能是预言的关系。"

"预言？"我追问道。我记得马多克说过类似的话，就在他试图说服我加入他的阵营时。

她轻轻耸了耸肩膀。"最年轻的王子出生时，正有一颗灾星闪耀。但他好歹也是一位王子，阿莎夫人一生下他，宫廷地位就稳固了。她是一个激进分子。她渴望得到赞美；她渴望拥有丰富多彩的生活；她渴望造成轰动、夺取胜利；她渴望所有包含强烈冲突的事物，包括敌人。她绝不是你姐姐那样友善的人。"

我想，阿莎夫人以前是不是与奥里安娜有过过节。"我知道她没有将卡丹照顾好。"我想起埃尔德雷德房间里的水晶地球仪，还有在那个房间里发生过的事情。

"无可否认，她也给她的儿子穿过丝绒皮草，但是套上衣服之后她就撒手不管了。哪怕后来衣服变得破破烂烂，她也毫不关心。她也喂过他吃美味的肉和蛋糕，但她遗忘他的时间太长了，以至于他要在垃圾中找吃的。我不认为她爱自己的孩子，我也不认为她爱过任何人。她的儿子受过宠爱，也曾在美酒和爱慕中成长，但后来就被遗忘了。虽然说阿莎将他养成了一个糟糕的人，但我敢说，如果没有阿莎，他会更加作恶多端。他们母子简直就是一个模子里刻出来的。"

我耸耸肩，想象着那样的生活该有多孤独，卡丹会有多愤怒，有多渴望爱。

"对于一个缺爱的人而言，给他多少爱都不算多。"我又想起了马多克的话。

"如果你好奇为什么卡丹会让你失望，"奥里安娜说，"所有人都知道，他一出生就学会了失望。"

当晚，奥里安娜把信系在一只雪白的猫头鹰的爪子上，然后将它放了出去。它往高空飞去，我感觉前途充满希望。当晚，我躺在床上，开始了自流亡以来的第一次布局。

明天一早，我就去格瑞森那里偷钥匙，走的时候，我会把幽灵也带上。我知道了马多克的计划、盟友和军队的位置，就可以找卡丹谈判，让他结束我的流亡，终止对塔琳的审问。我不会被他动摇的，不管他说的什么信件，不管我们在房间单独相处时他流露出的深情，也不管我父亲指出的他那些弱点。

不幸的是，从醒来的那一刻开始，奥里安娜就不让我离开她的视线范围内。虽然她答应会为我保密，但她对我的信任不足以让我在军营里自由行动，毕竟她已经知道了我的真实身份。

她丢给我一大堆湿衣服，让我在火堆前把它们烘干；让我从岩石缝中捡豆子；还让我叠毯子。我不想让她看出来我因时间的临近而沮丧，所以完成任务的时候尽量装出一副不那么着急的样子，尽量让自己看起来只是因为任务太多而感到烦恼。不过也确实有这个原因。当她以为我是塔琳的时候，可没有给我安排那么多事情。我很想去格瑞森那里偷钥匙，甚至有些心痒难捺。

终于，太阳完全下山后，我有了片刻喘息的时间。"把这个拿给你父亲。"奥里安娜说着，将一个摆着茶壶的托盘放在我面前，里面装满了荨麻茶。此外，托盘上还有一包装好的饼干以及一小罐果酱。"他在将军的帐篷里。是他点名要你去送的。"

听到第一句话时，我迅速抓起斗篷，我希望自己看起来没有太迫切。但是，她的第二句话却让我心里一沉。门外还有一位士兵在等着我，让我更是紧张。虽然奥里安娜承诺过她不会向马多克揭穿我，但那并不代表她不能暗示我的身份，也不代表马多克就不会自己察觉到。

将军的帐篷很大，里面堆着各种我没能找到的地图。满满一屋子士兵都坐在包了羊皮的矮凳上，有的穿着盔甲，有的则没有装备。

在我踏入帐篷时，有几位士兵扭过头看向我，但下一秒就移开了目光，仿佛只是看到仆人一样淡然。我放下托盘，倒了一杯茶，强迫自己不要去研究面前摊开的地图。但我一眼就注意到他们准备输送一些小木船横渡大海，直奔空境。

"请慢用。"我说着，将茶杯放在马多克面前。

他对我露出宠溺的笑容。"塔琳，"他说，"你来了。我一直在想你应该有一顶单独的帐篷。你是一个寡妇，不是小孩子了。"

"这，这真是太好了。"我很惊讶。他的提议确实不错，但是我总忍不住想这是不是他的又一步棋。尽管看起来没什么威胁，实际上却是为了将我一军。

他喝了一口茶，露出满意的神情。明明现在有更重要的事情要处理，他却似乎很享受这一个扮演慈父的机会。"我保证，你的忠诚会得到回报的。"

我心里有一种不祥的预感，我知道他一言一行向来都是双刃剑。

"过来，"马多克叫来他的一名骑士。一只身穿金色盔甲的地精优雅地向我鞠了个躬。"帮我女儿找一顶帐篷，再给她配齐所有她需要的东西。"接着，马多克转向我，"这是阿尔瓦，不用跟他客气。"

尽管精灵之间是不言谢的，但我还是亲吻了马多克的脸颊，"您对我太好了。"趁着错开视线的功夫，我的眼神偷偷飘向地图以及海洋区域上停放着的小木船。他闻言轻笑了一下，咧开嘴，露出猎犬一般的尖牙。随后，就跟着阿尔瓦出了门。

一小时后，我已经在搭建一顶宽敞的帐篷了，这个位置离马多克的帐篷不远。我从之前的帐篷里把东西搬走时，奥里安娜觉得很可疑，但没有阻止我，甚至还拿了一些奶酪和面包，放在一张士兵们找来的涂过油漆的桌子上。

"我不知道你为什么要费劲儿去装饰这顶帐篷，"等阿尔瓦离开之后，奥里安娜如此说道，"你明天就能走了。"

"明天？"我问。

"我收到你姐姐的信了，她会在明天破晓时分来接你。见面地点就在军营边上。那里有一块平坦的岩石，薇薇能在那安全地等着你。在给你父亲留信的时候，我希望你写得真实一点。"

"我会尽力的。"我说。

她紧紧地抿起嘴巴。也许此时我应该表达对她的感谢，但我的心情实在是太烦躁了。如果她没有浪费我白天的时间，那我的夜晚就会过得轻松一些。我还要去解决幽灵的守卫。这一次我可不会再偷偷摸摸地溜进去了。"你能给我一些信纸吗？"我问道，她表示同意之后，我又向她要了一个酒囊。

我独自站在新帐篷里，抓紧时间捏烂一棵甜梦草，再把它放一点到酒里，这样的话它至少可以在酒中浸泡一个小时以上。接着，我就去切晚餐要用的蔬菜了。这个剂量的甜梦草足够让守卫们昏迷一天一夜，但不至于丧命。我很清楚留给自己准备的时间已经不多了。

"塔琳？"马多克掀起帷帐走进来，吓了我一跳。他环顾四周，欣赏着自己慷慨的杰作，然后转向我，皱起了眉头。"你没事吧？"

"您吓到我了。"我说。

"来和大家一起吃饭。"他说。

我迟疑着，想快速编造出一个理由，好让他再给我点儿时间做后勤工作，这样我才能趁机溜到格瑞森的锻造间去。但我绝对不能让他起疑心，至少现在不能，我眼看就要走了。所以我只能今晚早点起来，最好比破晓提前几个小时，到那时再行动。

　　就这样，我最后一次和马多克一起共进晚餐。我捏了捏自己的脸，好让脸上有点气色，又把头发重新梳理好，编成辫子。如果今晚我表现得特别友善，特别恭敬，笑得特别大声的话，那是因为我知道自己这辈子都不需要再伪装了。我绝不会再让马多克这样跟我说话。但在这最后一夜，他仍是我印象深刻的父亲，仍是那个用阴影笼罩着我，让我成为现在这个样子的人—— 不管这是好事还是坏事。

第十三章

　　睡梦中，有一只手捂住了我的嘴。我瞬间惊醒，胳膊肘猛地撞去。果然，传来一声倒抽气的声音，我似乎是击中了那人的痛处。这时，我左边又传来一阵低沉的笑。看来有两个人，而且左边的人并不担心我反抗。这令我心生警觉，于是我从枕头底下摸出一把刀。

　　"茱德，"蟑螂喊出我的名字，带着笑意，"我们是来救你的，尖叫多少会影响我们的计划。"

　　"我没用刀捅你算你命大！"我说话的声音比预想中的凶狠得多，愤怒掩盖了我心中的恐惧。

　　"我都让他小心点儿了。"蟑螂说。只听"唰"的一声，一个小盒子亮起了光，隐隐约约地照亮了蟑螂这只小妖的脸。他咧着嘴笑。"但他怎么会听我的。我也想给他下命令，可我又能拿他至尊王的身份怎么办呢？"

　　"是卡丹派你来的？"我问道。

　　"也不完全是。"蟑螂说着，手里提着的灯往旁边移动，好让我看清和他一起来的人，那个吃了我一记肘击的人。

　　空境的至尊王，此时穿着朴素的棕色羊毛衣，背上披着一件漆黑的披风，黑得仿佛可以吸收光的黑洞，腰间的刀鞘上用叶片掩饰着。他头上没有戴王冠，手上也没有戴戒指，身上也没有挂着那件金色的精美胸甲。他身上的每一寸看起来都像是影子会的间谍，包括美丽的嘴角上挂着的那抹狡猾的笑。

看着他，我感到头昏脑涨，难以置信。"你不应该在这里。"

"我也是这么说的，"蟑螂接着说，"说真的，我很怀念你执政的时光。至尊王不应该像一个闲散的混混一样到处瞎溜达。"

卡丹笑了，说："那要是一个不闲散的混混呢？"

我坐在床沿，两腿悬空晃悠着。他突然笑得更夸张了，蟑螂则把目光转移到天花板上。我突然意识到自己正穿着奥里安娜借给我的一条睡裙，它几乎是透明的。

我的脸羞愤得通红，一时间都不觉得冷了。"你们怎么找到我的？"我穿过帐篷，摸黑走到我放衣服的地方，摸索着把它直接套在睡裙外面。又把刀子塞回刀鞘里。

蟑螂瞥了一眼卡丹，说："是你的姐姐薇薇安。她带着你继母的信找到至尊王，担心这是一个陷阱。我也担心这是一个陷阱，一个捕捉卡丹的陷阱，甚至有可能连我一块儿抓了。"

这就是他们煞费苦心地在我最困难的时候出现的原因。但是为什么要来呢？另外，明明我大姐薇薇安一直对卡丹没有任何好感，提到他都是坏话，怎么会放心地告诉他这些事呢？"薇薇安去找你？"

"马多克把你从宫殿带走之后，我们谈过一次，"卡丹说，"猜猜我在她的小房子里见到了谁，不正是塔琳吗？我们三个可有很多话要聊呢。"

我想象着至尊王在人类世界的模样。他如何站在我们的公寓楼前，敲着我们的房门。他身上穿的会是什么稀奇古怪的衣服？他有没有坐在我们的软沙发上，若无其事地喝着咖啡，好像一点儿也没有瞧不起周围一切事物的样子？他没有宽恕我却宽恕了塔琳吗？

我想起马多克说卡丹渴望得到爱。当时我就觉得这个想法很荒谬，现在看起来更加荒谬了。他把所有人迷得神魂颠倒，甚至包括我的两位姐姐。他就像拥有地心引力，能把所有人拉到他身边。

但我现在可没那么好骗了，他来这里一定有他自己的原因。也许他的女王掉入敌人的魔爪中对他来说是一件危险的事情。要是这样的话，那就是说我还是有力量的。只是我需要去发现它，然后找到使用它的方法，去对抗卡丹。

"我还不能跟你们走，"我说着，穿上一条厚实的连裤袜，然后把脚塞进两只厚重的靴子中，"我还得做一件事，还得跟你要一样东西。"

"你还是老老实实地接受我们的救援吧，"卡丹说，"就这么一次。"尽管他没有穿着华美的服饰，头上也没戴王冠，但也能看出来他作为统治者成熟了许多。当一位君王想要进行慷慨的馈赠时，没人能够拒绝。

"也许你可以直接把我想要的东西给我。"我说。

"什么东西？"蟑螂问道，"说话直接一点，茱德。你两个姐姐和她们的朋友还在马旁边等着呢，我们动作要快一点。"

我两个姐姐？她们俩都来了？还有一个朋友——是希瑟吗？"你让她们来的？"

"是她们非要来的，而且只有她们才知道你在哪里，我们别无选择。"蟑螂显然对这样的事态的发展无可奈何。和没有训练过的人一起行动是很危险的；让至尊王当马前卒是很危险的；让一个你准备营救的人——而且很可能是一个叛徒——尝试干涉你的计划也是很危险的。但那都是蟑螂的问题，不是我的。

我走到他面前，拿走他手上的灯，四处找我的酒囊。"我在里面下了催眠的药。我会把这些酒拿给侍卫，然后去偷一把钥匙，营救一名囚犯。我们说好了要一起走的。"

"囚犯？"蟑螂警惕地问道。

"我在马多克的战备室里看到了地图，"我告诉他，"我知道他的计划是横渡大海，航行至灵境丘。而且我知道他有多少艘船，这座军营里有多少士兵，以及他们分别来自哪些宫廷，我还知道格瑞森在锻造间里打造什么武器。只要你和卡丹答应我会让我安全回到灵境丘，并且解除我的流亡，我就会把所有信息都告诉你。此外，你能获得一个为你卖命的囚犯——在他成为对付你的武器之前。"

"希望你说的是真的，"蟑螂说，"不要把我们带入马多克编织的陷阱里。"

"我只为自己做事，"我告诉他，"你应该最明白我。"

蟑螂看了卡丹一眼。这位至尊王看着我的表情十分奇怪，仿佛正准备说些什么，又不得不生生忍住。终于，他清了清嗓子，说："你是个凡人，茱德，你可以不遵守诺言，但我是必须要遵守诺言的。我保证你的安全，和我一起回灵境丘，我会告诉你解除流亡的办法。"

"告诉我办法？"我反问。如果他真以为我会接受这个提议，那他可太不了解我了。

"回灵境丘，告诉我你知道的一切，你就能结束流亡生活了，"他说，"我保证。"

我先是为计划的成功感到振奋不已，马上又紧张起来——他骗过我一次。看着面前的他，我想起自己曾经真心相信他的求婚，这让我感觉自己渺小如尘埃，只是一个非常、非常普通的凡人。我不允许自己再上他的当。

我点点头。"马多克囚禁的是幽灵。格瑞森有钥匙……"

蟑螂马上打断我的话，"你想把他放出来？我们应该像杀鱼一样把他的肚子给剖开，这样更省时间，也更痛快。"

"马多克知道了他的真名。是洛基告诉他的。"我告诉他们，"无论幽灵应该受到怎样的惩罚，都要等他回到影子会再说。不过，他倒罪不至死。"

"洛基？"卡丹惊讶道，然后叹了一口气，"好，行吧，我们要怎么做？"

"我准备偷溜进格瑞森的锻造间里，偷走锁链的钥匙。"我说。

"我来帮忙。"蟑螂说着，转向卡丹，"但是您，陛下，就别跟来了。去薇薇安那里，和其他人一起等我们。"

"我也要去，"卡丹说，"你不能命令我。"

蟑螂摇摇头，"确实，但我可以学茱德，向您要一个承诺。如果我们暴露了，如果有人偷袭我们，您必须马上回到灵境丘。您必须动用自己所有的力量，确保自身安全，无论付出什么代价。"

卡丹瞥了我一眼，似乎在向我求救，但我没有说话。他皱起了眉头，对我们两个很不满。"虽然我现在穿着马罗嬷嬷编织的刀枪不入的斗篷，但我发誓，在危险来临时会马上夹着尾巴逃跑。我真的有一根尾巴，所以这个画面应该会很滑稽。你们满意了吧？"

蟑螂哼了一声，表示同意，然后我们就溜出了帐篷。我们在阴影中潜行，装满毒酒的酒囊挂在腰间，轻轻地晃来晃去。

虽然现在已是深夜，但还是有几名士兵在帐篷之间巡逻。一些士兵聚在一起喝酒、摇骰子、猜谜；一位穿着皮衣的地精在弹奏琉特琴，其他士兵则跟着他轻轻地合唱。

蟑螂步伐敏捷，在阴影间穿梭自如。卡丹跟在他身后，身手竟然比我想象的还要轻盈。我一点儿也不想承认他在潜行方面的功力比我还要深厚。我当然可以说这是因为精灵族的先天的优势，但我怀疑他做了比我还要多的练习。说实话，我学的东西太宽泛了。我想知道他到底花了多少时间学习如何成为至尊王。不，他一点儿都没学，因为全是我在学。

就在我胡思乱想的当口，我们三人已经渐渐接近锻造间了。周围非常安静，地上的余烬是冷的。锻造间的金属烟囱里没有烟飘出来。

"你见过那把钥匙？"蟑螂问。他走到窗边，擦了擦窗上的灰尘，使劲儿往里面瞧。

"是一把水晶钥匙，就挂在墙上。"我回答道。窗上的玻璃太厚了，我什么也看不见。里面对于我这双凡人的眼睛来说太暗了。"除此以外，他正在为马多克打造一把宝剑。"

"我不介意在它刺向我的喉咙之前先把它毁了。"卡丹说。

"你看看有没有一把很大的剑，"我说，"那就是了。"

蟑螂朝我皱了皱眉，但我确实想不出其他形容词。上一次我看到它的时候，它还只是一块金属呢。

"真的很大。"我说。卡丹不屑地哼了一声。"而且我们一定要小心，"我想起了宝石蜘蛛，想起了会夺走美丽的耳环，"里面应该有陷阱。"

"我们动作快一点，"蟑螂说，"但我觉得如果你们两个在外面守着，我自己进去拿会更好。"

我们两个都没有回应他，蟑螂识趣地蹲下身子撬锁去了。他往锁孔里面掺了一些油，门很快就被悄无声息地打开了。

我跟着他走进房里。月光照在皑皑白雪上，反射到屋里，亮得连我也能完全看清屋里的摆设。这儿堆放着许多杂物：有珠宝，兵器，全都乱七八糟地堆在一起。帽架上摆着一排长剑，其中一把的剑柄弯弯曲曲得像一条毒蛇。

我不会认错马多克的剑。它就放在桌子上，没有开刃，也没有抛光，散发出一股未经加工的金属味道。骨头一般的浅白色树根碎片静静得躺在桌上，等待着一双手来雕刻，等待着被镶嵌到剑柄中。

我小心翼翼地把水晶钥匙从墙上取下来。卡丹站在我身边，扫视着一排排的武器。蟑螂横跨房间，径直走向宝剑。他才走到一半，房间里就响起了敲钟的声音。在高墙之上，两扇小小的门缓缓打开，露出一个圆圆的洞。我指着洞，大呼小心。话音未落，洞里便射出一连串飞镖。

卡丹一个箭步挡在我面前，掀起斗篷遮住我们俩。金属飞镖打在斗篷上，而后叮叮当当地掉落在地面。我们都愣了一下，瞪大眼睛四目相对。他竟然保护了我，似乎连他自己也不敢相信。

紧接着，从刚才那个洞里又飞出一只金属鸟。它的嘴巴一开一合，高声喊着："小偷！小偷！小偷！"门外很快响起了吵闹声。

我看向房间另一边的蟑螂。他的皮肤变得十分苍白，单膝跪倒在地，似乎要开口说话，脸上的表情痛苦不堪。他一定是中了飞镖。我朝他冲过去。

"他中了什么毒？"卡丹大声地问。

"甜梦草。"我说，这很可能是之前我从森林里摘的，"炸弹能救他，她会做解药。"至少我是这么希望的。只希望蟑螂能撑到那个时候。

卡丹出人意料地冷静，他伸出手臂搀扶起蟑螂。"告诉我这不是你的阴谋，"他的语气近乎恳求，"告诉我。"

"不是的，"我说，"当然不是我。我发誓。"

"那就走吧，"他说，"我口袋里全是千里光草。我们能骑着它飞走。"

我却摇了摇头。

"茱德。"他警告道。

但我们没有时间争辩了。"薇薇和塔琳还在等我，他们还不知道发生了什么。如果我不去找她们，她们也会落网的。"

我看得出来他在犹豫该不该相信我。最终，他没有说话，只是换了一只手搀扶蟑螂，另一只手解开了肩上的斗篷。"拿着。别逗留。"他以命令的口吻说道，神情无比严肃。紧接着，他就扛着蟑螂，消失在夜色中。

我朝森林出发，既没有飞速奔跑，也没有躲躲藏藏，只是快速地移动着，边走边将他的斗篷系在肩上。我回头瞄了一眼，发现士兵们不断拥入锻造间——有几个还进了马多克的帐篷。

我说我会直接去找薇薇，那是谎话。我要去的地方是山洞。"还有时间。"我对自己说。锻造间的那场骚动是绝佳的掩护。如果他们都在那里搜寻入侵者，就不会有人发现来找幽灵的我了。

　　距离山洞越来越近，也证实了我的猜想是正确的。原本的守卫都不在那儿了，我松了一口气，赶紧冲了进去。

　　但山洞里完全没有幽灵的踪影。只有马多克站在他的位置上，全身武装。"恐怕，你来晚了，"他说，"太迟了。"接着，他抽出自己的剑。

第十四章

恐惧让我忘记了呼吸。且不说我有没有他那样的长兵器，我根本不可能打败一个教授我所有战斗技巧的人。看他那架势，是做好了与我战斗的准备了。

我拉了拉斗篷，让它紧紧地包裹住我。此刻，我简直说不出有多感激卡丹。要是没有这个斗篷，我连一丝活命的希望都没有。

"你什么时候发现我不是塔琳？"我问。

"比我应该的要晚。"他平静地说着，向前迈了一步，"但你知道吗，我并没有刻意找线索，都是些蛛丝马迹。你看到地图上的灵境丘时的反应，加上一些从你口中说出的奇怪的话和你所做的怪事，我发现它们都属于一个人——茱德。"

我很庆幸他不是一开始就对我起了疑心。无论他的计划是什么，至少我的出现让他措手不及，迫使他必须将计划提前。

"幽灵在哪里？"

"你是说加勒特？"马多克更正我的说法，用幽灵的部分真名嘲弄我。幽灵从来没有告诉过我，哪怕我可以利用真名撤销马多克对他的命令。"就算你能活下来，也来不及阻止他了。"

"你让他去杀谁？"我的声音微微颤抖，脑海里不可抑止地浮现出卡丹在宫殿中遇刺的景象，就像他上次躺在自己的床上遭遇暗杀时那样。

马多克露出尖利的獠牙，笑容得意扬扬，仿佛他又一次挫败了我。"你竟然还忠诚于那个小鬼，为什么，茱德？他在宫殿里中箭而亡不是更好吗？你无法想象我作为至尊王会比他优秀多少。"

我看着马多克的眼睛，嘴巴不由自主地吐露出令我懊悔的话："也许我能想象空境受女王统治的样子。"

他短促地笑了几声。"你认为卡丹会将王权拱手相让？给你？凡人的小丫头，想必你早就看透了。流亡你的是他，驱逐你的是他，他只是把你视作一个低等生物而已。"虽然这些事我早已明白，但从他的嘴里说出来，仍然像一击铁锤，给予我重重一击。

"那个男孩是你的弱点。但是别担心，"马多克说，"他的任期很快就会结束了。"

他还不知道卡丹来过这里，就在他眼皮子底下，还成功逃脱了。我心中暗自窃喜。但除此以外的事还是很棘手，幽灵不知所踪，蟑螂身中剧毒。我犯了大错。而且，现在薇薇、塔琳，可能还有希瑟，都还在等我穿越风雪回家。破晓时分即将到来，她们一定非常担心我。

"投降吧，孩子，"马多克说着，一脸同情地看着我，"是时候接受你的惩罚了。"

我后退一步，一只手条件反射地握住刀把。但现在和他战斗并不是一个好主意，他全身都穿着盔甲，还拿着一把长剑。

他难以置信地看着我。"死到临头了，你还要反抗我吗？等我抓到你，我就把你用铁链锁起来。"

"我从来没有想过会成为你的敌人，"我说，"但也不想屈服于你。"话音刚落，我就拔腿冲入雪地中。我一向跟自己说不能逃避，但今天还是这么做了。

"别想逃！"他发出一声咆哮，在山谷间荡起了可怕的回声，这也是他对我母亲说的最后三个字。

想起母亲的死状，我跑得更快了。我大口大口地喘着粗气。我听到他在我身后追赶，甚至听到他沉重的呼吸声。我跑了好一会儿，原本打算在森林里将他甩开，但无论我怎么绕圈，他都紧追不舍。我的心脏在胸腔里剧烈地跳动着，无论如何，我心里明白一件事——绝对不能将他引到姐姐们的面前。

事实证明，我犯的错误还远不止如此。

我在心里默数"一、二"的同时拔出刀，数到"三"时我直接转身。他没有预料到我会突然停下，于是径直撞上了我。我抓住他的破绽，往他的肋骨刺去，小刀猛地插入他盔甲的缝隙。金属盔甲帮他挡下了部分攻击，但我还是看到他的脸上抽搐了一下。

他握住我的手腕，反手将我按在雪地上。"你身手不错，"他低头看着我说，"但也只是不错罢了。"

他说得对。我从他和幽灵身上学到了很多剑法，但我并没有像大多数精灵一样勤着练习。去年的大部分时间里，我都在忙着学习如何当一名内政大臣。上一次交战时，我之所以能与他展开拉锯，完全是因为他中了毒。而我能打败格里玛·莫格，也只是因为她从没把我放在眼里。并且，和格里玛·莫格战斗时，我手里的剑长多了。但马多克知道我的所有招数，耍花招根本行不通。

"也许你可以展现一点竞技精神？"我挣扎着说，"比如说你可以让我一只手，这样才公平嘛。"

他咧开嘴笑了，抡起我，然后用力一甩，把我甩到一块大石头上。我顿时感觉双臂发麻，连抬起来的力气都没有了。虽然早就料到他的手段，但不可否认的是，他这一招确实有效。

我知道他想耗尽我的体力，他会一次又一次地把我甩到大石头上，但是绝不会靠近我，给我可乘之机。他逼我把所有精力都放在防御上，想让我筋疲力尽而死。

我心中慢慢升起一股绝望。就算我爬起来往其他方向跑，情况也一样，根本没有藏身之地。我掏出小刀，刺向他的铁拳，我知道自己已经没有多少选择了，并且现有的选择还在持续减少。

我很快连站都站不稳了。他的剑划过我肩上的斗篷。但幸好有马罗嬷嬷的神力，斗篷安然无恙。他惊讶地停下了动作，我马上一刀插入他的手心里。这虽是小把戏，但足以让他流血。

他发出一声咆哮，然后抓起斗篷的一角，在手上绕了几个来回，将我整个人拖到他身边去，斗篷的绳子几乎让我窒息。紧接着，他就将斗篷扯掉，用剑刺入我的肋骨，穿透了我的肚子。

我抬头，瞪大眼睛看着他。他却似乎和我一样惊讶。但是，出于对他的了解，我相信他会给我最后一击。

马多克，这个杀了我的亲生父亲，又成为我养父的人；这个教我击剑要瞄准敌人本身，不要只攻击兵器的人。马多克，这个将我抱于膝上，读故事给我听，还说他爱我的人。

我的双腿变得绵软无力，而后身子一沉，直接瘫倒在地。他抽出剑，剑身沾满了我的血。我的血喷涌而出，甚至染红了双腿。我知道接下来会发生什么事，他会砍去我的头颅，刺穿我的心脏，给我致命一击。这样的方式已经非常仁慈了，真的。毕竟，早死早超生，谁愿意接受凌迟慢慢死去呢？

可我愿意。我不想死得那么快。我还不想死。

他犹豫着，举起了剑。我的求生本能促使我爬起来，我双目眩晕，此时肾上腺素开始发挥作用。

"茱德。"马多克喊出我的名字。有史以来，我第一次从他的话语中听出恐惧。我不明白这恐惧从何而来。

倏地，三支黑色的弓箭划破空气从后面的雪地射出。其中两支从他身边"嗖"地擦过，另外那只射中了他举剑的那半边肩膀。他大吼一声，将剑换到另一只手上，四处寻找攻击者。这会儿，他已经把我抛在了脑后了。

又一支暗箭袭来。这一次利箭直接穿透盔甲刺入他的胸膛。当然，这并不足以杀死他，但也将他伤得不轻。

这时从一棵树后面走出来三个人。薇薇和背着暗夜剑的塔琳。与她们同来的第三者，却不是希瑟，而是格里玛·莫格。她手持长剑，骑在一匹千里光马的背上。

第十五章

我强迫自己动起来。我艰难地迈开腿，每一步都像是要了我的命。

"父亲，"薇薇说，"别动。如果你想阻止她，我还有更多箭。你知道的，我无时无刻不在寻找杀掉你的机会。"

"你？"马多克冷笑一声，"如果你能杀了我，太阳就要打西边出来了。"他伸出手，一把拽掉插在他胸口的箭，"小心点，我的军队就在那边。"

"那就叫他们过来！"薇薇近乎歇斯底里，"把你的破军队叫过来！"

马多克看向我。此时的我一定很"壮观"——浑身血淋淋的，还用手按着腰侧冒血的洞。他迟疑了。"她没有时间了。让我……"话音未落，又有三支箭"唰"地飞出，但一支都没有击中马多克。这对于刚刚放出豪言壮语的薇薇来说可不是好消息，我只希望马多克以为她是故意射不中的。

我猛地感到一阵眩晕。单膝跪倒在地。"茱德。"我身旁传来姐姐的声音。不是薇薇，是塔琳。她一手握着暗夜剑，另一只伸到我面前，"茱德，你一定要站起来。清醒一点。"我看起来应该是要昏倒了。

"我醒着呢。"我回答她。我握住她的手，倚靠着她，跟跟跄跄地往前走。

"啊！马多克，"格里玛·莫格尖刻地说着，"一周前，你的女儿向我发起了挑战。现在，我知道她真正想杀的人是谁了。"

"格里玛·莫格，"马多克说着，轻轻点了点头，以示对她的尊重，

"不管你因何而来，我的事都与你无关。"

"无关吗？"她反驳着，抽动鼻子嗅了嗅空气，也许是在捕捉我的血腥味。我本该提醒薇薇，她是个危险角色。此刻我却很庆幸她的出现，无论她有什么目的。"我赋闲在家，而至尊宫廷似乎正好缺少一位大将军。"

马多克的眼中闪过一丝疑惑，他还不知道莫格是跟着卡丹一起过来的。但很快，他就找到了突破口。"我的女儿已经和至尊宫廷毫无关系了，但你可以为我做事，格里玛·莫格。我可以让你荣耀加身，而你，可以帮我夺得王冠。先把我的女儿带过来！"他几近怒吼着说出最后一句话，但不单是看着我的方向，而是对着我们所有人，所有背叛他的女儿。

格里玛·莫格看向他身后，大批军队正在集结。她面露向往，也许是想到了自己从前率领的部队。

"你跟牙齿宫廷商量过了吗？"我回头看马多克，突然插了一嘴。格里玛·莫格的表情立刻变得严肃起来。

马多克先是厌烦地瞪了我一眼，紧接着露出了别样的神情，似乎有点儿忧伤。"也许你更想要的不是荣誉，而是复仇。我都可以满足你。只要你帮我。"

我就知道他不喜欢诺尔和贾雷尔。

但格里玛·莫格摇了摇头。"你的女儿已经和我达成了交易，以黄金作为报酬，要我保护她们，为她们战斗。我只会这么做，马多克。而且我一直很想知道我们两个到底谁更胜一筹。要不要试试？"

马多克犹豫了，看了看格里玛·莫格的剑、薇薇的黑色大弓，还有塔琳手上的暗夜剑。最后，他看向我。"跟我回军营去，茱德，"马多克说，"你会死的。"

我冲他摇摇头。"我不去。"

"那就再见了，我的女儿，"马多克说，"如果你是精灵，一定是一只优秀的红帽精灵。"说罢，他头也不回地转身朝雪地深处走去。

他的离去让我如释重负，甚至忘了自己该为他所造成的伤害感到愤怒。我已精疲力竭，无力追究。地上的白雪看起来那么柔软，像层层叠叠的羽毛床单。我想象着自己躺在上面的舒服滋味，渐渐闭上双眼。

"坚持住，"薇薇对我说，语气近乎乞求，"至少，要坚持到我们回营地，找到其他马匹，不是很远的。"

我的侧腰像是在燃烧，火辣辣地疼。但我必须动起来。"帮我缝合，"我说道，和可怕的睡意作斗争，"把伤口缝起来。"

"她在流血，"塔琳说，"很严重。"

我绝望地意识到，如果现在我再不采取行动，那就真的无力回天了。马多克说得对，我会死在这儿，就在冰冷的雪地上，就在我姐姐面前；我会死在这儿，而世上没有人会知道曾经有一位凡人登上了至尊女王的宝座。

"把土壤和叶子敷在伤口上，然后直接缝合。"我说。我气若游丝，甚至不知道自己有没有讲清楚。但我记得炸弹说过至尊王可以吸收土地的力量，我还记得卡丹是如何用地上的东西治疗自己的。我记得她还让卡丹吃了一嘴的土。若她说的是真的，也许我也能治疗自己的伤。

"你会感染的，"塔琳说，"茱德……"

"我不确定这样会有效。我不会魔法。"我告诉她。我知道自己没有说清楚前因后果，但我感觉自己的灵魂马上就要离开身体了。"尽管我是真正的女王，空境的土地也未必能治愈我。"

"真正的女王？"塔琳问道。

"因为她和卡丹结婚了，"薇薇听起来很沮丧，"她就是这个意思。"

"什么？"塔琳震惊地说，"不会吧……"

紧接着，格里玛·莫格开口了，她声线沙哑："继续。你也听到她的话了。虽然她是这个世界上最愚蠢的人，竟然让自己卷进这样的麻烦事里。"

"我不明白。"塔琳说。

"但我们没有资格质疑，不是吗？"格里玛·莫格说，"既然至尊女王发话了，我们只能遵从。"

我伸手抓住塔琳的手。

"你的针线活很好，"我发出痛苦的呻吟，"帮我缝合，拜托了。"她点点头，双眼满是惊恐。此刻我唯一能做的只有祈祷了。

格里玛·莫格把肩膀上的斗篷取下来，铺在雪地上。我躺在斗篷上，她们撕开我的裙子，让我的伤口露出来，然后我听见有人倒吸了一口气。我强迫自己不要退缩。

看着破晓的天光，我心里一会儿想着幽灵有没有抵达至尊宫殿，一会儿又想起卡丹从前用手指按住我的嘴唇时，他指间的味道。侧腰传来一阵锥心的疼，我狠狠咬住嘴唇，吞下一声呜咽。针线在我的伤口上穿过，我又发出一声痛苦的闷哼。天上的云在快速移动着。

"茱德？"塔琳似乎在努力忍住泪水，"你会没事的，茱德。这样好像有用。"可如果这样有用，她又为什么带着哭腔呢？

"别……"我用力吐出一个字，又挤出一丝笑容，"担心。"

"哦，茱德，"她说着，用手抚摸我的额头。她的手非常温暖，这说明我的身体一定很冷。

"我这辈子都没见过这样的事。"格里玛·莫格压低声音说。

"嘿，"薇薇的声音在颤抖，听起来一点儿也不像她，"伤口已经缝好了。你感觉怎么样？事情好像有点儿不对劲儿。"

我浑身上下像被针扎过一样，但刚刚经历过的那股火辣辣的刺痛开始渐渐消退，我可以动了。我侧身用没有受伤的那半边身子支撑起身体，挣扎着跪在地上。身下的羊毛斗篷浸满了血液，我简直不敢相信从自己身体里能流出这么多血。

我忽然注意到，在斗篷边上，有一些小白花冲破了层层冰雪，冒出头来，大部分都还只是花苞，但就在我盯着它们看的时候，有几朵已经开始绽放了。我目不转睛地盯着它们，一头雾水。

当我终于反应过来时，却不敢接受这个现实。我想起巴芬对至尊王的预言：他的鲜血流淌的地方，就会有东西生长出来。

格里玛·莫格朝我单膝跪地。"我的女王，"她说，"请下命令吧。"

我无法相信自己听到的话。无法相信这片土地真的选择了我。此前，我自称至尊女王，有一半都是在自我麻痹，就像我伪装成塔琳那样。

过了一会儿，我的大脑终于清醒过来，于是硬撑着站起身来。再不行动，就赶不上了，于是我对格里玛·莫格说道："我要回宫殿，你能帮我照顾好我姐姐们吗？"

薇薇严肃地瞪着我说："你站都站不稳。"

"我可以骑千里光马。"我朝马匹点了点头，"你回营地去，骑你们的马跟着我。"

"卡丹去哪了？跟他一起的那个地精干了什么？"薇薇随时准备爆发，"他们应该照顾好你的。"

"那个地精说他叫蟑螂。"塔琳提醒道。

"他中毒了，"我说着，往前走了几步。我侧腰处的衣服裂开一个大口子，狂风卷着雪花拍打在我肌肤上。我一瘸一拐地走向千里光马，伸手抓住缰绳。"卡丹必须先带他去找解药，但卡丹不知道马多克派幽灵去追杀他了。"

"幽灵。"塔琳喃喃自语道。

"真荒谬，是不是所有人都以为只要把至尊王杀了，自己就能成为更优秀的王啊。"薇薇说，"想象一下，如果在人类世界，律师都要靠杀掉另一个律师才能通过考核，那一切都乱套了。"

我完全听不进去她在说什么。格里玛·莫格同情地看了我一眼，将手伸进外套口袋里，拿出一个带塞子的玻璃瓶。"喝一口，"她对我说，

"它能帮你振作起来。"

我没有问她里面是什么，已经顾不上这么多了。我拿起瓶子，仰头喝了一大口。瓶中的液体灌进我的喉咙，把我呛得直咳嗽。很快，我就感到肚子里仿佛燃起了一把火。

我翻身骑上马背。"茱德，"塔琳说着，把手放在我的腿上，"你一定要小心，不要让伤口撕裂。"我点点头。随后她解开腰间的扣子，把剑鞘递给我。"带上暗夜剑。"她说道。我接过了剑。手握武器，我感觉踏实多了。

"我们宫廷见。"薇薇提醒我，"别摔下马了。"

"谢谢。"我说着，伸出双手。薇薇握住一只，塔琳握住另一只。我用力捏了捏她们的手。

小马迈开马蹄飞向空中。我看见地上绵延不绝的山，还有马多克的军队；我看着自己的姐姐们，她们正快速穿过雪地返回自己的营地。

无论发生了什么，我的姐姐们，还是来救我了。

第十六章

我朝灵境丘飞去，天色渐渐亮了起来。我抓着千里光马的缰绳，大口呼吸着咸咸的空气，看着身下的海浪不断拍打着海岸。

虽然空境的土壤使我免于一死，但我仍未完全恢复。我一绷紧脚尖，侧腰就传来一股疼痛。我感觉自己好像一个有裂口的毛绒娃娃，全靠针线绑住我身体里的东西。

离宫廷越近，我就越紧张。"他在宫殿里中箭而亡不是更好吗？"我的耳畔响起马多克的话。

幽灵的作战习惯就像一只土蜘蛛。他会事先找好藏身之地，等着他的猎物一步步踏入陷阱之中。为了让我学会杀人，他曾带着我趴在至尊宫廷的横梁上，亲自示范了一遍。

不过，尽管发生了刺杀事件，那洞穴一般的王座大厅却没有进行任何改造——我很清楚，因为刺杀成功后，执政的人就是我，是我没有改造那座宫殿。

我能想到的第一个办法是冲到宫殿正门，要求守卫带我去见至尊王。卡丹答应会解除我的流亡，不管他的目的是什么，至少我能提醒他要小心幽灵。但我担心也许门口的守卫在让我见到卡丹之前会先杀了我——如果他们还有点善心的话——再向至尊王传达我的消息。

我的第二个想法是爬进卡丹母亲曾经的房间里，再通过秘密通道溜到他的房间去。但如果卡丹不在那里，我就会被困住。因为，我不可能突破房间门口的守卫。但原路返回又会浪费我本就所剩无几的时间。

影子会的基地早已被炸毁，我又不知道新地址在哪里，所以这一条路也走不通。

这样的话，我只有一个选择了——从正门进去。一个仆人打扮的凡人或许不会惹人注意，但我在这里太出名了，要想瞒过守卫，必须得乔装打扮一番。可是，我没有其他衣服。我的房间在宫殿深处，显然是进不去的；塔琳的家，也就是洛基生前的城堡，那里还有许多洛基的仆人，太冒险了；马多克的堡垒，那里已经没人住了，并且我、塔琳和薇薇的旧衣服都还在里面……也许能成功！

我压低身子，从森林进入马多克的领地，庆幸自己在黎明时分就赶到了。这时候，大多数精灵都还睡着。我在马厩旁边着陆，然后从马背上跳下来。小马瞬间就化为一棵千里光草，它已经尽到了它的职责。

我全身酸痛，缓慢地朝房子走去。脑海中的希望和恐惧两股势力在战斗：

拜托让蟑螂平安无事。

让卡丹不要中箭。让幽灵暴露自己。

让我轻松地进去。让我阻止他。

我没有停下来问问自己为什么如此急切地想要救人，救一个我曾发誓不再对他抱有任何感情的人。我也不会想这些问题。

房子里的大部分家具都被搬走了。剩下的一张大沙发上有一个洞，似乎有什么妖精或松鼠在这里做窝。我走上熟悉的阶梯，脚步声在空荡的城堡里回响。这座已然空空如也的城堡，让我感到十分陌生。

我猜薇薇决定回到人类世界生活时，一定没有带走什么东西，于是我径直走向她的房间，果然，衣柜里挂着满满当当的衣服。我找到几条弹力高筒袜，几条裤子，还有一件紧身的外套。这些足够了。换衣服时，我突然感到一阵眩晕，于是我赶紧靠住门框。直到眩晕感消失，我才重新站直身子。

我拉起 T 恤，做了一件一直不敢做的事——查看伤口。凝结的红色血块黏在被马多克刺穿的伤口周围，精细的针线将我的皮肤缝合在一起。塔琳缝得很漂亮，很仔细，我很感激她。但只是看了伤口一眼，我就打了个冷战。颜色最深的一处缝合口，已经有撕裂的迹象了。

我把那件沾满血污的破裙子丢在角落，和靴子扔在一起，又颤巍巍地将所有头发往后梳成一个扎实的团子，并用黑色围脖绕着脑袋包了两圈。我可不希望在攀上横梁的时候引起别人的注意。

在位于城堡中央的奥里安娜的房间里，我发现了一把挂在墙上的走音的琉特琴，还有许多化妆品的瓶瓶罐罐。我在眼睛周围抹上浓重的黑色，画成一对翅膀的模样，还画了同款眉毛，最后拿了一张适合我的石兽面具戴在脸上。

在军械库，我发现了一把可拆卸的十字弓，于是只能遗憾地放下暗夜剑，将它藏在其他剑里面。紧接着，我从马多克的书桌上拿起一张纸，用他的羽毛笔写下一则简短的警告信：

暗杀者来袭，地点极可能在王座大厅。勿让任何人靠近至尊王。

如果我能找人把这张纸条转交给巴芬或是卡丹的亲卫，那就更有可能在幽灵偷袭之前截住他。

我手抱琉特琴，一步一步朝宫殿走去。路途并不遥远，但抵达时，我已是满头大汗。我不知道自己能做到哪一步。一方面，这片土地治愈了我，让我有了些底气；但另一方面，我刚从鬼门关回来，身体还非常虚弱，并且格里玛·莫格给我喝的东西已经快失效了。

我注意有一群乐师走在一起，于是快速跟上他们的脚步，浑水摸鱼穿过大门。

"真是件美丽的乐器啊。"其中一位乐师对我说，这个小男孩的发色像新叶一样嫩绿。他用奇怪的眼神看着我，就好像我们认识彼此。

"我可以把它送给你，"我赶紧说，"只要你能替我办一件事。"

"什么事？"他皱起了眉。

我抓起他的手，把纸条塞进他的手心。"你能不能帮我把纸条交给常务委员会的人，比如说巴芬？我发誓不会有任何麻烦的。"

他犹豫了，不敢答应。

不幸的是，就在此刻，一位骑士拦住了我。"你，戴着面具的凡人女孩。"他说，"为什么你身上会有血腥味？"

我转过身，尽管感到沮丧和绝望，但还是瞬间编造出一个借口。"是这样的，我是一个凡人，又是一个女孩，长官。我们每个月都有那么几天会流血，就像月相变化一样。"

他听完满脸嫌弃地朝我摆摆手，让我接着走。

那个乐师也害怕地看着我。

"来，"我对他说，"别忘了纸条的事。"没等他回复，我就把琉特琴塞到他怀里，转身混入人群之中。很快，周围来来往往的舞者就完全淹没了我的身影。这下，我终于能摘下面具了。我躲到一个昏暗的角落里，朝大厅上巨大的橡木横梁爬去。

这一次的行动实在是太棘手了。我必须时刻藏身于阴影中，缓慢地往上挪。其间还要一边侦查幽灵的身影，一边警惕着卡丹有没有走进大厅，让自己成为一个显眼的靶子。

我一次又一次停下来，锁定方位。头晕目眩的感觉朝我一阵阵袭来。爬到一半时，我可以确定伤口上的线断了一节，于是伸手摸了一下侧腰，果然满手是血。我趴在纵横交错的梁木上，把头上的围巾取下来，绕在腰间，尽量用力地将它系紧。

我终于爬到拱形天花的最高点，这个地方是所有梁木的衔接处。在这里，我拿出十字弓，组装好，又架上箭，扫视着整个大厅。幽灵可能已经在这里了，可能就在非常近的地方。

他从前传授我埋伏要诀时曾说过，等待是最大的挑战。要时刻保持警惕，不要因为无聊就失去焦点，别忽略了任何一点影子的晃动。就我现在的情况来说，还要注意别被疼痛分散了注意力。

我必须找到幽灵，而且一旦找到他，就要马上射击。我不能犹豫，否则，就连幽灵都会责怪我又错失一次杀掉他的良机。这一次，不能再错过了。

我想到了马多克，这个从小让我浸染在杀戮之中的人。马多克，这个对战争习以为常到可以杀了自己的妻子，也可以杀了我的人。

将一把烧得通红的剑浸入油中，剑身的任何一点瑕疵都会让它断裂。你们三个从小就浸泡在鲜血中，却没有被毁灭，反而变得更强了。

如果我继续这样下去，会不会变成另一个马多克？或者说，我会让自己毁灭？

大厅里，几位侍臣围成圈跳起舞来，一会儿分开，一会儿相拥，和谐地踏着舞步。刚才在大厅里匆匆一瞥，我感觉他们的舞步一片混乱，但从这里看，他们跳得可真有规律，每次都能准确地跳成一个几何图案。

我看向宴会桌，上面摆着一层又一层的水果、许多镶嵌着花朵的芝士，还有盛满三叶草酒的酒瓶。接近晌午，我的肚子开始咕咕作响。此时，越来越多的精灵进入了宫殿。

巴芬，这位皇家占卜师走了进来，挽着他的正是阿莎夫人。他们朝着离王座不远的高台走去。随后是七位圆舞曲的舞者。紧接着，妮卡茜娅也在深海宫廷使者的陪伴下走了进来。最后，卡丹在守卫的保护下走进大厅，血腥王冠在他墨黑色的卷发上闪闪发光。

我看着他，心里升起一股疏离感，顿时感到有些眩晕。

他不像那个扛起中毒的间谍逃离风雪的人；不像那个勇闯敌营的人；不像那个把魔法斗篷披在我肩上的人。而是像那个把我推进湖里，冷眼旁观湖水淹没我的头顶，并且嘲弄我的人；像那个把我玩弄于股掌之中的人。

那个男孩是你的弱点。

我看见有人举起酒杯说祝酒词，我看见一个个大盘子上堆满了烤鸽子串、裹在叶片里的蜜饯，还有塞了馅儿的李子果。

我察觉到身体有异样，脑袋轻飘飘的。我往伤口看去，黑色围巾上的血几乎要渗出来了，我不得不调整姿势。我等待着，等待着，尽量不让伤口渗出的血滴到任何人。我的视野开始模糊，但我强迫自己集中注意力。

我看见大厅里的蓝达林手里举着什么东西，朝卡丹挥舞。那是我写的纸条。看来那个男孩还是帮我送出去了。我的手攥紧十字弓。他们终于能带卡丹离开这个危险之地了。

只不过，卡丹并没有看那张纸条。他露出轻蔑的表情，好像自己早就看过了。但是，如果他看过我的纸条，为什么不走呢？除非，他真的这么蠢，决心要当那个诱饵。

就在这时，我看见一根柱子后面闪过一个黑影。我愣了一下，思考着是不是自己想得太多了。但下一秒，我就和炸弹四目相对。她眯起眼睛，举起搭好箭的长弓。

我终于反应过来现在的状况，但已经太迟了——宫廷收到一封关于刺杀的告密信，炸弹受命在暗中寻找刺杀者。她发现有人带着武器躲在黑影中，一个有着充分杀人动机的人：我。

他在宫殿里中箭而亡不是更好吗？

马多克陷害我！他根本没有派幽灵来这里！他误导我，让我追着一个幻影爬上横梁，这让我看起来居心叵测。马多克根本不需要派杀手，他早已算到我会亲自走进死亡的陷阱中。

炸弹射出一箭，我立刻趴下躲避。她的箭没有射中我，但我却因为踩到了自己的血液而滑了一下，整个人向后仰，从高悬的房梁上掉了下去。有那么一瞬间，我仿佛飞了起来。

我将宴会桌砸得稀巴烂。桌上的石榴打翻到地板上，朝四面八方滚去，最后停在了泼洒的酒水以及破碎的水晶玻璃中。我敢肯定缝合的伤口一定有很多都裂开了。我浑身上下没有一块是不疼的，甚至连呼吸都有点困难。

当我睁开眼，我发现人群把我围得水泄不通。侍臣、守卫把我团团围住。我不记得闭上眼之后的事，也不记得自己昏迷了多久。

"茱德·杜尔特，"有人说，"破坏了流亡的规定，意图杀害至尊王。"

"尊贵的王，"蓝达林说，"请下旨吧。"

卡丹从大厅的另一侧朝我走来，就像一个衣着华丽的恶魔。警卫们分开两边，让他走近我。我敢肯定，只要我动一下，他们就会当场将我乱刀砍死。

"我把你的斗篷弄丢了。"我用嘶哑的嗓音，拼尽全力才挤出这么一句话。

他眯起眼睛看着地上的我。"你是个骗子，"他的瞳孔闪动着愤怒的火苗，"一个肮脏的凡人骗子。"

我闭上眼睛，不愿听他尖酸刻薄的话。他会认为我就是暗杀者也很合理。如果他将我发落到遗忘塔去，还会来看我吗？

"将她铐起来。"蓝达林说。

我从未如此迫切地希望能想到什么办法来证明自己。可惜的是，我想不到。我口中的承诺轻如鸿毛。

我感觉有一名侍卫的手已经快抓到我的胳膊了。突然，卡丹开口了。"别碰她。"他说道。紧接着是一阵可怕的沉默。我等着他公布对我的处罚，只有他的话才有决定意义，他的权力毋庸置疑，我连与之抗衡的勇气都没有。

"您在等什么？"蓝达林说，"她是……"

"她是我的妻子。"卡丹的声音传遍了人群，"她是空境真正的至尊女王，而且已经不再流亡了。"

人群中爆发出一阵哗然，但一定没有人比我更震惊。我努力地想睁开眼睛，我想坐起来，但沉重的黑暗压住了我的眼睛，让我丝毫无法动弹。

THE QUEEN OF NOTHING

—— · —— 第二卷 —— · ——

与火精灵抗衡，
需借助潮汐的伟大力量，
发动战争吧，
让土地、空气和海洋都成为武器，
让战火烧得更猛烈些。
她高举寒光烁烁的战刀，
像蒲苇般柔韧，
像磐石般顽强。
与埃尔王携手共战，
她是战地的屠戮之王。
敌军弃甲而逃，
士兵无不对她俯首称臣，拥她为王。
她必须回到王国，
在列车欢呼的汽笛声中凯旋。

—— 菲利普 · 詹姆士 · 贝利
《一则神话故事》

第十七章

我躺在至尊王宽敞的床上，鲜血渗进他华美的床单。我全身痛得仿佛散了架，腹部传来一阵火辣辣的灼烧感，太阳穴"突突"地跳着。

卡丹就站在我身旁。他的天鹅绒外套扔在床边的一把椅子上，上面沾了许多深色的污渍。他的白衬衫袖子卷了起来，手里拿着一块湿布，正在帮我擦拭双手的血迹。

我刚想开口说话，却舔到嘴上像蜂蜜一样黏糊糊的甜酱。接着，我又昏了过去，陷入了甜蜜的黑暗中。

我不知道自己睡了多久，但应该是相当长一段时间。再次醒来时，我感到异常口渴，于是我跌跌撞撞地下了床。我不知道自己现在身处何地，但幸好房间里点着几支蜡烛。透过昏暗的烛光，我才知道自己仍在卡丹的房间里，而且之前一直躺在他的床上。现在，房间里只有我一个人。

我拿起一个大水壶，也顾不上找杯子了，直接用壶口贴着嘴巴畅快地灌了一大半，才终于感到满足。我跟跟跄跄地走回床边，一屁股坐在床垫上，试图理清来龙去脉。这一切就像一场疯狂的梦。

我不能再这样躺着了。尽管浑身酸痛，我还是走向了浴室。浴缸里早已盛满了水，我的手指一伸进去，水面就泛起了粼粼波光。浴缸边上还有一个可以用的便壶，这可让我太感激了。

我小心翼翼地脱去衣服，慢慢泡入浴缸中，用指甲将这几天堆积在伤口边缘的污垢和血块轻轻刮下来。我洗了把脸，又把头发洗净、擦干。当我从浴缸里出来时，感觉浑身舒服多了。

我回到卧室，走向衣橱。当我把卡丹那浮夸的华服一件件拨开时，才终于意识到，就算能穿得下，我也不愿意穿这样的衣服。最终，我穿上一件宽大的泡泡袖衬衫，又拿出一件最不可笑的斗篷——一件镶了鹿毛边，装点着一圈叶片的黑色羊毛斗篷。我用它裹紧自己，准备离开这里，回到我自己的房间。

门口的守卫注意到了我赤裸的双脚和脚踝，还有我紧紧揪着斗篷的姿势。我不知道他们会怎么想，但我不想让自己看起来十分狼狈。于是，我摆出空境至尊女王的架子，用凶恶的眼神狠狠地瞪着他们，直到他们将眼神移开。

我走进自己的房间，坐在沙发上的塔特一看到我，便面露讶异。她正和欧克玩着优诺纸牌游戏。

"哦，"我说，"打扰了。"

"嗨？"欧克迟疑地说。

"你在这里做什么？"听见我严肃的语气，欧克顿时一脸胆怯，我这才意识到自己不该这么严厉地跟他说话。"对不起，"我说着，走到沙发边上，弯下腰把他抱在怀里，"我其实很高兴看到你，只是我有点太意外了。"虽然嘴上没有表明，但我心里着实担心极了。至尊宫廷对我们所有人而言都是一个是非之地，对欧克来说更是龙潭虎穴。

我将头埋在他的颈窝中，深深地感受着他身上土壤和松针的香气。我亲爱的弟弟，他也紧紧地抱着我，抱得我手臂发疼，还用额头上的一只角轻轻地刮蹭着我的下巴。

"薇薇也在这里，"他说着，松开了手，"还有塔琳，以及希瑟。"

"真的吗？"这一刻，我和他都面色凝重。我确实很希望希瑟能与薇薇重修旧好，但我很诧异她竟然愿意来到空境。我还以为她需要很长时间才能面对这么多的精灵呢。"她们在哪里？"

"在吃晚饭。和至尊王一起。"塔特说，"这个小家伙不愿意去，所以至尊王派人把晚餐送了过来。"她的话语间流露出一如既往的不满。我敢说她一定认为欧克就是被我们宠坏了，才会拒绝与至尊王共进晚餐这么荣耀的事情。但在我看来，这恰恰是欧克开始学会警惕的表现。

不过，此刻更能引起我兴趣的是那一盘丰盛的晚餐。精致的银餐盘里放着剩了一半的美食。我的肚子发出响亮的"咕"的一声。我都想不起来自己上一次好好吃饭是什么时候了。

我没经过任何人的同意，径直走到餐盘边上，大快朵颐起冷掉的鸭肉、芝士和无花果。茶壶里盛着许多浓茶，我拿起茶壶直接往嘴里灌。我的胃口大得连自己都惊讶。"我睡了多久？"

"这个嘛，他们给你下了药，"欧克耸了耸肩，"所以你之前也醒过几次，但都没有这一次这么长。"

真让我烦躁。一来是我完全不记得之前的事，二来是我竟然霸占了卡丹的床这么长时间。但我不愿意去想那么多，正如我不愿意回忆自己是如何只穿着卡丹的上衣和斗篷离开他的房间那样。我挑选出以前的内政大臣的服饰——一件黑色长裙，袖口和领口绣了一圈银边。也许这条裙子对于女王来说过于朴素，但我们的奢华已经由卡丹一力承担了。

我穿好衣服，回到客厅。"你能帮我梳头发吗？"我问塔特。

她"唰"的一下站了起来。"我求之不得呢。你可不能顶着鸟巢一样的发型在这走来走去。"她把我赶回卧室，将我按在梳妆台前。紧接着，她把我棕色的头发编成辫子，绕成一个圆环，固定在后脑勺上，又给我涂上淡淡的玫红色口红和眼影。"希望你的发型能适合戴王冠，"她说，"但我想你之后应该会举行一场正式的加冕礼。"

她的话让我的思绪开始游离，一种不真实感浮上心头。我不知道卡

133

丹在耍什么花招，为此我感到非常不安。

我想起以前塔特是如何催促我结婚的，而我当时又是多么坚决地拒绝结婚的。兜兜转转，她最后还是在这里帮我梳理头发，就像过去那么多年一样，这感觉真奇怪。

"你让我看起来非常有女王风范。"我说。她外凸的黑色眼睛与我在镜中对视，紧接着便笑了。

"茱德？"我听见一道轻柔的声音。是塔琳。

她从另一个房间走进来，身穿金线纺织的礼服长裙。她的两颊就像正在绽放的粉扑扑的玫瑰，眼里闪着光彩，看起来美艳极了。

"嘿。"我说。

"你醒了！"她说着，快步走进卧室，"薇薇，她醒了。"

而后，薇薇走了进来，她穿着一件深绿色的天鹅绒套装。"你差点死了，知道吗？你差点'又'死了。"

希瑟紧随其后，身上是一件淡蓝色长裙，裙边点缀着淡粉色花边，和她的大卷发一样粉。她朝我露出同情的笑容。我很感谢她的同情，因为至少还有一个不知道来龙去脉，不会对我发脾气的人。

"是的，我知道。"

"你总是要干这么危险的事，"薇薇严肃地跟我说，"你总是把宫廷政治当成极限运动去挑战，还喜欢找刺激。你不能再这样了。"

"是马多克要绑架我的，我也没有办法。"

薇薇无视我，接着往下说："是啊，然后至尊王就出现在我们家门口，发了疯似的，几乎要把整栋楼都给拆了，就为了找你。终于，我们从奥里安娜那儿收到了你寄来的信，但我们已经不敢轻易相信任何人了。为了以防万一，我们只能去找那个杀人狂红帽精灵，让她跟我们一起去。还好我们找了她……"

"看着你躺在雪地上……几乎没有一点血色，茱德。"塔琳突然打断了她的话，"当我看到你身下的土地开始冒出花朵，我真不知道该做何感想。花骨朵和绿藤从雪地里生长出来，你的皮肤也渐渐恢复了血色。然后，你竟然能站起来了。我真不敢相信。"

"是啊，"我轻声说道，"我自己也感到很惊讶。"

"这意味着，你已经拥有魔法了吗？"希瑟问道。这个问题非常合理，凡人是不可能造成那样一番景象的。

"我不知道。"我告诉她。

"我还是不敢相信你竟然嫁给了卡丹。"塔琳说。

我觉得自己需要辩解几句。我想要告诉她结婚并不是因为我爱他，而是几方权衡之下做出的最现实的选择。有谁不想成为空境的至尊女王呢？有谁不想得到我拥有的好处呢？

"只是……你以前很恨他的，"塔琳说，"我却突然发现原来他自始至终都在你的掌控之下。所以我想也许你还是恨他的。我猜，你有可能现在很恨他，并且他也恨你，但我真的搞不懂……"

一阵敲门声打断了塔琳的话。欧克跑去开门。似乎是为我们的谈话内容所吸引，至尊王驾临了，身边围满了护卫。

第十八章

卡丹穿着一件直挺的黑色紧身上衣，高高的拉夫领上镶嵌着宝石。他尖尖的精灵耳上挂着刀状的黄金饰物，和他颧骨上的一抹金色相呼应。他的表情就像冰山一样冷。

"跟我来。"他用不容商量的口吻说道。

"当然。"我嘴上说得轻松，心脏却诚实地加速跳动起来。我讨厌总被他看见我最脆弱的一面，也讨厌睡在他的床上，弄脏他的蛛丝床单。

薇薇握住我的手。"你还没完全康复呢。"

卡丹扬起黑色的眉毛。"常务委员会迫切需要找她谈谈。"

"明白，"我说着，看向我的姐姐们，还有站在她们身后的希瑟和欧克。"薇薇，你应该感到高兴才是，委员会议唯一的危险就是会让我无聊得想死。"

我松开姐姐的手。卡丹挽着我，让我和他并排走，而不是让我跟在他身后，这和我从前担任内政大臣时完全不一样。护卫们就跟在我们身后。

我们走到大厅，经过侍臣身边，他们纷纷向我们鞠躬行礼。这阵仗真是令我受宠若惊。

"蟑螂没事吧？"我压低声音，防止别人偷听。

"炸弹还没有研制出解药，"卡丹说，"但是她说很有信心。"

"至少蟑螂还没有死。"我自我安慰道。但如果他躺上一百年，我岂不是要等到进棺材那天才能看到他睁开眼了？

"你父亲给我传信了，"卡丹说着，瞥了我一眼，"语气非常不友好。

他似乎要把女儿的死怪罪在我的头上。"

"啊？"我有些反应不过来。

"而且他已经向其他低级宫廷派出了军队，向他们宣扬自己的新的政权。还催促其他宫廷不要再犹豫，火速出兵至尊宫廷，配合他夺权。"卡丹毫无波动地说着，"常务委员会等着听你介绍他的剑和地图。他们认为我对敌方军营的描述粗略得可怜。"

"他们可以再等等，"我从嘴角挤出一句话，"我需要先和你谈谈。"

他似乎有点惊讶，也有点迟疑。

"很快的。"我很不想和他谈这些，但时间拖得越长，这些事给我造成的压力就越大。他确实结束了我的流亡，这是我和他达成的交易，但他完全没必要在众人面前宣布我的女王身份。"你在谋划什么？你想利用我达成什么目的？你最好现在就告诉我，别等到站在委员会面前再说。说吧，你有什么条件，在打什么鬼主意。"

"好吧，"他说着，转身走向一条通往宫殿外的走廊，"看来我们确实要谈一谈。"

不一会儿，我们就来到了皇家玫瑰园前。护卫们守在门口，只有我和卡丹走进玫瑰园中。我们沿着一段闪着细碎光彩的石英台阶往下走，外界的一切声音似乎都被过滤了。微风拂动，空气中花香四溢。这是只存在于空境中的独特香气，让我瞬间有了回家的感觉，也让我想起了噩梦般的过去。

"我猜你应该不是来杀我的，"卡丹说，"毕竟那张纸条上是你的笔迹。"

"马多克派了幽灵……"我思考了一下，接着说道，"我以为他派了幽灵来取你的性命。"

卡丹凝视着面前的玫瑰丛，花丛中的玫瑰花瓣质地光滑，且红得深沉，看起来像是一片片红黑色的漆皮。"太吓人了，"他说，"看见你从那么高的地方摔下来。我的意思是，虽然你经常做一些让人害怕的事，但我很少为你担心。我很生气，从来没有这么愤怒过。"

"人类是很脆弱的。"我说。

"但你不是，"他似乎有些失望，"你从来不会受伤。"

这说法很荒唐，我受过的伤不计其数。我身上集齐了各种武器造成的伤痕，只不过是凭借着针线和忍耐才得以存活。不过，我喜欢听他这样说。我喜欢他刚才说的一切。

那个男孩是你的弱点。

"我之前在这里假扮塔琳的时候，你说给我写了信，"我说，"你好像很惊讶我居然一封都没有收到。信里写了什么？"

卡丹转向我，双手背在身后。"大部分是乞求吧。一些求你回来的话，还有一些轻率的承诺。"他的嘴角勾出一抹自嘲的笑。他说过自己只有紧张的时候才会这样。

我闭上眼，遏制住心中那沮丧得想要大喊的欲望。"别耍花招了，"我说，"明明是你驱逐我的。"

"对，"他说，"确实。我一直在想马多克把你带走之前，你对我说的话。你当时说，一切都是圈套。你指的是和你结婚，让你成为女王，再把你驱逐到人类世界这所有的事情，对吗？"

我警惕地双手抱胸，"'当然是圈套'，你不就是这么说的吗？"

"但那是你最拿手的事，不是吗，"卡丹说，"你很会给别人下套。妮卡茜娅、马多克、贝尔金、欧拉，还有我。我以为你会因为中了我的计而崇拜我。当然，我也想过你会生气，但没想到后果这么严重。"

我两眼直勾勾地盯着他，不可置信地张大嘴。"什么？"

"你忘了吗？我是什么时候才知道你杀了我兄长，杀了深海宫廷使者的？就是那天早上。"他说，"我是临时起意的，不过，当时可能也有点心烦意乱。我认为只要我做出承诺，达成协议，就能平息欧拉女王的怒气。就算你猜到了结局，我和她的谈判也已经结束了。你仔细想想那句话：我将莱德·杜尔特流放到凡间，她不得踏入精灵世界一步，否则就剥夺她的生命。除非且直到获得至尊王冠的宽恕。"他顿了顿，"'获得至尊王冠的宽恕'，'王冠'可以代指至尊王，也可以代指至尊女王。你早就可以回来了。"

哦。

哦！

原来那不是他不小心留下的漏洞，而是他有意为之，是专门让我猜的谜。

也许此时，我该反思自己的愚蠢，但我只感到出离的愤怒。我当即转过身，甩开步子往前走，不管去哪儿，我只想离开这个花园。他很快追上来，从后面抓住我的手臂。我回过身，狠狠地扇了他一耳光。这一巴掌力道不小，在他颧骨的金粉上印出几道指痕，也让他的脸颊迅速地泛红。我们四目相对，凝望着彼此许久，双方都呼吸急促，胸口剧烈起伏。他的黑眸闪动着光，我看得出来那其中并不包含愤怒。

我整个人晕头转向，像溺水一般无法自救。

"我本不想伤害你。"他抓住我的手臂，可能是怕我再打他。我们的手指紧紧交缠在一起，"不，也不完全是这样。我从没想过自己有能力伤害你，也没想过你会害怕我。"

"但你很享受这种感觉吧？"我问。

他扭过头去不看我，我明白了。尽管他不愿承认，但我知道他内心深处是有一丝窃喜的。

"你做到了，你伤害了我，也让我感到恐惧。"我说着，又马上对脱口而出的话感到后悔，心情极度矛盾。也许是因为已经疲惫至极，也许是因为刚从鬼门关回来，我终于将埋在心底的话倾泻而出，像狂风暴雨般朝他砸去。"我一直都很害怕你。你的翻脸无情、你的冷酷残暴都让我恐惧你。把你绑在影子会的椅子上时，我害怕；用刀架在你的脖子上时，我也害怕。此时此刻，我依然害怕！"

卡丹难以置信地看着我，比刚才被我扇耳光时更震惊。

他代表空境，代表一切我得不到的东西，代表鄙夷我的万事万物。

将这些话宣之于口似乎让我放下了心中的一块大石。但另一方面，这块大石原本是保护我的武器，没了它，让我感觉自己完全暴露于人前。可我还是不管不顾地说着，似乎已经失去了控制。

"你看不起我。你说你想得到我时，我感觉似乎整个世界都变了。但你紧接着又将我驱逐。不过，我感觉那才合理。"我对上他的目光，"那才完完全全是你卡丹会做的事。 我只恨自己没有早点发现你的目的，恨自己没有看穿你接下来的行动。"

他闭上了眼，再睁开时，松开了我的手，背过身去不让我看他。"我理解你的想法与做法，也许我本就是一个无法让人相信的人，也许我真的不值得你信任，但我想告诉你：我相信你。"他深吸一口气，"也许你记得，当初我并不想当至尊王。是你不经过我的同意，就将王冠戴在我的头上。也许你还记得，贝尔金并不想让我持有王子的身份，常务委员会也不认可我。"

"我记得。"我说。那些事尽人皆知。贝尔金想自己继承王位；常务委员会的人希望卡丹能多去参加会议，可他却没有尽到自己的本分。

"我出生的时候，宫廷里流传着巴芬的预言。他的预言通常模棱两可，但这一次，他却说得无比明晰：如果我成了至尊王，一定是一位非常糟糕的统治者。"他叹了一口气，"我会毁灭王冠、颠覆王权……他用了各种夸张的形容词。"

我想起奥里安娜说过，卡丹的一生将命途多舛，马多克也是这么说的。这可不是普通的运气不好。我不禁联想到即将发生的战斗，联想到梦中不祥的星图和从墨水瓶中泼洒出来的鲜血。

卡丹转过身来，低头看着我，他的眼神和我在梦中看到的一模一样。"在你逼我为影子会做事以前，我从不知道恐吓、哄骗他人这样的事也能成为一种天赋，而且是宝贵的天赋。是你发掘了我，是你教会我如何成为一个有用的人。我不介意当个混混，但我也有可能走上更邪恶的道路，变成达因那样的魔鬼。如果我真的变成了这样——如果我果真如传闻所说——我希望有人能阻止我。我相信你就是那个人。"

"阻止你？"我反问道，"当然，如果你成了一个十恶不赦的混账，如果你成了空境的祸害，我会马上把你的脑袋砍下来。"

"很好，这是我不愿相信你与马多克勾结的原因之一。另一个原因是，我希望你能在我身边，做我的女王。"

很奇怪，我从卡丹的言语中感受不到一丝爱意，但又觉得他说得很真诚。他竟然因为我的冷酷无情而崇拜我，虽然很讽刺，但这好歹也是一种仰慕，已经足够让我欣慰了。他想让我留在他身边，也许他对我还有其他的想法……停！如果我还奢望从他身上得到什么，就太贪心了。

他冲我微微一笑。"不过，现在你已经恢复了至尊女王的身份，恢复了执政的资格，我就不需要再插手各种国家大事了。如果我真的毁灭了王冠，颠覆了王权，那只能是因为太游手好闲了。"

他的话让我放声大笑。"这就是你不干活的理由？为了不让那半吊子预言成真，你就让自己沉溺于声色犬马之中？"

"没错，"他握着我的手臂，脸上的笑容渐渐消失，"需要我帮你跟委员会重新定时间吗？让我替你找借口，这事儿可有点新奇。"

"不用，我准备好了。"

卡丹刚才说的一切在我脑袋中交织成一团乱麻。我的掌心还残留着金粉。我看向他，这才发现在挨了我一巴掌后，他颧骨上的金粉已经走了样，变成一块块斑驳的印记。我忍不住一直盯着他的脸看，忍不住一遍遍回想他握住我的手时看我的眼神。我太入迷了，以至于竟没有发现他将我带到了他的房门前，当然，也可以说是我的房门前，毕竟我们已经结婚了。

"他们在这儿吗？"我问道。

"我认为他们原本是要突袭你的。"他撇了撇嘴说，"你知道的，这一群人不仅好管闲事，而且不愿意错过任何重要事件。当然，也包括女王恢复健康的时刻。"

我的脑海中浮现出一幅可怕的画面——在我身上沾满血污、肮脏不堪并且一丝不挂的时候，所有常务委员会的成员将我团团围住，等待我苏醒。一想到这尴尬的场景我就火冒三丈。于是，我摆起架子来，做出不屑一顾的表情。

屋内，宫廷小丑法拉在壁炉旁打瞌睡，委员会的其他成员——长着羊角的蓝达林，抚着蓝胡子的巴芬，来自安西里宫廷的阴险的米克尔，以及来自西里宫廷的昆虫模样的尼瓦尔——在房间里各自坐着，显然因为等待良久而不耐烦。

"女王，内政大臣参见。"法拉说着，蹦了起来，朝我深深鞠了一躬。

蓝达林凶狠地瞪着我，其他人也准备站起身。

我感觉非常尴尬。"不用站起来了，各位，"我说，"请坐吧。"

各位委员和我的关系可以说是势同水火。作为卡丹的内政大臣，我常常拒绝他们面见至尊王卡丹的请求。我猜，他们质疑我内政大臣的资格，就是因为我在替卡丹找借口方面有杰出的才能。所以，我想他们也一定不会认可我的新身份。

但他们还没来得及开口，我就抢先一步开始描述马多克的军营。很快，我就复刻出他军营中的那张海军图，还把倒戈的各个阵营都列了出来。我将格瑞森锻造间里的兵器大致介绍了一遍，卡丹也补充了几件他记得的兵器。至尊宫廷获胜的可能还是比较大的。不管我能不能借助大地的力量，只要卡丹可以就足够了。不过，我们还要留心宝剑的威胁。

"决斗？"米克尔说，"也许他把至尊王记错了，记成了一个嗜血的人。比如说，你？"从他嘴里说出这句话，可不算是一种诋毁。

"确实，茱德不是刚和格里玛·莫格搅和在一起吗？"蓝达林一向对我没有好感，再加上最近发生的事，他应该更看我不顺眼了。"那就拜托你接着去流亡，顺便再招募一些臭名昭著的杀人魔吧。"

"你到底有没有杀贝尔金？"尼瓦尔急不可耐地问道，她已经无法再抑制自己的好奇心了。

"有，"我说，"在他给至尊王下毒之后。"

"下毒？"她震惊地看着卡丹，反问道。

卡丹耸了耸肩，躺在一张长椅上，看起来无聊至极。"你可别指望我把什么鸡毛蒜皮的事都告诉你。"

这句话似乎踩到了蓝达林的雷点，他气鼓鼓地站了起来。"尊敬的王，我们一致认为她的流亡是合情合理的。如果您想结婚，您可以跟……"

"也许你们其中一位可以跟我们说一声……"巴芬抢过蓝达林的话，说道。

我想这才是他们真正想说的话吧。哪怕无法阻止已经发生的事，无法否认我至尊女王的身份，他们也必须要说。

卡丹举起一只手。"不，不，够了。说来话长，我不想解释。我宣布，会议结束。"他弹了个响指，手指着门口，说："出去，你们太吵了。"

要做到像卡丹那样毫无廉耻地任性傲慢，我还得多向他取经。

他的话确实奏效。委员们虽然嘟嘟囔囔的，但都起身朝门外走去。法拉出门的时候还朝我发送了一个飞吻。

这会儿，房间里只剩我和他了。

但紧接着，房间里的暗门就发出了一声尖锐的嘎吱响。我们还没来得及站起身，炸弹就推开暗门，手里托着茶盘，大步流星地朝我们走来了。她的一头白发梳成了发髻，顶在脑袋上。从她脸上看不出一丝疲惫或悲伤的情绪。

"茱德长命百岁，"她朝我抛了个媚眼，将手上的托盘放下，又拿出几个茶杯、杯托和一堆不知道是什么的东西叮叮当当地放在桌面上，"不用谢。"

我笑了。"感谢你拙劣的射击技术。"

她掏出一小包草药。"这包药膏能够去除血液中的细菌，让病人快速康复。遗憾的是，它却不能治好你的刀子嘴。"接着，她从外套口袋里拿出几卷绷带，然后转向卡丹，"你，出去。"

"这是我的房间，"卡丹感觉受到了冒犯，"她是我的妻子。"

"你爱说就说吧，"炸弹说，"但我要帮她拆线了。我想你应该不想看到她伤口的惨状吧。"

"哦，那可说不好，"我说，"也许他喜欢听我的尖叫。"

"我当然喜欢，"卡丹说着，站了起来，"也许某天，我也会让你尖叫的。"说完，他朝门口走去，手指看似无意地撩过我的头顶，触碰我的头发，动作轻柔得让我几乎感受不到。而后，他头也不回地走了。

第十九章

拆线的过程既漫长又痛苦。塔琳的针线活确实不错，但她把我的胃和侧腰缝在了一起。炸弹不得不小心翼翼地把缝合线剪成许多小段，再一段一段地将线从一团模糊的血肉中拉出来，最后迅速抹上膏药。

"啊！"这句话我似乎已经说了成百上千次，"这些线一定要拆掉吗？"

炸弹长长地吁出一口气。"这些线几天前就应该拆除了。"

我紧紧咬住后槽牙，又将一声痛苦的哀号咽下去。当我缓过神来，能开口说话时，我决定问她一些问题来分散注意力，"卡丹说你对蟑螂的康复很有信心。"

炸弹弯下腰，贴在我耳边，我能闻到她身上的火药味和呛鼻的药草的苦味。她表情愁苦，说："我一向对他很有信心的。"

门口传来轻轻的敲门声。炸弹一脸期待地看着我。

"进来！"我大喊一声，把裙子往下扯了扯，盖住自己的伤口。

一位长着小小飞蛾翅膀的信使神色紧张地走进来，让我得以从疗伤的痛苦中暂时解脱。她朝我深鞠一躬，看起来似乎要晕倒了。也许是因为看到地上那一堆浸满鲜血的丝线而害怕吧。

我思考着要不要向她解释，但作为一位女王，向她解释似乎有点不必要，只会让我们两个人都尴尬。所以，我朝她露出一个鼓励的笑容。"什么事？"

"尊贵的女王，"她说，"阿莎夫人想见您，她让我将您直接带到她的陋室去。"

炸弹不屑地哼了一声。"陋室。"她不满地嘟囔着。

"请你转告她，方便的时候我会去拜访的。"我极尽优雅腔调，高傲地回应道。

虽然这不是她主人想得到的答案，但她作为一个信使也别无他法。她犹豫片刻，似乎才接受这个现实，于是又朝我鞠了一躬，离开了房间。

"你是空境的至尊女王，麻烦像样一点儿。"炸弹神情严肃地注视着我，"你不能让任何人使唤你，就连我也不行。"

"我说了不去呀！"我反驳道。

她低头又剪断一根线，这一次可没那么温柔了。"阿莎夫人不能这样随意安排你的行程，更不应该让身为女王的你亲自去找她，尤其是在你受伤的时候。她只是看到你摔下来就心灵受伤到要卧床治疗，从高空坠落的人可是你！"

"嗷！"我又痛呼一声，分不清是因血肉撕扯的疼痛，还是因为她极有道理的斥责，抑或是因为她对阿莎夫人尖刻的评价。

炸弹刚把线全部拆除，我就不顾她的忠告，出发前往阿莎夫人的房间。我并非不同意炸弹的说法，只是有些话想和卡丹的母亲说，而现在就是绝佳的时机。

我往大厅走去，瓦尔·莫伦却突然走了过来，把拐杖杵在我面前。这位前任至尊王的凡人内政大臣眼里满是仇恨。

"爬上天花板的感觉怎么样？头晕吗？"他问，"要不要再摔一次？"

我阴沉着脸，说："我看你想试了。"

"真不友善啊，我的女王，"他不满地说，"难道你对自己的前辈不应该放尊重点吗？"

"你想要尊重？"我以前对他有所畏惧，我害怕他的言语威胁，害怕他凶狠的眼神，但我现在可不怕了。"这些年，你明明可以帮助我和我姐姐，明明可以教我们如何作为凡人在这里生存。但你没有，面对和你一样的我们，你冷眼旁观，任由我们自生自灭。"

他眯起眼睛盯着我。"一样？"他提高语调反问道，"你认为播种在空境的种子，和播种在人类世界的种子会结出一样的果实吗？不是的，小种子。我不知道你会成为什么样的人，但我们一定不一样。我来到这里的时候，已经定型了。"话毕，他就慢悠悠地继续走他的路，留我在原地瞪着他远去的背影。

阿莎夫人躺在一张围着纱帐的床上，枕在一摞高高的枕头上睡着了。她的脑袋上长着两只角，应该很难找到一个舒适的睡姿吧。不过我猜日子长了，她应该也习惯了。

她的床边有两把椅子，椅子上坐着两位侍臣。一位身穿长裙，另一位穿着裤子和外套，外套的背面开了两个洞，从洞里伸出一对纤薄的翅膀。其中一位正在阅读一本打油诗集，另一位——也就是刚才给我送信的侍女——点燃了蜡烛，空气中马上弥漫起鼠尾草、丁香和薰衣草的香味。

我走进房间时，他们过了好一会儿才站起来向我行礼，鞠躬时也是一副懒洋洋的样子。阿莎夫人依然躺在床上，嘴角挂着一丝似有若无的笑，仿佛我们心照不宣地共享了一个丑恶的秘密似的。

我突然想起自己的母亲，我已经很久没有想起她了。我记得她大笑的时候脑袋往后仰的模样；我记得每到夏天，她都会允许我们晚睡，任由我们在月影朦胧的后院里追逐玩耍，我的手上沾了融化的冰棒，黏糊糊的，父亲的锻造间里冒出滚滚浓烟，空气中充斥着生铁和炉火的味道；我记得午觉醒来，客厅的电视机里总会播放着动画片，而我的皮肤上总会冒出大大小小的蚊子包；我记得自己坐长途车睡着之后，她把我抱进屋里的感觉；我记得自己躺在她怀中，半梦半醒间感受到的安心和温暖。

如果没有这一切，那我会变成什么样？

"不用起来行礼了。"我对阿莎夫人说。她先是面露惊讶，紧接着脸色一沉，流露出被冒犯的不悦，她知道，我这句话是在影射她对我这位新晋至尊女王缺乏尊重。那位穿着外套的侍臣眼里闪过一丝狡黠，我想他待会一定会跟别人大肆宣扬他的所见所闻，并且少不了要添油加醋地抹黑我。

"我们晚点再聊。"阿莎夫人语气生硬地对她的侍从说道。他们似乎迫不及待地想离开这里，马上站起来鞠了一躬——这一次是毕恭毕敬地朝着我和阿莎夫人行礼——然后大踏步地离开了房间。房门还没关紧呢，那二位就在门口交头接耳了。

"这么快就来看我，你还真是心地善良。"卡丹的母亲说，"毕竟你才刚回到我们宫廷，刚刚成为尊贵的女王。"

我告诉自己不能笑，虽然无法撒谎的精灵总能说出一些有意思的话。

"来，"她说，"陪我坐一会儿。"

如果炸弹在这儿，她一定会怪我又在顺从阿莎夫人的指令，但拒绝这样微小的请求似乎显得有点小肚鸡肠。

"当我把你从遗忘塔带到影子会的时候，"我特意提醒阿莎夫人这一点，让她知道最好不要惹我生气，"你说你想远离至尊王，也就是你的儿子。但现在看来，你们俩似乎和好如初了。你应该很开心吧。"

她噘着嘴。"卡丹从小就不是一个能让人疼爱的人，而且越长大情况越糟。小时候，他会哭着求我抱他，但我伸出手后，他就对我又咬又踢，拼命挣脱我的怀抱。他追求刺激，发现一个游戏就会沉迷其中，直到大获全胜，但最后他会毁灭游戏中的一切。一旦你不再具有挑战性，他就会抛弃你。"

我直视她的双眼。"你的这番提醒，也是出于好心吗？"

她笑了。"我之所以提醒你，是因为我知道你根本不会在意。你已经深陷其中了，至尊女王，你已经爱上他了。你一开口就追问我关于他的事，却没有提及你的母亲，足以说明你对他的爱。而且你会一直爱他，凡人女孩儿，哪怕他对你已全无爱意，你依然会对他死心塌地。"

我不禁想起，自己在花园里质问卡丹是否享受我对他的恐惧时，他沉默的回应。他的内心深处依然保有一丝残暴。江山易改，本性难移。就算他现在有所改变，也不代表他未来不会再变回去。

我痛恨受人愚弄，我痛恨自己受情绪支配，成为弱者。但恰恰是对受人愚弄的恐惧，使我落入别人的陷阱。

我早应该揭开卡丹留下的谜。即便我猜不透那个谜，我也应该发现他话语中的漏洞。但我却因中计而自耻，深陷于羞愧之中无法自拔，甚至不再想办法扳回一局。

虽然我发现了自己拥有的力量，可至今仍未想到利用它的办法。

也许渴望爱并不是多么糟糕透顶的事，没有得到爱也无妨，受伤害也没关系。也许人类并不是天生弱小。也许人类最大的问题是一颗会羞耻的心。但我在人类世界流亡这么久的原因可不只是因为羞耻。

"这就是你拦截他的信件的原因？为了保护我？还是说你怕他不会对我感到厌倦？因为，尊敬的夫人，我可是一匹难以驾驭的野马。"

确实，没有证据能证明是阿莎夫人拦截了信件，这只是我大胆的猜测。但在宫廷之内，能够接触到至尊王的物品，并且有能力截下它们的人可不多。外国的使者自不必说，常务委员会的成员也不太可能，那就只能是这位一向对我没有好感的阿莎夫人了。

她温柔地看着我。"物品丢失是常有的事，损坏了也不奇怪。"作为一个不能撒谎的精灵，她这句话就等于承认了。

"我明白了，"我说着，站起身来，"既然如此，我会铭记你的提醒，好好领会你的意思。"我走到门口，回头看她一眼，留下一句让她不痛快的话："下一次，可得好好向我行礼了。"

第二十章

我走到大厅中央，只见一位皮克西精灵骑士朝我跑来，她的铠甲锃光瓦亮，映照着浑身天蓝色的皮肤。"女王陛下，请您快来。"她将右手放在左胸口朝我致意。

"凡德？"从前在宫廷学校上学时，我们的愿望都是成为骑士。看来她已经梦想成真了。

虽然上学的日子离我们并不遥远，但她似乎很惊讶我还能记得她。我猜她以为我登上了王位，便不再记得旧人旧事了。

"凡德骑士。"我纠正对她的称呼。她朝我会心一笑，我也露出了笑容。尽管我们从前并非密友，但也能友好相处。对我来说，这在宫廷之中已是难得的情谊了。"为什么这么着急？"

她的表情又严肃起来。"深海宫廷的军队在王座大厅恭候。"

"啊。"我在她的护卫下经过走廊。有几位精灵向我鞠躬致意，而其他人则装作看不见我的样子。我不知自己该做何反应，只好也假装看不见他们。

"您应该配备自己的亲卫了。"凡德骑士说着，跟在我身后距我一步的位置。

似乎所有人都热衷于教我怎么成为至尊女王。只不过，这一次，我的沉默让她聪明地闭上了嘴。

王座大厅里没什么人。蓝达林一边攥住自己干瘪的手，一边观察着深海宫廷的士兵——塞尔基人，还有几位被称为"溺水精灵"的皮肤灰白的精灵。妮卡茜娅站在军队最前面，身穿彩色鳞片盔甲，头发上装饰着鲨鱼牙齿。她紧紧地握着卡丹的手，眼眶红红的，肿得像核桃，像是刚哭过。卡丹的脑袋歪向她，和她靠在一起。我想起来他们曾经也是一对恋人。

她一看到我，就怒气冲冲地朝我走来。"都是你父亲干的好事！"

我惊讶地后退了一步。"什么？"

"欧拉女王，"卡丹平静得超出我的想象，"她应该是中了精灵箭。箭矢扎进了她的身体里，似乎就停在距离心脏很近的位置，但没有伤及性命。这支箭仿佛能抵抗一切外力，如果有人试图用魔法拔除它，它就会自动化解。明明只是一支钢箭，却像有生命一样可以自由移动。"

我愣住了，脑袋快速转动着。是幽灵。原来马多克将其派去了海底。但目的应该不是杀死女王，因为如果他这样做，无疑会激怒深海精灵，将他们直接推向卡丹的阵营。他应该只想让女王受伤，掌控她的生死。现在，欧拉活命与否全在马多克一念之间，她的子民怎么敢冒险与马多克对抗呢？

"我很抱歉。"这是人类才会说的话，也是一句十足的废话，但我不得不说。

妮卡茜娅的嘴角往下撇。"你当然应该感到抱歉。"过了一会儿，她很遗憾地松开了卡丹的手。曾经，她也有机会嫁给卡丹。我猜即使是我存在，也没能让她死了这条心。"我必须去母后身边了，深海宫廷现在群龙无首，乱成一团。"

妮卡茜娅和她母亲曾经绑架过我，把我关在笼子里，试图剥夺我的意志与思想。有时候，在睡梦中，我仍感觉自己还在那个牢笼里，在漫无边际的黑暗和寒冷的海水中漂浮着。

"我们是你的盟友，妮卡茜娅。"卡丹提醒她道，"一定会全力帮你。"

"我没有别的愿望，只希望你能为我的母后复仇。"说罢，她朝我狠狠瞪了一眼，转身离开大厅。深海宫廷的军队紧随其后。

我无暇顾及她的这些小动作，只感觉心烦意乱——不仅是因为马多克计划的成功，还因为他暴露出的熊熊野心。如果欧拉死了，整个空境都会为之震动。她是元老级的人物，一手创立了深海王国，资历比埃尔德雷德还老。要让这样强悍的女王受伤，马多克的本事也不容小觑。

"欧拉现在病着，很可能有人乘虚而入，夺取她的王权。"蓝达林的语气中满是遗憾，似乎认定妮卡茜娅没希望继承王位，"海洋是一个残酷的世界。"

"他们抓到杀手了吗？"我问。

蓝达林皱紧眉头。每次我问到他不懂又不愿意承认的问题，他就会这样不耐烦地看我。"应该没有抓到。如果抓到了，一定会告诉我们的。"

这说明幽灵很可能会来这里，说明卡丹还处于危险之中。但我们现在的盟友可比以前少得多。这就是敌在暗，我在明的坏处——你永远不知道敌人什么时候会动手，只能动用所有力量去寻找蛛丝马迹。

"将军们认为应该调整作战策略。"蓝达林意味深长地看着卡丹，"也许我们应该召集他们开个会。"

"对，"卡丹说，"对，我们是应该开个会。"

我们一行人前往作战室。那里已经备好了晚餐，有鸭蛋、醋栗面包，还有薄薄的野猪肉片，但都已经冷掉了。一位像蜘蛛一样的高大的仆人总管和将军们一起等候着。会议的氛围很快就热烈起来，半数人在讨论如何为低级宫廷的新继承人准备娱乐活动，半数人在拟定作战计划。

新的大将军是一位名为约恩的食人魔。他是在我流亡期间被任命的。我对他的战斗力一无所知，但他的行为举止让人看着就发怵。他带着三位将军，威风凛凛地走了进来，问了一大堆关于地图和武器的问题，常务委员会把我描述的情况通通告诉了他。紧接着，他尝试性地推演着我们的海军战略。

我将自己代入马多克的角度，猜测他的下一步行动。我感觉自己仿佛拿着许多零散的拼图，却不知该如何把它们拼成一条完整的线索。我能确定的是，马多克一步步掌控着局势，他想切断我们的退路，不让我们找到反击的突破口，只有这样才能实现他的计划。我只希望我们的背水一战能打他个出其不意。

"只要他的船只出现在视野范围内，我们马上就发起攻击，"约恩说，"不能让他们集中火力。虽然，没有深海宫廷的协助，打这一仗会有点儿困难，但也不是毫无胜算，毕竟我们的兵力更胜一筹。"

殷勤好客是精灵的特点，如果马多克提出要协商停战条件，那他和他的手下都会得到热情的招待。只要他不发动攻击，就可以一直在宫廷中享受美酒美食，与我们尽情畅聊。倘若他决心开战，那么双方就会在停战的位置重新交手。

"马多克大概会派出一支先驱部队，"巴芬说，"而且所有船只很可能笼罩在雾气或阴影中。我们还不知道他能使出什么样的魔法。"

"他想要一场决斗。"我说，"如果他抽出武器，就违反了和平条约，我们可以马上向他发动攻击；如果他想协商停战条约，那就不能带领大批军队上岸。因此，他会提出要与至尊王决斗。"

"我们最好在岛上安排人手，所有岛屿联动起来包围船只。"约恩说着，将钉在军事地图上的标记物移动到因斯维尔、因斯麦尔、因斯木尔和因斯依尔这几座小岛上，"我们可以阻止马多克的军队登陆。将看到的所有船只都击沉，还能让低级宫廷的盟友提供战力帮助。"

"万一，马多克得到了深海宫廷的支持怎么办？"我刚一开口，其他人就震惊地看向我。

"但我们和深海宫廷是有约定的，"蓝达林说，"你可能不知道，因为……"

"对，你们现在是有约定。"我不想他再提起我流亡的事，赶紧说道，"但是欧拉很可能把王位传给妮卡茜娅。作为新的女王，妮卡茜娅完全可以和马多克结盟，等牙齿宫廷的傀儡女王登上宝座，他们就可以不受任何限制，大举进攻至尊宫廷。如果马多克以欧拉女王的生命安全相要挟，这个可能性就会很大。"

"您认为有可能吗？"约恩皱起眉头看着自己的作战图，询问着卡丹的意见。

至尊王依旧面无表情。"茱德喜欢为敌我双方做最坏的打算，她偶尔的失算就是对我们最大的奖励了。"

"我可不记得自己有失算的时候。"我在心里默默地念叨着。

他突然抬了抬眉。原来是凡德走了进来，她知道自己不该踏足此地，表情有些僵硬。"打扰了，但我……有人托我传信给女王陛下。"她紧张得有些结巴，"是她的姐姐。"

"如你所见，女王……"蓝达林开口。

"哪个姐姐？"我打断他的话，边走向凡德，边追问道。

"塔琳。"跟我说话的时候，她的神情明显轻松了一些。她压低了嗓音，说："她说在至尊王的旧居等您。"

"什么时候？"我心脏跳动的频率仿佛快了一倍。塔琳是一个谨小慎微的人，对礼节尤其重视。她既不喜欢晦涩难懂的暗语，也不喜欢阴森恐怖的地方。如果她想让我去空空宫，只能说明大事不妙了。

"您一有时间就去。"凡德说。

"我现在过去，"我说着，转过身看着各位委员、将军还有至尊王，"家中有事，请见谅。"

"我和你一起去。"卡丹说着站起身来。我试图劝说他不要去，但他那双镶着金边的眼眸正无辜地朝我眨巴着，让我想不出有什么理由能阻止他。

"好了，"他快速走过我身边，"就这么决定了。"

约恩听说我们要走，顿时感觉如释重负；如我所料，蓝达林看起来大为恼火；巴芬正忙着吃鸭蛋；而其他几位将军则专心地谈论着有多少低级宫廷会贡献出他们的船只，以及对他们的宫廷而言这意味着什么。

在大厅里，我加快脚步追上卡丹。"你都不知道我们要去哪儿。"他将挡在额前的几缕黑色卷发拨到脑后。"凡德，我们去哪儿？"

凡德的状态看起来糟透了，答道："去空空宫。"

"啊，"卡丹说，"那你就更需要我了。我可以把那扇门哄开。"

空空宫是卡丹的大哥贝尔金的居所。贝尔金是至尊宫廷三大圈子中椋鸟圈的领袖。那是一个喜爱狂欢筵席、荒淫无度且不加节制的圈子，而贝尔金因为在派对中的狂野表现而闻名。他会用计让人类心甘情愿成为他的仆人，还会对人类施法，篡改他们的记忆。他为人恶劣透顶，这还没算上他为了夺取王权而发动流血政变的事。但同时，他也是将卡丹养育成人的人。

就在我思考这些事情时，卡丹已经让凡德调遣了一辆皇家马车过来。我想告诉他我可以骑马去，但我的伤还未完全康复，此时也不敢贸然骑马。几分钟后，我被人搀扶着坐进了那辆华丽的宫廷马车里。车厢的座椅上铺着藤蔓和昆虫样式的精美绣品。卡丹坐在我对面，脑袋抵着窗框。随后，马车启动了。

离开了宫殿，我才知道原来已经这么晚了，破晓的日光划破云层，朝阳即将升起。我睡得太久，对时间的感知完全错乱了。

我思考着塔琳的口信。有什么理由会让她引我到贝尔金的宫殿呢？和洛基的死有关吗？这会是她的第二次背叛吗？

马车终于停了，我从车厢里走了下来。坐在车头的一名士兵也跳下了车，他正准备回身搀扶我时，却尴尬地发现我已经站在马匹旁边了。我压根儿就没想过要他帮忙，我现在还不习惯至尊女王的作风，恐怕将来也是如此。

卡丹也下车了，他并没有看向我或是那名士兵，只是凝视着面前的空空宫。尽管他的脸上没有展现出任何情绪，但他的尾巴在身后不安地抽动着，无言地述说了他此刻的心情。

整座宫殿覆盖着厚重的常春藤。不远处有一座歪斜的高塔，露台上长满了毛茸茸的浅色植物根茎，一直垂到地上。这是卡丹过去的家，在这里，我亲眼看到了贝尔金的仆人用长鞭抽打卡丹的样子。尽管卡丹从来不说，但我知道他在这里一定有过更悲惨的遭遇。

我用大拇指揉搓着自己的半截断指，那是被马多克的守卫咬掉的。我突然有一种感觉，如果我告诉卡丹关于断指的事，也许他能明白我的感受，比其他任何人都更能理解。他会明白交织在我心头的恐惧与羞辱，明白为什么我现在想起这件事仍百感交集。虽然我们之间有各种矛盾和冲突，但也有一些时刻，是只有我和他能真正感同身受的。

"为什么来这里？"他问道。

"塔琳约我来这里见面，"我说，"但我不认为她会知道这个地方。"

"她不知道。"卡丹说。

宫殿入口处那光泽不减的木门上仍雕刻着一张巨大而不祥的脸，门的两侧还挂着灯笼，但已经没有中了诅咒的精灵绝望地绕着灯笼打转了，只有用魔法点燃的柔和的灯光。

"我的王。"门上的脸睁开眼睛，温柔地呼唤道。

卡丹也朝它笑笑。"我的门。"他说话时，嗓子眼里像是卡了什么东西。也许对他来说，光是想到要回到这里，就足够难受了吧。

"欢迎回来。"它说着，打开了门。

"里面有没有一个长得像她的女孩？"卡丹瞥了我一眼，向门打听道。

"有的，"大门说，"非常相似。她在地下，和另一个人一起。"

"地下？"我一边问，一边朝回音厅走去。

"这里有个地下城堡，"卡丹说，"大部分精灵都以为地下城堡只是用来装饰的。哎，但是并非如此。"

"塔琳为什么会去地下城堡？"我问他，但他也不知道答案。我们往地下走去，宫廷护卫在前面帮我们开路。地下城堡里充斥着一股浓烈的土壤气味。我们进入的房间里没有太多东西，只有一些不适合坐人的家具，几条锁链以及一个巨大的火盆。火盆里的火焰跳动着，把我的脸烤得通红。

塔琳坐在一个地牢的洞口旁边。她衣着朴素，内衫外只披着一件斗篷。褪去华美霓裳和夸张头饰的她看起来年轻了不少。我的外表也是这么稚嫩吗？这想法让我很不安。

她一看见卡丹，就站了起来，一只手防御似的放在肚子上，朝卡丹屈膝行了一个礼。

"塔琳。"卡丹跟她打招呼。

"他是来找你的，"塔琳对我说，"他在你的房间里看到了我，让我一定要困住他，因为马多克向他下达了新的指令。是他告诉我这里有一个地堡，让我把他带到这里来的。这儿看起来确实不会引人注意。"

我走到地牢的洞口边上往下瞧。地牢是一个约莫十二尺深的洞，幽灵静静地坐在地上，后背贴着弧形的墙面，手腕和脚踝上都戴着镣铐。他面色苍白，一脸病态，用充满仇恨的双眼仰视着我们。我想问他过得怎样，不过，他显然过得非常糟糕。

卡丹盯着塔琳，似乎在思考什么难题。"你认识他，是吗？"他问。

她点了点头，双臂交叠抱在胸前。"他以前来找过洛基几次，但他和洛基的死毫无关联。如果你是想问这个的话。"

"我没有往那方面想，"卡丹说，"完全没有。"

确实不是幽灵干的，因为那个时候，他早已成为马多克的阶下囚了。但我不想让卡丹再问下去，因为我不知道一旦他发现洛基死亡的真相，会做出什么事情。

"你能跟我们说一说欧拉女王的事吗？"我向幽灵问道，希望能顺利地将话题转移到目前最紧急的问题上，"你做了什么？"

"马多克给了我一支弩箭，"他说，"拿在手里的感觉很重，而且它还会蠕动，就像一个活物。贾雷尔王对我施了魔法，让我能在水中呼吸，但这也让我的肌肤像被冻伤一样疼痛难忍。马多克命令我将弩箭射入欧拉女王的身体，除了心脏和脑袋，随便哪里都可以。他说剩下的事情交给弩箭就可以了。"

"你是怎么逃脱的？"我问。

"我杀了一只跟在我身后的鲨鱼，然后躲进它的尸体里，直到风头过去，再游到岸上。"

"马多克还给你下了其他命令吗？"卡丹皱着眉头问。

"是的，"幽灵说着，脸上闪过一丝诡异的表情。突然，他"腾"的一下爬到了地牢的墙上。这时候我才意识到，他可能早就把手脚上的镣铐都解开了。我感到一阵心慌，几乎要滴下冷汗来。我现在四肢僵硬，浑身酸软，根本无法与他战斗，只好抬起一块沉重的铁板，把它往洞口拖，希望能在幽灵爬到顶上之前把洞口压住。卡丹一边呼唤守卫，一边从紧身上衣中抽出一把样式古怪的刀。这可真出乎我的意料，他一定是跟蟑螂学的。

塔琳清了清喉咙。"拉金 · 哥尔摩 · 加勒特，"她说，"从现在开始只听我的指令。"

我倒吸一口气。我从未见过有人直呼精灵的本名。在空境，能说出精灵的真实姓名就相当于完全掌控了这个人。我听说，有的精灵为了避免受到别人的操控，宁可割下自己的耳朵；还有的精灵为了防止别人说出他的姓名，会将别人的舌头割断。

塔琳自己似乎都有点惊讶。

幽灵一松手，直接从墙上掉到了地面上。他浑身瘫软地坐着。尽管塔琳现在拥有了操控他的能力，他却像是松了一口气一般。我猜，受我姐姐控制应该比听命于马多克要好一百倍。

"你知道他的真名？"卡丹一边对塔琳说着，一边把刀收回腰间，又拍了拍夹克外套，盖住刀的痕迹，"你怎么发现这个奇妙的秘密的？"

"洛基在我面前总是口无遮拦。"塔琳告诉卡丹，语气中似有一丝轻蔑。

虽然很不情愿，但此刻我对她刮目相看。同时，我也感到很宽慰。她本可以利用幽灵去做一些对她有好处的事，或者把他藏起来，但她没有。也许她是真的想与我坦诚相待。

"爬上来。"我对幽灵说。

他照做了。这一次爬的动作十分小心缓慢，几分钟后，他的手才扒到地面边缘。他拒绝卡丹的帮助，自己爬了出来。我发现他的身体比之前还要虚弱。他上下打量着我，仿佛也对我有着同样的看法。

"需要我对你下命令吗？"我问，"还是说，你可以保证不伤害这个房间里的任何一个人？"

他怯怯地说："我保证。"我敢说他一定很不乐意在我面前暴露了真名。如果我是他，我也不想受到我的控制。更不用说还有卡丹了。

"既然好戏已经结束，不如我们到空空宫里找一个舒服的地方坐下来聊聊正事吧。"至尊王提议道。

幽灵跌跌撞撞地迈开步伐，卡丹抓着他的手臂，扶他上楼梯。最后，我们坐在了客厅里。一名士兵给我们送来了毯子。我开始生火。塔琳好像想让我停下来，却不敢说。

"我猜你的任务是……找机会杀了我，对吗？"卡丹在大厅里来回踱步。

幽灵点了点头，抓紧毯子将自己裹起来。他淡褐色的眼睛已然没有了神采，暗金色的头发也乱糟糟的像个鸟窝。"我祈祷着不要和你们相遇，终日因可能发生的事惶惶不安。"

"是吗？那还好，我们很幸运，有塔琳在至尊王宫里潜伏着。"卡丹暗暗讽刺道。

"在确认茱德没有危险之前，我是不会回我丈夫的城堡的。"塔琳说。

"茱德和我之间有一些误会，"卡丹谨慎地说，"但我和她不是敌人。我也不是你的敌人，塔琳。"

"在你们眼里，什么都不过是一场游戏。"她说，"你和洛基都是如此。"

"我和洛基不一样，我从来没有把爱当成儿戏，"卡丹说，"你可以指责我其他的不是，但这一点不行。"

"加勒特，"我不想再听下去了，别无选择，只能打断他们的对话，"你有什么能告诉我们的吗？任何关于马多克计划的事都行。我们必须多掌握一点信息。"

他摇摇头。"上一次我见到他的时候，他暴跳如雷。他生你的气，生他自己的气，也生我的气。他一发现你找到了我，就给我下了指示让我离开那里。但我认为他原本是不打算让我这么快行动的。"

我点点头。"对，他加快了计划的进程。"我从那里离开的时候，宝剑距离铸造完成还早得很呢。这一定让马多克十分挫败，因为他还没做好充足的准备就被迫采取行动了。

我认为马多克并不知道我是至尊女王，我甚至怀疑他都不知道我还活着。也许我们可以从这里找到突破口。

"如果委员会知道我们抓住了袭击欧拉的人，就不好处理了。"卡丹像是突然想到了什么似的。"为了巴结深海宫廷，他们会催促我将你交出去。而且，妮卡茜娅早晚都会知道你在我们手上。我只能将你带回至尊宫廷，交给炸弹看管。让她来决定如何处置你。"

"很好。"幽灵如释重负，顺从地答应了。

卡丹又一次唤来他的马车。塔琳爬进车厢，坐在幽灵身边，打了一个大大的哈欠。我斜倚着窗户，心不在焉地听着卡丹央求塔琳多说一些人类世界的新鲜玩意儿。塔琳向他介绍了一款刨冰机器，它能做出五颜六色、各种口味的冰沙。当她正说到毛毛虫软糖时，马车在宫殿门口停下了。我们依次走下车厢。

"我会把幽灵带到他住的地方，"卡丹对我说，"茱德，你要好好休息了。"

真不敢相信一天之内会发生这么多事情，我从药物催眠中苏醒过来，炸弹也帮我拆除了缝合的线。

"我送你回房间。"我看出塔琳有话想说，于是和她一起朝房间走去。

"你信任他吗？"在与卡丹拉开距离，确保他听不见之后，塔琳才悄悄地问我。

"有时候吧。"我诚实地说。

她同情地看了我一眼。"他在车厢里表现得那么友善。我都不知道原来他会和别人好好说话。"听了她的话，我忍不住笑出声。走到我的套房门口时，她握住我的手臂，说："他想取悦你，所以才会跟我说话，你知道吧。"

我皱了皱眉。"我还以为他只是对奇怪的糖果感兴趣。"

她摇了摇头。"他想让你喜欢他。但那只是他的想法，你并不一定要照做。"说罢，她转身离开，留我独自走进那间宽敞壮观的宫廷套房。

我脱下裙子，把它搭在一扇屏风上，又从卡丹的衣柜里拿出一件缀着夸张褶皱的上衣穿在身上，接着就爬到宽大柔软的床上躺下了。我将绣着猎鹿图案的被子拉得高高的，直到盖住整个肩膀。躺在床上，我的心脏慌乱地跳动着。

我们结婚只是为了结盟。这是一场交易，仅此而已，不要有多余的期望。我告诉自己，卡丹对我的情感中永远夹杂着厌恶，我不需要得到他的感情，这样就是最好的。

我等待着开门声响起，等待着他的脚步声。就在这等待中，我迷迷糊糊地睡着了。

醒来时，房间里依然空无一人。没有一盏灯是亮着的，枕头也没有人睡过的痕迹。一切都和我睡前一模一样。我坐了起来。

也许他一整天都待在影子会，和幽灵玩飞镖，顺便看看蟑螂的情况。但我更能想象到他在宴会大厅里一杯接一杯地豪饮美酒，沉浸在昨夜派对尾声中的样子。一切都是为了避免与我同床共枕。

第二十一章

突然，一阵急促的敲门声响起。我赶紧冲向衣橱，拿出一件卡丹的长袍胡乱地套在身上。

我还没走到门边，大门就忽然打开了，接着蓝达林冲了进来。"女王陛下！"他提高了音量，尖刻地讽刺着我，"我们的大事还没有商议完呢。"

我裹紧长袍。这个人一定是猜到了卡丹不会与我住在同一个房间，才敢这样无礼地闯进来。但我不会给他机会询问卡丹的去处，不会让他有奚落我的可能。

我想起了炸弹的话："你是空境的至尊女王，麻烦像样一点儿。"但现在我近乎衣不蔽体，发型也乱七八糟，嘴里还有刚睡醒的口气，要摆出女王的样子而不被羞辱可有点难。"我们之间有什么可谈的？"我尽最大努力，淡定地说道。如果炸弹在这，估计会让我拎着蓝达林的耳朵把他赶出去。

我的轻视打破了他的骄傲和自以为是。他愣了一会儿，随即脸色一沉，一双可怕的山羊眼藏在金丝眼镜后，死死地盯着我，脑袋上那对用高级油彩上了蜡的山羊角油光发亮。随后，他走到一张矮沙发边上，自己坐下了。

我走到门边，拉开门，面前站着两位陌生的骑士。没有卡丹的亲卫，这是当然的，他们一定守护在卡丹身边。而站在门前的这两位一定是卡丹最不喜欢的士兵，他们身上连一件像样的装备都没有，甚至无法阻挡一位怒气冲冲推门而入的常务委员。

此时，我看到了走廊那头的凡德。她一看到我，就警觉地跑来。

"你还收到什么信息了吗？"我问。

她摇了摇头。

我转向那两位守卫。"是谁不经我允许就让委员进我房间的？"我厉声问道。

他们眼神闪烁，神情紧张，其中一人结结巴巴地解释着："我跟他说了不能进去……"

凡德插了一嘴。"您需要一个能保护您人身安全，还能看住大门的人。让我成为您的骑士吧。您认识我，您知道我的能力。我也一直在等待这样一个机会……"

我想起那个曾经梦想成为某位公主的骑士、在宫廷中拥有一席之地的自己。我也能理解为什么没有宫廷成员看中凡德，一来她资历太浅，二来——很显然，她太坦率了。

"好，"我说，"这样太好了。凡德，你就是我的第一个骑士。"我从来没有过自己的护卫队，现在突然拥有了，却又不知该吩咐她做什么了。

"我对天地日月，山川草木起誓，此生只效忠于您一人，直至生命终结。"她当下就对我发起了誓，看起来有些鲁莽，"现在，需要我进去将委员请出来吗？"

"没关系的，"我摇摇头，脑海中却想象着那该是多么让人痛快的场面，以至于几乎无法隐藏自己嘴角的笑意，"请派一位信使到我以前的房间去，让塔特收拾一些我的物品带过来。我正好和蓝达林聊两句。"

凡德皱了皱眉，看向坐在房间里的蓝达林。"遵命，女王陛下。"说罢她右手握拳放在胸口，向我行礼，然后便离开了。

终于能有新衣服穿了。我满怀期待地回到房中，走到蓝达林对面的

/164

高沙发旁边，坐在沙发的扶手上，若有所思地凝视着他。他特意挑这个时间来，不知道准备怎么羞辱我。"很好。"我在心里想道，然后开口说："说吧。"

"低级宫廷的统治者已经陆续到达了。他们说是来为你父亲的宣战作证，并来支持至尊王的。但那根本不是他们的目的，"他满脸愁苦地说，"他们是来看至尊宫廷如何溃败的。"

我眉头紧皱。"他们都曾宣誓效忠至尊宫廷，无论是否情愿，都必须拥护卡丹为王。"

"然而，"蓝达林接着我的话说，"现在深海宫廷无法出兵，我们对低级宫廷的依赖更甚。可我们不能将希望寄托在他们不情不愿的忠诚上。只要马多克抵达这里——也就是几天后——他一定会揪住至尊宫廷现有的问题发难。当然，也就是你带来的问题。"

啊，现在我明白他想说什么了。

他接着说："历史上从未出现过由凡人担任至尊女王的情况。也不应该有这个例外。"

"你真的认为，动动嘴皮子就能让我放弃如此巨大的权力吗？"我问他。

"你是一个优秀的内政大臣，"蓝达林的评价着实出乎我意料，"你很在乎至尊宫廷，所以我才恳求你放弃女王的地位。"

就在这时，大门突然敞开了。

"我们没有求你回来，我们也不需要你！"蓝达林言辞激烈，似乎是想给门口的人——可能是凡德——一点下马威，想用严厉的口吻将他们吓走。但是，他突然脸色刷白，颤颤巍巍地站了起来。

门口站着的是至尊王。卡丹扬起眉毛，嘴角勾出一个邪恶的笑容，"很多人心里都这么想，但很少有人像你这么大胆，敢当着我的面说。"

格里玛·莫格站在卡丹身后，手里端着一碗冒着热气的汤。汤的香味钻进我的鼻子里，我的肚子适时地响了起来。

蓝达林气急败坏地争辩着："尊贵的王！我有罪。但我鲁莽的言论并不针对您。我以为您……"他安静了一会儿，又说道，"我太愚蠢了。如果您想惩罚我……"

卡丹打断了他的话，"不如你跟我说说刚才你们在讨论什么？我知道你更想听到茉德的高论，而不是我的信口胡诌，但我就是喜欢听这些重要的国家大事。"

"我只是提醒她要考虑到她父亲即将挑起的大战。所有人都是要做出牺牲的。"蓝达林瞥了一眼格里玛 · 莫格，她把汤放在了附近的桌子上，又站到了卡丹身后。

我应该提醒一下蓝达林，卡丹看他的眼神可不太友善。

卡丹转向我，眼神中还残留着对蓝达林的愤怒。"茉德，你能否让我和我的委员单独说几句？我也有几件事要提醒一下他。还有，格里玛 · 莫格给你带了汤。"

"我知道这里是我的家，是我的土地。我哪儿也不会去，更不会放弃我的地位。这些我都知道，也不需要你帮我开口。"

"说得好，"卡丹用手掐住了蓝达林的脖子，"我还有一些其他的话想说。"

蓝达林在卡丹的推搡下，走到另一间会客厅。卡丹将声音压得极低，我听不清他说了些什么，但我绝不会认错他语气中令人战栗的恐怖。

"来喝吧，"格里玛 · 莫格说着，用勺子把汤舀到小碗里，"这汤能让你康复得更快。"

汤面上漂着一片蘑菇，我搅动汤勺，几块植物根茎翻滚着，旁边还有一些像肉一样的东西。"这汤里到底放了什么？"

格里玛突然哼了一声。"你知道自己把刀落在我家的巷子里了吗？我还得亲自捡起来还给你。我可真是个好邻居啊。"她朝我狡黠地笑一下，"但你不在家，只有你可爱的双胞胎姐姐在。她的言行举止可比你优雅多了，她请我进去喝茶、吃蛋糕，还跟我说了很多有意思的事情。你怎么不早告诉我，也许我们会更快达成协议呢。"

"也许吧，"我应付着，"但这个汤……"

"我的口味虽然很挑剔，但也能接纳各种新鲜事物。你就别这么讲究了，"她说，"把它喝光，提升一下体力。"

我抿了一口，强迫自己不要去细想汤里面是什么。这是一碗清汤，闻起来很鲜，看起来没有什么危害。我举起碗一饮而尽。汤的味道鲜辣，刚下肚我就觉得舒服了许多，是我回到至尊宫廷后感觉最舒适的一刻了。我不仅把汤喝完了，还想吃掉汤里的肉渣。所以如果这些肉真有什么古怪，我还是不知道为好。

就在我用力把碗底的肉渣往嘴里倒时，房门又打开了。塔特走了进来，怀里抱着一大堆长裙。凡德和另外两位骑士紧随其后，怀里也抱着我的衣服。跟在他们身后是希瑟，她穿着人字拖，怀里抱着一堆珠宝首饰。

"塔琳说，如果我过来的话，就能窥探一下极尽奢华的宫廷套房。"接着，她凑到我耳边，小声地说，"还好你没事。薇让我们在你父亲到达之前离开，所以我们很快就要走了。但如果你还昏迷不醒，我们是不会离开的。"

"离开这里是最好的选择。"我说，"我很意外你竟然会来到空境。"

"你姐姐跟我谈了一个条件，"她略带懊悔地说，"我答应她了。"

希瑟还没来得及告诉我更多细节，蓝达林就从房间里冲了出来，慌乱中差点撞上她。他瞪大了眼睛惊恐地看着她，显然是没有想到宫廷之中还有第二个凡人。但他马上就离开了，眼睛根本不敢朝我这边瞥一下。

"长着大角，"希瑟看着他远去的背影，喃喃自语道，"却是个小家伙。"

卡丹斜倚着门框，看起来洋洋自得。"为了迎接几位低级宫廷的君主，今晚会举行舞会。希瑟，我希望你和薇薇能来。上次你们来空境，我们没有尽到地主之谊。这一次，你们可以大饱眼福了。"

"还能看到一场大战，"格里玛·莫格说，"还有什么比战争更刺激的呢？"

希瑟和格里玛·莫格离开后，塔特留在房间里为我做参加宴会的准备。她将我的长发盘起，为我打上腮红。我今晚会穿一条金色长裙，裙子上层层叠叠地缀着精细的布料，看起来像一件挂着金链条的盔甲。两边肩膀处的皮革上挂着亮晶晶的垂饰，拉着裙子的领口往下坠，露出了雪白的胸口，比我以往穿的衣服还要暴露许多。

卡丹坐在树根制成的矮凳上，背靠抱枕，伸直了双腿。他穿着一件墨蓝色的上衣，两边肩膀上各趴着一只镶嵌了宝石的金属甲虫装饰。他的头上戴着荆棘王冠，王冠上的黄金橡树叶闪闪发光。此时，他正歪着脑袋上下打量着我。

"今晚你要跟所有君主打招呼。"他说。

"我知道。"我瞟了塔特一眼。听到卡丹主动告诉我今晚的任务，她似乎很满意。

"毕竟，我们之中只有一人能对他们说谎。"他的话让我惊讶，"你要让他们相信，胜利一定属于我们这一方。"

"难道不是吗？"我反问道。

他笑了。"你说呢？"

"马多克毫无胜算。"我尽职尽责地说着谎话。

我想起自己是如何在贝尔金和马多克结盟之后，孤身一人前往低级宫廷的营帐中，说服各个宫廷的君主、女王和臣民与我站在同一战线的。是卡丹告诉我应该寻求谁的帮助，是卡丹为我提供足够多的信息，让我得以将他们逐个攻略。

如果说今晚有谁能帮我渡过难关，那就非卡丹莫属了。他总能让别人放松警惕，即便是在应该警觉的时候。不幸的是，我所擅长的却是点燃别人的怒火。但好在撒谎也是我的拿手好戏。

"白蚁宫廷的人来了吗？"一想到即将与罗本王相见，我就紧张。

"估计已经来了。"卡丹说着，站起身来，轻抬胳膊等着我挽上，"来吧，给臣民们一点意外惊喜。"

塔特替我将几缕碎发塞好，将辫子收拾得更服帖一些。接着便后退一步，让我站起身来。

我挽着卡丹，一起走向王座大厅。凡德和其他守卫以极大阵仗将我们层层保护起来。

我们大步地走入大厅，只听从远处传来一个声音，嘹亮地宣布着："有请至尊王与至尊女王。"随即，整个大厅笼罩在了沉默之中。

地精、蟋蟀精、恶灵、小精灵、山精、女巫 —— 所有美艳华丽的、光彩照人的和丑陋不堪的空境精灵都看向我们。一双双黑色眼睛里闪着光。他们的翅膀、尾巴和触须都微微颤抖，瞠目结舌地看着眼前的场景 —— 一个凡人挽着至尊王的手臂，一个凡人成为他们的统治者。整座宫殿都因震惊而鸦雀无声。

尽管难以面对，但他们还是马上走到我们面前鞠躬行礼。有人亲吻我的手，有人向我致以夸张且虚伪的赞美。我努力把各位君主、女王和大臣的脸和名字对上号。

我试图让他们相信马多克不可能获胜；我向他们表示我们很高兴能够宴请各个宫廷，并且感激他们派出增援的兵力；我告诉他们，我相信这一次冲突不会持续很长时间。但是，我没有提及我们失去了深海宫廷这一盟友的事，也没有告诉他们马多克会有格瑞森的战争武器加持，更没有提到马多克准备用神剑挑战卡丹。

我说着一个又一个谎话。

"你父亲真是一个体贴入微的敌人，还提前将我们召集起来，"白蚁宫廷的罗本王说道，眼神凌厉似冰，"就连我的朋友都不会贴心到为我的战争提前召集盟友。"我曾经为了补偿他而谋杀贝尔金，但那不代表他现在一定会认可我，也不代表他会相信我所说的鬼话。

"他一定是在虚张声势，"我说，"想让我们自乱阵脚。"

罗本王思考着我说的话。"他是想打败你。"他反驳道。

他的皮克西精灵夫人凯伊双手叉腰，伸长了脑袋四处张望。"妮卡茜娅来了吗？"

"没有。"话音刚落，人群便开始议论纷纷。深海宫廷曾对白蚁宫廷发动过攻击，让凯伊受到重创。"她回家了。"

"太可惜了，"凯伊说着，举起了拳头，"我都给她准备好了一份大礼。"

我看见希瑟和薇薇从殿堂的另一侧一起走了进来。希瑟身穿一条象牙色白裙，和她细腻美丽的棕色皮肤形成了强烈的对比。她的头发卷成了大波浪，整齐地梳在脑后。站在她身旁的薇薇一身猩红，这也是马多克从前最爱穿的颜色。

一只蟋蟀精走过来，手里的托盘上盛放着一个个小橡果杯子，杯里装着发酵的蓟花奶。凯伊拿起一杯，像喝酒一样仰头痛饮，然后皱起了眉头。看了她的反应，我决定不喝了。

"借过。"我穿过大堂，朝我姐姐走去，一路上遇到了飞蛾宫廷的安妮女王、沃尔德王和他的夫人，还有许多其他宫廷的成员。

"跳舞难道不有趣吗？"宫廷小丑法拉说着，拦住了我的去路，"让我们保留一点没落的传统，跳起来吧！"

我和往常一样，不知该对他作何回应。我不知道他是在讽刺我，还是真心想与我交流，只好侧身躲开他。

希瑟看着渐渐靠近的我，摇了摇头，说："真要命，这裙子也太美了。"

"哦，你来了，太好了。我想拿点饮料，"薇薇说，"安全的饮料。茱德，你能在这里等我回来吗？还是说你待会儿要去处理国家大事？"

"我可以等你。"我很高兴能有机会和希瑟单独说话。薇薇一走开，我就马上问希瑟："你到底同意了什么条件？"

"为什么这么问？"希瑟问道，"你姐姐不会欺骗我的，对吧？"

"至少不会故意骗你。"我拐弯抹角地回应道。

精灵们的谈判方法臭名昭著。他们很少把条件清清楚楚地摆在台面上。虽然，他们的筹码听起来的确很诱人，但往往也意味着极高的代价。比如说，他们会承诺你一生的荣华富贵，让你度过一个奢华无度的夜晚，但第二天早上你就会命丧黄泉；又或者说，他们会承诺让你成功减重，但后果是你会被人砍掉一条腿。

当然，我不认为薇薇会这样对待希瑟。只是我本人上过精灵的当，结局就是被驱逐到人类世界。因此，很有必要听一听条件的细节。

"她说来空境找你的时候，得有人陪着欧克。然后给我提了这个条件——当我们在精灵世界时，可以一起生活。但是回到人类世界后，她会让我忘记精灵世界，也忘记她。"

我倒吸一口冷气。这就是希瑟想要的吗？还是说她们共同达成了这个协议，因为无法再继续这样的生活了？"所以，等你回家之后……"

"一切都结束了，"她的脸上闪过一丝绝望，"有些东西是人类不应该沾染的。大概魔法也是其中之一吧。"

"希瑟，你不需要……"

"我爱薇，"她说，"也许这是一个错误。上次来到这儿，我觉得这里就像一部唯美的恐怖片。我想把一切都忘掉，可唯独不想忘了她。"

"你不能跟她说实话吗？"我看着朝我们走来的薇薇，"取消你们的约定。"

希瑟摇摇头。"我问过她是不是想让我改变主意。我根本没有自信狠下心来与她分手。也许在我内心深处，我是希望她能劝服我，让我回心转意的。但薇薇非常认真，她说她可以保证，无论我后面怎么改口，她都会执行我们最初的约定。"

"她就是个蠢货。"我忍无可忍地脱口而出。

"我才是个蠢货，"希瑟说，"如果不是我这么胆小……"这时，薇薇指间夹着三个高脚杯，走到我们身边。希瑟马上闭嘴了。

"怎么了？"薇薇问着，递给我一杯酒，"你们看起来很奇怪。"

希瑟和我都没有回应。

"说呀？"薇薇追问道。

"茱德想让我在这里多留几天，"希瑟的话让我很意外，"她需要我们的帮助。"

薇薇马上用责备的眼神看着我。

我想反驳希瑟，但我想不到任何理由，既能搪塞过去又不暴露刚才的谈话。

当薇薇用魔法让希瑟忘记塔琳婚礼上发生的一切时，我对薇薇感到十分愤怒。她的行为提醒了我，她才是精灵族的一员，我不是。而此时此刻，我更加清楚地认识到，希瑟只是一个凡人。

"只是多住几天而已。"我附和着希瑟的话。我知道自己不是一个好妹妹，但我做的这件事也许是一件好事。

在大厅的另一头，卡丹举起了酒杯。"欢迎大家来到因斯麦尔岛，"他说，"无论是西里宫廷还是安西里宫廷，是野蛮族人还是羞涩族人，我都很高兴你们能对我忠诚，能出兵支援，也感激你们加以我的荣耀。"然后，他的目光转移到我身上，"对于你们，我敬上一杯蜂蜜酒，献上最盛大的款待。但对于叛徒及背叛誓言者，我将请女王代为招待，届时必将兵戎相见。"

大厅中爆发出一阵喧闹，人们兴奋地起哄、号叫着。许多双眼睛盯着我看。而我看向阿莎夫人，她怒目圆睁地瞪着我。

所有精灵都知道是我杀了贝尔金。他们知道我为此付出了被驱逐的代价，他们更知道我是马多克的养女。因此，他们相信卡丹所言非虚。

好吧，看来卡丹已经让他们改变了对我的看法。在他们眼里，我不再是一个普通的凡人女王，而是一个杀人狂女王。我心情复杂，但看着他们满怀兴趣地注视着我，不可否认的是，我确实感到威望大增。

我高举手中的酒杯朝他们示意，接着不急不慢地喝了一口。

到了宴会的尾声，我经过的每一位宫廷大臣都朝我鞠躬行礼。每一位。

离开大厅时，我已经精疲力竭了，但还是将头昂得高高的，挺直了腰杆，款款而行。我决心不让任何人看出我的疲态。只有回到套房，我才允许自己松懈下来，斜倚在内室的门框上喘口气。

"你今晚可真叫人心生敬畏，我的女王。"卡丹说着，朝我走了过来。

"有你那番激动人心的演讲在前，我根本不用费什么功夫。"虽然我现在精神不振，却无比清晰地感知到了他的存在。他皮肤散发的温热气息还有他嘴角那一抹浅浅的邪笑，都让我的胃翻腾涌动，甚至愚蠢地对他产生了渴望。

"我说的都是真心话，"他说，"否则，我是说不出口的。"

我感觉自己的目光被他柔软的嘴唇、墨黑的眼眸以及高挺的颧骨所吸引。

"你昨晚没有上床睡觉。"我悄声说道。

我突然想到，在我昏迷的那段时间里，他很可能也在别处过夜，或许与某位佳人共度良宵。毕竟我离开宫廷已经很久了，早已不知道他的新宠是谁。

但，就算他另有情人，显然他现在没有对她动什么心思。"我现在不就来了吗？"他说着，言语间似乎以为自己误会了我的意思。

我告诉自己，大胆地拥有欲望吧，受伤也没关系。我向他靠近，直到我们可以触碰到彼此。

他牵起我的手，与我十指交缠在一起，朝我低下头来。

我有足够的时间推开他，拒绝他的吻，但我没有这样做。我想让他亲吻我。他的双唇贴在我唇上，我全身的疲惫立刻一扫而空。缠绵的热吻一个接着一个，无法停歇。

"你今晚看起来像是童话故事里的骑士。"他在我的颈边温热地吞吐着。"也许是一个下流的故事。"

我踢了他一脚，他却吻得更用力了。

他把我抵在墙上，我将他的身体一把抱住，手指在他在衬衫下游走，从腰间摸上他后背凸起的两扇肩胛骨。

他的尾巴在空中舞动着，毛茸茸的尾端不时扫过我的小腿肚。

他微微颤抖，身体更用力地压向我，舌尖不断向我口中探去。他将我的头发梳到脑后，手心里浸满湿润的汗水。我绷紧了身体，浑身的欲望几乎喷薄而出，与他紧紧贴合在一起。我兴奋得狂热。每一个吻都让我更加上瘾，我的肌肤似火烧一般滚烫。他吮吸我的脖颈，舌头在我的肌肤上舔舐着，两手放在我的胯上，一把将我抱了起来。

我的身体热得难受，似乎已经不受控制了。

我猛地回过神来，全身僵硬动弹不得。

他马上松开手将我放下来，像被烫到一样后退了一步。"我们不用——"他这么说只会让我觉得更糟。我不想让他看穿我内心的脆弱。

"不，等一下。"我咬住自己的嘴唇。他的双眸黑得深不可测，瞳孔放大，惊讶地看着我。他是那样美丽，美得完美无瑕，摄人心魄，是人间不可窥见的绝色，这样的美貌压得我喘不过气。"我很快回来。"

我跑进衣帽间。胸口处的猛烈跳动让我全身都颤抖着。

小时候，性对于我而言非常神秘，这是大人结婚后想生宝宝才会做的一件疯狂的事。我和一个朋友曾经把两个玩偶放在一顶帽子里，然后晃动着帽子假装他们正在进行性生活。

但精灵世界不是这样的。精灵们常常赤身裸体地狂欢，为了欢愉而结成伴侣，尤其是在夜晚降临时。虽然现在的我已经清楚性是怎么一回事，也知道如何进行性生活，但我没有预料到它会让我感觉渐渐失去自我。当卡丹用手抚摸我的身体时，我已然背叛了自己，享受他带来的愉悦。他也看得出来。他在情爱方面早已是娴熟的老手，能带动我给出他想要的任何反应。我不想受他掌控，却又渴望他的爱抚，心情何其矛盾。

或许，我大可不必有这么多复杂的感情。

我脱下裙子，踢开脚上的鞋，将盘起的长发松开，任其散落披在肩上。我看着镜中自己身体的曲线——因长年练习剑术而紧致的手臂和胸部肌肉，胸前隆起的雪白胸脯和饱满的翘臀。我裸身站着，看看镜中凡人的身体。

我赤裸地回到房中。

卡丹背对着我站在床边，一回过头，脸上震撼的表情几乎让我发笑。我很少看到他自我怀疑的样子，无论是喝醉还是受伤，我都不曾见过他这般慌乱的模样。他眼中突然冒出一束强烈的光芒，看起来似乎有点胆怯。我感觉浑身充满力量，像喝了酒一样陶醉振奋。

这个游戏，我不介意陪他玩玩。

"过来。"他的声音略带沙哑。我顺从地照做，朝他走去。

我虽然没有太多爱人的经验，却很擅长挑逗。我跪在他面前。"这是你曾经幻想的场景吗？从前你在空空宫时，就是因为想到这样的我而痛恨自己吗？这是你脑海中我向你臣服的模样吗？"

他竭力克制自己，但双颊的潮红和眼中闪动的光是无法遮掩的。"是。"他仿佛用尽全力，才从牙缝间挤出这么一个字，声音粗哑，透着渴望。

"我在你的幻想里，做了什么呢？"我压低嗓音问道。

我伸出手，捏了捏他的大腿。

他的眼神中几乎要冒出炽热的火星，但脸上的神态却略显疲惫，我才意识到他或许认为我这样做只是因为愤怒，只是想看他的笑话。但他还是接着我的话说下去，"在我的幻想里，你说让我和你做一切我想做的事。"

"真的吗？"我惊讶地轻笑一声，他对上了我的目光。

"你还卑躬屈膝地求我。"他尴尬地笑了笑，"我在幻想里是非常骄傲自负的。"

我原本跪在地上，身子往后一倒便躺在了冰冷的大理石地板上。我双手摊开举过头顶，作出恳求的姿态。"你想做什么，尽情地做吧，"我说，"求求你。我只想要你。"

他倒吸一口气，马上俯下身来趴在我的身上，双膝跪地，双手撑着上半身，像一个牢笼将我囚禁。他的嘴唇贴在我手腕上脉搏跳动的地方，感受着我剧烈的心跳。"尽情嘲笑我吧。无论我当时幻想了些什么，此时此刻，我只卑微地求你不要用言语伤害我。"他漆黑的眼中写满了欲望。"对你，我永远不会满足。"

尽管我不敢相信这是他会说的话，也不敢相信这是他的真心话，但当他俯下身来再次亲吻我时，所有的疑虑顷刻间烟消云散。他弓着背，兴奋得颤抖。我解开他上衣的纽扣，他随即将上衣扯下扔到一边。

"我不是在嘲笑你。"我贴着他的肌肤，轻柔地说道。

他停下来，忧心忡忡地看着我。

"你和我一样，长久地生活在面具之下。现在，我不确定我们是否能将面具摘下。"

"这又是一个哑谜吗？"我问，"如果我回答你的问题，你能继续吻我吗？"

"如果这是你想要的。"他用嘶哑的声音颤抖地说着，身子一侧，躺在我的身边。

"我已经跟你说了我想要的，"我态度强硬地说，"就是让你对我做任何——"

"不，"他打断我的话，说道，"你真正想要的。"

我坐起来，翻身骑在他身上。我低头看着他，欣赏他壮硕的胸口，妖娆地贴在额上的那一缕缕被汗水浸湿的黑色卷发，他微微张开的嘴唇，还有毛茸茸的尾巴末梢。

"我想要——"我张开嘴，却不好意思说下去。

我不再说话，俯下身去亲吻他的唇。直到他明白我的意思为止。

他脱掉裤子，看着我，似乎在等我改变主意。他的尾巴轻轻扫着我的膝盖，在我的小腿附近搔动。我笨拙地摸索着，寻找正确的位置。当他终于进入我的身体时，我不由得发出一声喘息。他双手稳稳地扶着我的腰，我感受到一阵刺痛，一阵强烈的兴奋伴随着疼痛像星辰涣散一般爆发出来。我咬住他的手。如此快速，如此炽热，我感觉自己掌控着一切，又像失控一般无法停止。

他的表情也毫无戒备地松懈下来。

一切结束后，他将我吻住，甜蜜又狂野地吻着。

"我很想你。"我的唇流连在他的身体上。说出口的那一刻，我感到一丝眩晕，如此直白的坦诚让我感觉自己在他面前更加赤裸裸了，他不仅能看见我的每一寸肌肤，还能看透我的心。"当我在人类世界时，当我以为你是我的敌人时，我依然想念着你。"

"亲爱的敌人，我真高兴你能回来。"他将我紧紧拥在怀中，我的脑袋埋在他的胸膛里。我们仍然躺在地板上，虽然身旁就有一张上好的床。

我想起他说的那句哑谜：现在，我不确定我们是否能将面具摘下。

只能一块一块地摘了。

第二十二章

接下来两天，我们大部分时间都待在作战室里。

我邀请格里玛·莫格加入卡丹的将军队伍，同时，也让低级宫廷的各位将军一起参与制订作战计划。炸弹也在现场，她脸上戴着黑色网罩，身上套着一件深黑色的兜帽长袍。常务委员们不时发表他们的见解。精灵们轮流绘制攻击和防御的图示，卡丹和我弯着腰仔细察看。放在军事图上的小模型不断被来回挪动。

我们先后向妮卡茜娅派去三位信使，但深海宫廷始终没有回音。

"马多克想让低级宫廷的君主、女王和统治者看一场好戏，"格里玛·莫格说，"让我和他战斗。我定能载誉归来。"

"我们可以发起挑圆片游戏挑战，我也能载誉归来。"法拉说。

卡丹摇了摇头。"不，让马多克来向我宣战。我们的骑士会准备好，王座大厅内也会安排好弓箭手。我们会听他的诉求，也会做出回应，但绝不会接受任何把戏。如果马多克的目的是与至尊宫廷对抗，那他一定会有所行动。届时，我们再以全部兵力反击。"他低头看着地板，然后又抬起头看我。

"如果他想强迫你与他决斗，那必然会找一个刁钻的理由，让你无法拒绝。"我说。

"让他在门口放下武器投降，"炸弹说，"如果他拒绝，我就从暗处射死他。"

"那我看起来就是一个懦夫，"卡丹说，"连听他宣战的勇气都没有。"

"但你能活下来，同时还能铲除敌人。"炸弹说，她的脸上戴着网罩，我们无法看清她的表情，"我们只是以其人之道还治其人之身罢了。"

"我希望您不要考虑接受他的挑战，"蓝达林说，"您的父亲绝不会容忍这个荒谬的念头。"

"我当然不会接受。"卡丹说，"我本就不擅长用剑，而且，也不想顺敌人的意。马多克是为了决斗而来，如果没有了决斗，他自然也没有其他的理由起兵了。"

"等他宣战后，"约恩说着，回头看了一眼他的作战计划，"我们就与他战场上见真章。我们会让他知道，背叛至尊宫廷要付出什么代价。胜利对我们来说唾手可得。"

唾手可得。可为何我心中会有一种不祥的预感。法拉对上了我的眼神，他拿起桌上的小模型玩起了杂耍，在空中抛弄着三个小雕塑——骑士、剑和王冠。

一位背长双翼的信使冲进房间。"看到他们了！"他大喊道，"马多克的船来了！"

不一会儿，一只海鸥飞了进来，脚上系着一封战书。

大将军约恩走到门口，召唤他的部下。"我带士兵到指定位置。我们大概还有三个小时。"

"我会召集我的人马，"炸弹说着，看向我和卡丹，"只要你一声令下，我们就放箭。"

卡丹与我十指交握。"与爱的人站在对立面，真令人难过。"不知道此时他是否想起了贝尔金。

虽然我知道马多克是我的敌人，但在内心深处，我仍然抱有一分期待，希望能劝他就此罢手。薇薇在这里，塔琳也在，甚至还有欧克。奥里安娜是希望和平解决问题的，如果我能提供一个渠道，或许她会愿意帮忙。也许我们能说服马多克在战争开始之前就停下来，也许我们能达成什么协议。毕竟，我是至尊女王，难道还不能划给他一块土地，让他去管理吗？

但我知道这只是痴心妄想。如果我给他这个叛徒划分了土地，那只会鼓励其他人也成为叛徒。而且，无论什么条件，马多克都不会满足的。他身上流着战斗的血液，甚至他就是在战场上出生的，他若有一天死了，也是手持宝剑死在战场上的。

但我不认为他今天准备赴死。我相信，今天的他，是冲着胜利而来。

接近日落时分，我才做好准备。我穿着一身墨绿色和金色交错的长裙，头上戴着耀眼的金色树枝王冠。我的头发被编成了辫子，固定成两个羊角的形状。我的嘴唇涂上了冬天的莓果的颜色。我这一身行头里看起来最普通的，就是那一把装在华丽的剑鞘中的暗夜剑了。

卡丹在我身旁，正与炸弹最后确认一遍作战计划。他身上浓郁的墨绿色衣装深得几乎和他的卷发一样黑。

我看向欧克，他站在塔琳、薇薇和希瑟身边。她们会藏在以前我和塔琳躲起来偷看宴会的地方，没有人会发现。

"你不需要来这里。"我对欧克说。

"我想看看妈妈，"他坚定地说，"我也想看看会发生什么事情。"

如果将来他注定会成为至尊王，那么他有权利知道真相。但我不希望他目睹这样丑陋的真相。无论今天这里发生什么，都极有可能成为欧克一生的噩梦。

"这是你的戒指。"他从口袋里掏出一枚戒指，放在我手心上，"我有听你的话，把它保管得好好的。"

"谢谢你。"我将戒指戴在手上，温柔地对欧克说。戒托还带着他的体温，暖暖的。

"我们会在事态不对之前离开。"塔琳承诺道。但她没有参加过达因王子的加冕礼，不知道变故会在转瞬之间发生。

薇薇悄悄看着希瑟，说："之后我们会回到人类世界。我们不应该在这里待太久。"她嘴上这么说着，脸上却露出了渴望的表情。薇薇以前非常抗拒留在精灵世界，但这一次，劝说她留下来却不费吹灰之力。

"我知道。"我说。

而希瑟逃避着我和薇薇的眼神。

她们离开后，炸弹走到我面前，握住我的手。"无论发生什么，"她说，"记住，我会在阴影中保护你。"

"我不会忘记的。"我回应道。我想到蟑螂，他因为我父亲至今昏迷不醒；想到幽灵，他是我父亲的囚徒；想到自己，被父亲重伤，几乎在雪地中血尽而亡。我有太多的仇要报。

随后，幽灵也离开了。房间里只剩我和卡丹二人。

"马多克说你会为了爱而接受决斗。"我说。

"谁的爱？"他皱着眉头问道。

对于一个缺爱的人而言，给他多少爱都不算多。

我摇了摇头。

"我爱的人只有你，"他说，"我一生都在防备别人，小心翼翼地守护着自己的心，甚至表现出完全没有真心的模样。虽然现在，我的心已经破败不堪，长满蛀虫且无比粗糙，但我的这颗心，只献给你。"他走到套房的门边，似乎准备结束我们的对话，"虽然这些话你可能已经猜到了，"他说，"但以防万一，我还是要告诉你。"

说罢，他一把拉开大门，不给我回应的机会。门外站着满满当当的人，凡德和其他护卫都在大厅里等候，常务委员们站在他们旁边，一脸急不可耐。

我真不敢相信卡丹在说了那些之后就这样结束了对话，把我搅得心神不宁。我气得想勒死他。

"叛徒和他的手下刚进入宫殿，"蓝达林说，"等您方便时过去。"

"多少人？"卡丹问。

"一共十二人，"他说，"马多克、奥里安娜、格瑞森、牙齿宫廷的一些人，还有马多克几个最优秀的将军。"

人数不多，却基本都是武力超群的战士和宫廷成员。马多克安的什么心思，路人皆知。他这是既想与我们谈判，又想发动战争。

我们朝正殿走去。我瞥了卡丹一眼，他敷衍地朝我笑笑，似乎在思考马多克和即将到来的冲突。

"你是爱他的，"我在心里想，"你在成为深海宫廷的囚犯之前，就爱上了他。当你同意嫁给他的时候，就爱上了他。"等一切结束后，我会鼓起勇气告诉他的。

紧接着，我们就被催促着快速登上宝座。就像候场的演员，即将开始一场表演。

我看着下方西里宫廷和安西里宫廷的君主们，看着发誓效忠我们的野蛮族人，看着所有朝臣、表演者和仆人。我的眼神被欧克吸引，他正躲在一块岩石状的装饰物后。塔琳朝我笑了笑，似乎想让我安心。罗本王站在偏远的一侧，面容威严，让人望而生畏。在遥远的王座大厅入口处，人群自动分向两边，留出一条过道让马多克和他的部下通过。

我握了握拳，十指紧张到冰冷。

马多克大步流星地走进宫殿中，打了蜡的盔甲闪着亮光。这并不是一件华丽的盔甲——比起崭新且吸睛的装饰品，马多克更喜欢厚重结实的实用型物品。他肩上披着一件羊毛斗篷，上面绣着专属于他的银色新月家徽，新月的边上缝了一圈猩红的丝线。斗篷之上压着一把巨大的神剑，方便马多克单手快速抽出。他头上戴着的，还是那顶熟悉的风帽，那顶因浸满了深红色血液而硬挺的风帽。

我看到那顶帽子，心里就明白了他一定不只是来谈判的。

跟在他身后的，是牙齿宫廷的诺尔夫人和贾雷尔王，还有他们戴着嘴套的小女王苏伦。最后面是马多克最信赖的将军——卡利多尔、布林斯东和瓦文德拉。和马多克并肩站立的，是格瑞森和奥里安娜。格瑞森一如既往地打扮精致，外套上丁零当啷地挂着许多金饰。奥里安娜的脸色一如既往的苍白，身穿镶白毛的深蓝色长裙，全身唯一的装饰就是头上的银色发饰，在发间闪着粼粼寒光。

"马多克大人，"卡丹说，"王权的背叛者，谋杀我手足的凶手，你因何来此？你是来祈求王冠怜悯的吗？也许你希望能争取到至尊女王的宽大处理。"

马多克爆发出一阵笑声，凝视着我。"我的女儿，每一次我以为你无法爬得更高时，你总能让我大跌眼镜。"他说，"我竟然还以为你已经死了，我太蠢了。"

"我还活着，"我说，"但我可不会向你道谢。"

奥里安娜先是露出迷茫困惑的表情，紧接着是难以置信的惊讶。她终于反应过来，站在至尊王身边的我到底是什么身份。这不是玩笑，我和卡丹结婚了。看见她的表情变化，我感到一丝满足。

"这是你们最后的投降机会，"我说，"跪下吧，父亲。"

他又大笑一声，摇了摇头。"我这辈子就没有投降过。在我的战斗岁月里，我从未向任何人认输。现在，我更不可能向你投降。"

"那么，你将会成为历史上的背叛者。当人们吟唱关于你的歌曲时，他们会忘记你所有的荣耀，只会记得你的卑鄙无耻。"

"啊，茱德，"他说，"你觉得我在乎什么歌曲吗？"

"你来到这里与我宣战，又表示绝对不会投降。"卡丹说，"说吧，你想怎么样？我相信你的部队不是来观光的。"

马多克的手放在剑柄上。"我要挑战你,以你头上的王冠为赌注。"

卡丹笑了。"这是一顶以血脉传承的王冠,由绿石楠王朝的第一位君主马布女王开始传承。你根本戴不了。"

"这是格瑞森打造的,"马多克说,"就是我身边这位。只要我能赢了你,他就会想办法让我戴上王冠。所以,你接受我的挑战吗?"

"不要,别再说了。"我很想这么说。但这就是他来宣战的目的,我根本找不到理由中止这一次谈话。

"你千里迢迢地赶来,"卡丹说,"又召集了这么多精灵子民来见证。我如何能拒绝?"

"马布女王逝世后,"马多克说着,把宝剑从背上的剑鞘里拔了出来,剑身反射出刺眼的烛光,"人们在她的坟墓上建造了这座宫殿。当她的遗体也消失后,她的力量全数归化到这里的一土一石中。这把宝剑就是在这里的土壤中冷却的,刀把上镶嵌的石块也来自这座宫殿。格瑞森说它的力量足以让整座岛屿地动山摇。"

卡丹朝阴影中瞥了一眼,弓箭手已经架好了涂着毒药的弓箭。"在拔剑之前,你还是我的贵客。把剑放下,我依然对你以礼相待。"

"放下?"马多克说,"好啊。"话音刚落,他便猛地将宝剑插入宫殿的地面。整座宫殿顿时响起巨大的轰隆声,我们脚下的大地开始剧烈震颤。精灵们惊恐地尖叫着。格瑞森放声大笑,显然对自己的作品非常满意。

地面被劈出一道裂缝,从宝剑的位置开始往宝座延伸。缝隙越来越大,整个岩石地基都被劈开了。在裂口即将抵达宝座的时候,我才意识到即将会发生什么,害怕地捂住了自己的嘴巴。下一秒,那古老的至尊王座竟然从中间裂开了,王座上的花朵枝丫都变成了一地碎片,底座化为齑粉。王座的裂缝中流出了鲜红的树液,就像伤口处渗出的血。

"我来将此宝剑献给你!"马多克大吼着。

卡丹恐惧地看着损毁的王座。"为什么？"

"因为你必将在较量中被打败，所以我让你用它与我战斗。我们来一场光明正大的决斗，你将使用全世界最强的宝剑。假使你在比赛中赢了，那么它就是我送给你的礼物，同时，我向你认输。"

卡丹似乎对他的提议很感兴趣。心中的担忧使我的五脏六腑都揪在一起。

"至尊王卡丹，埃尔德雷德之子，马布女王的曾孙，你的出生伴随着一颗灾星的降临。你的母亲把你当成一条狗，让你在餐桌底下吃剩菜；你一生衣食无忧，享尽荣华，却是父亲的眼中钉，肉中刺；你还是个傀儡，一举一动都受至尊女王的掌控。这样的你，凭什么得到子民的忠诚？"

"卡丹……"我刚开口，就马上咬住嘴唇。这是马多克的陷阱。如果我来发言，而卡丹听了我的话，那只能证明我父亲说的是对的。

"我不受任何人的控制。"卡丹说，"你早从我父亲去世前就在策划这一场背叛了，所以，别装出一副在意我父亲想法的模样。滚回你的山里去，这里都是发誓效忠于我的子民。你所说的全是无稽之谈。"

马多克笑了。"是，但你所谓发誓效忠的子民都爱你吗？我的军队对我忠诚无比，至尊王卡丹，因为我赢得了他们的尊重。你所拥有的一切，有哪一件是你努力赢来的？我跟我的战士们一起出生入死。我可以把生命献给至尊宫廷。如果我是至尊王，我一定会为跟随我的部下分封领土；如果我戴上那顶王冠，我会为至尊宫廷带来前所未有的胜利。就让他们在我们之间做选择，胜者为王，让胜者统治空境，让胜者拥有王冠。若空境的子民都爱你，那么我会主动让步。但是，如果你从未给过他们任何选择的空间，你怎么知道他们是心甘情愿地为你效忠呢？这就是我提出的较量。如果你是一个不敢用剑与我比试的懦夫，那我们就来赌宫廷的人心吧。"

卡丹凝视着王座。像是突然想通了什么。"不是戴上王冠，就能成为君王的。"他声音缥缈，似乎是在与自己对话。

马多克活动着下巴，身体紧绷，随时准备战斗。"而且，你总不能不为欧拉女王想一想。"

"也就是你派刺客射伤的对象。"我说道。精灵们议论纷纷。

"她是你们的盟友，"马多克没有否认，接着说，"她的女儿，更是你们在宫廷中的亲密伙伴。"

卡丹紧皱双眉，满面怒容。

"如果你不愿意以血腥王冠为赌注，那么弩箭将刺穿她的心脏。她会死去，而杀了她的凶手，就是你，精灵至尊王。这一切都是因为你不敢跟我较量，因为你早知道你的子民不会选择你。"

不要上他的当！我真想大声喊出来，但如果我这么做了，卡丹只会更别无选择。为了证明自己"不受任何人的控制"，他只能接受马多克的挑战。我怒不可遏，也终于明白，为什么马多克这么有信心能让卡丹接受他的挑战。但可惜，我明白得太迟了。

"卡丹从小就不是一个能让人疼爱的人，而且越长大情况越糟。"我想起阿莎夫人说过的话。埃尔德雷德因为预言而厌恶卡丹，他是空境中最有权力的人，他的厌弃让卡丹受尽哥哥姐姐的白眼。

对于一个从小就受到家族排挤的人而言，成为至尊王无疑能让他感受到家族的归属感，像是终于得到了家族成员的认可。

对于一个缺爱的人而言，给他多少爱都不算多。

又怎么会有人不想证明这归属感是真实的呢？

空境的子民会选择卡丹成为他们的统治者吗？我低头扫视着人群。我看看安妮女王，也许她会更欣赏马多克的经验老到和残暴无情；我看看罗本王，这个崇尚暴力的人；我看看沃尔德王塞弗林，他的前任曾受到埃尔德雷德的驱逐，也许他并不想再尊埃尔德雷德的儿子为王。

卡丹将头顶上的王冠取下。

人群发出惊诧的吸气声。

"你在干什么？"我悄声对他说。但他看都不看我，眼睛只盯着手中的王冠。

宝剑依然深深地插在地上。整座宫殿鸦雀无声。

"一位真正的君王，不会依赖于宝座或是王冠。"他说，"你说得对，人们的忠诚和爱都不能靠强迫得来。但空境的统治之位也不应成为一个赌注，不应像钱或是一个酒囊那样任意输赢。我是空境的至尊王，我不会将这个称谓输给你，不会因为一把剑、一场表演或是我的尊严就将它拱手让人。它的价值，远超这一切。"卡丹看着我，露出了笑容，"再说了，你面前站着的，是两位统治者。就算你将我除去，也还有一位。"

我松了一口气，肩膀也放松下来，得意地看着马多克。我第一次在他脸上看到了自我怀疑的表情，那是对他自己估算错误的担忧。

但卡丹还没有说完。"你想获得的，正是你此刻背叛的血腥王冠。你想让我的子民像忠诚于我那样为你效忠。你为了得到王冠不择手段，甚至以欧拉女王的性命相要挟。"卡丹笑了，"我出生时曾有预言说，如果我成为至尊王，那我将会是王冠的毁灭者和王权的颠覆者。"

马多克看了看卡丹，又看了看我，最后继续盯着卡丹。他在思考下一步行动。他已经没有什么选择了，但他至少还拥有一把威力巨大的神剑。我的手不自觉地握住暗夜剑的剑柄。

卡丹摊开一只手，指着王座和地面上的巨大裂口。"诸位，预言的一半已经成真。"他笑着说，"我从未想过这一则预言会这么有趣。也从未料到自己会如此渴望将它完全实现。"

我不喜欢事态现在的走向。

"马布女王为了让她的血脉承袭王位，制作了这顶王冠。"卡丹说，"但王冠不应成为子民追随的对象。精灵们应该追随的是君王。并且应该依据自己的意愿来选择君王。我是你们的王，我身边站着的是你们的女王。但，是否追随我们，应该由你们自己决定。你们应该遵循自己的意愿。"

他握紧王冠，双手一掰，就将王冠折成了两半。它像孩童的玩具一样脆弱，根本不像是金属制的，倒像是由鱼骨制成的。

我想自己应该是惊讶地倒抽了一口气，但也很可能是发出了尖叫。那一刻，王座大厅里响起了惊恐的叫喊声，同时也充斥着愉快的欢呼。

马多克呆若木鸡。他为了王冠而来，但现在，王冠已成为一堆破铜烂铁。不过，更吸引我的，是格瑞森的表情。他疯狂地摇头，嘴里念叨着："不，不，不，不，不……"

"空境的子民，你们是否认可我成为至尊王？"卡丹中气十足地喊道。

这句话是在加冕礼上才会说的仪式词。我记得埃尔德雷德王就曾在这座大厅中说出类似的话。很快，整个大厅中的所有精灵一个接一个地低下头去，仿佛是起伏的海浪一般。

他们选择了他，他们向他献上了忠心。我们赢了！

我扭过头去看卡丹，却发现他眼眸中的金边已然消失，瞳孔只剩一片漆黑。

"不——"格瑞森咆哮道，"我的作品！我美丽的作品，它本该永垂不朽！"

王座上剩余的花朵变成了和卡丹眼睛一样的墨色。紧接着，卡丹的眼中滴出了黑色的汁液，他转过头看着我，张开了嘴，他的下巴正在变化。最终，他的整个身体都发生了诡异的变化。他变得十分巨大，并且发出了号叫。

我突然想起一件恐怖的事：格瑞森对他的所有作品都下了诅咒。

当年她请我打造血腥王冠时，确实给了我无上的荣誉，我也曾经发誓会一生守护血腥王冠。

我希望我的作品能流芳百世，正如马布女王希望她的后代绵延不绝。

眼前这个怪物般的存在已经完全失去了卡丹的痕迹。它皮肤上覆盖着层层叠叠的鳞片，张着血盆大口，暴露出满嘴尖牙。我看着它，害怕得无法动弹。

尖叫声不绝于耳。一些宫廷成员早已夺门而出。守卫们吓得面如土色，纷纷举起手里的武器，惊恐地盯着卡丹。我拔出暗夜剑，同时看见格里玛·莫格正急速朝王座赶来。

就在至尊王刚刚站着的地方，盘踞着一条巨型毒蛇。它浑身铺满黑色鳞片，嘴里长着弯刀似的尖牙，身上的每一节都套着一个金圈。我看着它漆黑的双眼，希望能从中看到卡丹的影子，但只能看见冷血无情的空洞。

"它会让这片大地中毒！"格瑞森高喊着，"没有什么真爱之吻能阻止它，没有什么咒语能破解魔法，除了死亡！"

"至尊王已经不在了，"马多克说着，伸手去握神剑的剑柄，想乘虚而入，"我会杀死巨蛇，登上王座。"

"放肆！"我的声音穿透了整座宫殿。精灵们停下了逃跑的脚步，低级宫廷的君主们和常务委员们纷纷抬起头看向我。现在，我已经不是卡丹的内政大臣了，无法再依附卡丹对他们下令。情况糟透了。他们根本不可能听我的指令。

巨蛇吐出了蛇信子，舔舐着空气的味道。我吓得浑身发抖，但绝不能让人看出我的恐惧。"空境还有一位女王，她就站在你们面前！守卫，抓住马多克，抓住他的部下。他们已经严重破坏了至尊宫廷的规则。我要囚禁他们，我要他们死！"

马多克笑了。"你行吗，茱德？王冠已经消失，为什么他们要听命于你？顺从我岂不是更好？"

"因为我是空境的至尊女王，真正的女王，至尊王和这片土地都选择了我。而你，不过是一个叛徒！"说到最后，我的嗓子已经喊到破音了。

我的话有说服力吗？我不知道。也许根本没有。

蓝达林站到了我身边。"你们听到她的指令了！"他大吼道，让我吃了一惊，"抓住他们！"这句话比我刚才说的一切都有效，马上安抚住了守卫们的心。他们抽出剑，将马多克一行人团团包围起来。

突然，巨蛇迅猛地移动起来，从宝座上滑入人群。惊慌的精灵们尖叫着，拼命逃窜。守卫们也摔倒在地。巨蛇的体型似乎还在变大，身上的金圈也越发闪耀了。它途经之地，土地迸裂，砂石飞扬。它似乎能从身下的土壤中吸收能量。

马多克拔出插在地上的神剑。巨蛇朝他冲去。

"母亲！"欧克大喊一声，冲向大厅内的奥里安娜。薇薇伸出手想抓住他，希瑟也大喊他的名字，但欧克的蹄子跑得飞快，转眼就飞奔到了大厅之中。他朝奥里安娜跑去，正好跑进了大蛇的行进路线之中。奥里安娜转过头，看到欧克，顿时大惊失色。

欧克看到奥里安娜警告的手势，在路上停了下来。但他没有转身逃跑，而是抽出系在腰侧的一把儿童剑。那是我强迫他在人类世界日复一日练习剑术时所使用的剑。他高举着剑，挡在母亲和巨蛇中间。

这是我的错。都是我的错。

我大喊一声，跳下宝座，朝我弟弟飞奔而去。

巨蛇扭动着身体，居高临下地看着马多克。马多克举起宝剑朝它刺去，却只与巨蛇身侧的鳞片一擦而过。巨蛇缩回身子，尾巴一扫便将马多克击倒，然后快速滑动身体奔向它真正的目标：格瑞森。

这头怪兽盘起身体将格瑞森围困其中，尖锐的獠牙扎进格瑞森的后背。一声凄厉而尖利的尖叫划破空气，格瑞森缓缓倒地，变成一具僵硬的死尸。没过多久，他的尸体就变成了一副空壳，似乎巨蛇的毒牙吸收了他体内的能量。

我环顾四周，发现殿堂中的人所剩无几。守卫们都撤到了后方，炸弹的弓箭手们在墙上显出原形，绷紧了手中的箭弦。格里玛·莫格站到了我身边，举起了手里的剑。马多克跟跄着站起来，但被蛇尾鞭扫过的双腿似乎已经无法支撑他的身体了。我抓住奥里安娜的肩膀，把她推向凡德所在的方向。接着，我跑到欧克和巨蛇之间。

"和她一起走！"我指着奥里安娜，冲欧克大喊，"带她去安全的地方！"

欧克抬头看我，眼眶里满是泪水。他握着剑的手颤抖着，手指因用力过度而发白。

"你已经非常勇敢了，"我告诉他，"再坚持一会儿。"

他轻轻点点头，痛苦地看了马多克一眼，便转身冲向他的母亲。

巨蛇转过身来，朝我吐着蛇信子。这一头巨兽的身体，原本属于卡丹。

"你想成为至尊女王是吗，茱德？"马多克一瘸一拐地走着，朝我大喊道，"那就杀了他！杀了这条蛇！让我看看你有没有成大事的勇气！"

"跟我来吧，女王。"凡德一边央求着，一边将我带到出口去。巨蛇朝着王座移动，蛇信子又一次在空中舞动。看着它，我感到心惊肉跳，害怕自己随时会被它一口吞下。

最终，巨蛇盘踞在王座左右。我跟随凡德走向门边，等所有精灵都撤退完毕后，我命令他们将大门关上并紧紧锁住。

第二十三章

在宫殿外的前厅处，所有逃出生天的人都不约而同地大声议论起来。委员们冲着彼此大呼小叫；各位将军和骑士则忙乱地部署着；有人在哭；侍臣们握紧了彼此的手，试图弄清楚自己刚才看到的是什么。

即便在这样一个充满神秘与诅咒的世界，在这座从海底升起的岛屿上，像这样惊世骇俗的魔法也是极为罕见的。

我的心跳得飞快，每一下都在用力撞击着胸膛，除了沉重的心跳声，我什么也听不清。精灵们蜂拥而至，向我抛出各种问题。但在我眼中，他们个个身形缥缈，似乎离我非常遥远。我满脑子都是卡丹的脸，只记得他的眼睛变得空洞无神，一片漆黑的模样。同时，我脑海中一直回荡着他的话语：我一生都在防备别人，小心翼翼地守护着自己的心，甚至表现出完全没有真心的模样。虽然现在，我的心已经破败不堪，长满蛀虫且无比粗糙。但我的这颗心，只献给你。

"女王陛下，"格里玛·莫格说着，用手轻抚我的背，"女王陛下，跟我来。"她的触摸一下子让我回到现实，周围的喧闹声像洪水一样灌进我的耳朵，震耳欲聋。

看着眼前这矮小的杀人魔红帽精灵，我有点儿不知所措。她抓住我的手臂，把我拖到一间客房。

"打起精神来！"她冲我大吼道。

我膝盖一软，跪倒在地，一只手按在胸前，似乎害怕心脏会从胸膛里跳出来。

我的裙子太重了，我快窒息了。

我不知道该做什么。

有人在咣咣地砸门。我知道自己必须要站起来，我必须要做好计划，我必须回答他们的问题，我要解决这一切。但我解决不了。我做不到。我甚至没有办法思考。

"我能站起来。"我对格里玛·莫格说，但她半信半疑。确实，如果我是她，看到自己如此魂不守舍，还要以这样糟糕的状态处理一切，一定也会觉得很不靠谱吧。"我很快就会没事的。"

"我知道。"她说。

但我怎么会没事呢？我脑海中一遍又一遍地闪过那条巨蛇在大厅中移动的身影，一遍又一遍地回放它空洞如死物般的眼睛和弯刀般的尖牙。

我伸手抓着桌子边缘，撑着桌子站起来。"我要去找皇家占星师。"

"别开玩笑了。"格里玛·莫格说，"你是女王。如果你需要巴芬大人，大可把他召唤过来。外面那些是低级宫廷的人，而你是空境的统治者。想乘虚而入的不只马多克一个，任何人都有可能杀了你，夺取权力。你必须显示自己的威严。"

我的大脑一片混乱，我必须集中精神。"你说得对，"我说，"我需要一位新的大将军。你愿意接受这个职位吗？"

格里玛·莫格非常意外。"我？那约恩怎么办？"

"他经验不足，"我说，"而且我不喜欢他。"

"我可是差点杀了你的。"她提醒道。

"我生命中每一个重要的人都差点杀了我，"我慢慢地、浅浅地呼吸着，回应道，"而且，我挺喜欢你的。"

听了我的话，她高兴地笑了，露出尖尖的牙齿。"那我应该开始工作了。"

"全天候监视巨蛇的位置，"我说，"派人去看着它，它的每一次移动都要马上汇报给我。也许我们能把它困在王座大厅里，那里的墙体厚实，大门也很厚重，地面还是空境的土壤。请你把炸弹、凡德和我姐姐塔琳找来。再找一个跑腿的，一个可以直接给你送信的人。"

凡德原来已经站在门口了。我给她列了一个名单，上面是可以进入房间的人名。

格里玛·莫格离开后，我才允许自己再短暂地松懈一会儿。紧接着，我就开始在房间里踱步，思考下一步计划。马多克的军队依然在岸边待命。我必须搞清楚自己还有多少兵马，足不足以让马多克退却。

卡丹不在了。一想到这儿，我的大脑就无法再思考下去了，只能强迫自己从头再来。在和巴芬商量之前，我不愿意相信格瑞森说的"除了死亡"的话。一定有漏洞，一定有办法，一定可以破解这个诅咒——同时让卡丹活命。我还要处理低级宫廷的精灵们——我一定要让他们相信，我是真正的至尊女王。

炸弹终于过来了，脸上依然戴着网罩，肩上披着长长的连帽斗篷。这时候，我已经冷静许多了。然而，当我们四目相对时，她马上冲过来一把抱住我。我想到了蟑螂，想到那些无法破解的诅咒，这一刻，我也紧紧地抱住她。

"我要知道有谁站在我这边，"我说着，挣开她的怀抱，又踱起步来，"有谁已经投靠了马多克，还有谁准备自立门户。"

她点点头。"我去查。"

"还有，如果你的间谍听到任何关于暗杀我的计划，可以先斩后奏。我不管他们听到的计划有多随便，不管说话的对象有没有能力实施暗杀，只要说了，就必须死。"也许我不应该这么残暴，但现在卡丹无法保证我的威信，我没有时间仁慈地等待了。

"保证执行。"她说，"今晚等我消息。"

她刚出去，塔琳就走了进来。她看着我，似乎在等房间里冒出另一条大蛇。

"欧克怎么样了？"我问。

"和奥里安娜在一起，"她说，"我们也不知道她现在算不算人质。"

"她在北方宫廷时待我不错，我要报答她这个恩情。"我从震惊中缓了过来，现在只觉得自己无比愤怒——对马多克、对奥里安娜还有整个空境。但愤怒会使我分心，我要控制自己。"我需要你的帮助。"

"我？"塔琳惊讶地问。

"以前我担任内政大臣时，是你帮我挑选合适的装扮，让我看起来更有威信的。我也知道洛基的宅邸被你改造得美轮美奂。你能帮我打造一间行政厅吗？顺便再帮我找一些衣物，让我好为接下来几天做准备。我不管那些衣服是从哪儿来的，只要能让我看起来像至尊女王就行。"

塔琳放松地呼了一口气。"没问题，交给我，我会让你风光得体。"

"我一定要看起来光彩照人，威风凛凛。"我说。

这时，她朝我露出了一个真心的笑容。"我不知道你是怎么做到的，"她说，"我不明白你为什么可以这么镇定。"

我不知道该怎么告诉她。我一点儿也不镇定，我的内心五味杂陈，各种各样的情绪像乱麻一般缠绕在一起。我现在最想做的事，就是放声尖叫。

门外又传来了敲门声。凡德打开门。"打扰了，"她说，"巴芬大人来了，您之前说您想马上见到他。"

"我会找一个更好的地方让你会见大臣。"塔琳向我保证后，马上走了出去。

"其他委员也想进来，"凡德说，"他们想和巴芬大人一起。他们说巴芬知道的任何事情都应该告诉他们。"

"不，"我说，"我只见巴芬。"

一会儿，巴芬走了进来。他身穿一件蓝色长袍，颜色比他的藏青色头发略浅些，头上戴着一顶青铜色的帽子。这位宫廷占星师是为数不多让我喜欢的委员之一，也是我认为可能对我有好感的人。但现在，我只能以凶恶的眼神盯着他。

"我从没见过任何像这样……"他开口。

我打断他的话。"我要知道预言卡丹命运的全部内容。我要你不遗巨细地告诉我。"

他看着我的眼神有点儿惊讶。在宫廷中，作为至尊王的内政大臣时，我对他人总是毕恭毕敬；而作为至尊女王时，我又常常处于震惊的状态中，因此从未展现过任何威严。

巴芬大人皱着眉头，愁苦地说："对至尊王不幸的命运做出预言并不是一件轻松的事。最让我害怕的还是阿莎夫人。她看我的眼神简直像是要把我活剥了，我吓得连脚指头都在发抖。我想她也许认为我在策划什么阴谋，故意夸大其词。"

"现在看来，你并没有夸张。"我生硬地说，"告诉我，预言是什么。"

他清了清喉咙。"预言有两个部分。第一，他会成为王冠的毁灭者和王权的颠覆者。第二，只有用他自己的鲜血，才能换来伟大君王的诞生。"

后半段比前半段更糟。他的话在我脑海中循环往复地播放。

"你跟卡丹王子说过这个预言吗？"我问，"马多克知道吗？"

"至尊王或许已经从他的母亲处得知这个预言了，"巴芬说，"我猜——我以为卡丹王子是不可能成为君王的。后来他登上了王位，那我当然以为他会成为一位糟糕的统治者，然后被人谋杀。这个预言的内容很明显。至于马多克，我不知道他是否听说过预言的具体内容。"

"有没有办法破解诅咒？"我的声音颤抖着，"在格瑞森死之前，他说：'没有什么真爱之吻能阻止它，没有什么咒语能破解魔法，除了死

197

亡！'这不可能是真的。我以为预言能提供什么破解的方法，可是……"我无法再说下去了。预言确实给出了破解的办法，但我不愿意这么做。

"如果你想找到阻止他，呃……变身的办法，"巴芬说，"那你找错人了。"

我的双手交握在一起，指甲深深地掐到肉里。无计可施的绝望让我头晕目眩。"星图预言里就没有别的话了吗？你会不会漏了什么细节？"

"恐怕没有。"他说。

"你能再看看星图吗？"我问，"再分析一下当时的星势，看看能否发现第一次错过的信息。看看天空，有没有什么新的线索。"

他点点头。"如果这是您希望的，女王陛下。"他无奈的语气似乎是在应付一个无理的统治者。

我不管自己是不是不可理喻。"照做就是了。"

"您需要和委员会先沟通一下吗？"他问。

一想到这件事有可能耽误巴芬寻找新线索，我就急得像热锅上的蚂蚁。但我希望他们能承认我的女王身份，我需要得到常务委员会的支持。我不可能永远逃避他们。

这就是统治者的生活吗？不能擅自行动，只能受困于王座之上，或是在设备齐全的豪华房间里等待别人将信息递交给你？马多克可不会喜欢这样的日子。

"我会的。"我说。

打开门，凡德告诉我有一间房间已经收拾好了，我随时可以搬过去。我没想到塔琳安排事情的速度如此之快。

"还有别的信息吗？"我问。

"格里玛·莫格派人传来的消息，"她说，"至尊王——我是说那条巨蛇——已经不在主殿上了。它似乎钻进了马多克劈出的地缝中。还有……还有，我不知道为什么，里面在下雪，宫殿里面。"

一阵刺骨的寒意穿透我的骨髓。我的手不自觉地握住了暗夜剑。我很想冲出去，我想找到那条蛇，但就算找到了……又怎样？我下不去手。我闭上眼睛抑制自己的冲动。再次睁开眼时，我只感觉天旋地转。

我让他们把我带到新的行政厅。

塔琳站在门口迎接我。她选择了一间宽敞的起居室，并把里面的家具都撤掉了。在这个空旷得能发出回声的房间里，只有一张宽大的雕花木椅，木椅下铺着一张地毯。地上摆着两行蜡烛，这些蜡烛会让坐在椅子上的我看起来更可怖，也许还能掩盖我的凡人气质。卡丹的两名亲卫站在木椅两侧，一个长着飞蛾翅膀的仆人跪在地毯上。

"真不错。"我对姐姐说。

塔琳高兴地笑了。"过来坐下，我想看看整体的效果。"

我坐在椅子上，背绷得直直的，看着地上跳动的烛火。塔琳朝我做了一个非常人类的举动——竖起了大拇指。

"好的，"我说，"这样我就可以和常务委员会的人见面了。"

凡德点了点头，将他们带进来。大门正要合上时，我看见门外的她和塔琳在讨论什么事情。但现在，我无暇顾及这些，我必须将注意力放在蓝达林和其他委员身上，这些人走进房间时的脸色可不好看。

"你们根本不知道我能做出什么事情来。"我在心里暗暗对他们说，也尝试这样去说服自己。

"女王陛下。"蓝达林的话十分恭敬，但语气中似乎带着疑问。虽然他在宫殿中表示拥护我，但我不确定他的支持能持续多久。

"我已任命格里玛·莫格为新的大将军，"我告诉他们，"她现在有任务，暂时来不了，但稍后我们会接到她的调查报告。"

"你确定这样做明智吗？"尼瓦尔两片薄薄的嘴唇紧紧抿在一起，像螳螂一样的身体因为紧张而不断扭动，"也许我们应该等到至尊王恢复意识了，再来决定如此重要的事。"

"没错。"蓝达林急切地说，又期待地看着我，似乎希望我能拿出什么办法解救至尊王。

"那条滑溜溜的大蛇，"穿着淡紫色迷彩服的法拉说道，"会成为老鼠宫廷的优秀统治者。"

我想起炸弹说过的话，所以此刻既不打算退缩，也不准备和他们争执，我只是静静地等着。终于，我的沉默让他们感到不安，他们渐渐安静下来，就连法拉也闭上了嘴。

"巴芬大人，"我冷冷地说，"还没有找到解救至尊王的办法。"

其他人转头看向他。

只有用他自己的鲜血，才能换来伟大君王的诞生。

巴芬轻轻点了点头。"没有找到，我也不确定到底存不存在解救的办法。"

尼瓦尔感到非常惊讶，就连米克尔也对这个消息感到吃惊。蓝达林愤恕地瞪着我。似乎一切都结束了，我们也失败了。

一定有办法的，我很想这么说。一定有办法的，只是我没有找到。

"我来向女王汇报。"门口传来一个声音，是格里玛·莫格。她朝委员们点了点头，便快速经过他们。委员们向她投去猜疑的目光。

"我们一起听你汇报。"我说。委员们不情愿地嘟囔着，算是答应了。

"好。我们收到消息，马多克将在后天破晓时分发动攻击，他打算打我们个措手不及。而且又有几个低级宫廷加入了他的阵营。但真正的麻烦是，我们不知道有多少精灵打算置身事外，当墙头草。"

"你确定消息准确吗？"蓝达林质疑道，"消息来源是哪里？"

格里玛·莫格朝我扬了扬下巴。"从她的间谍处得到的消息。"

"她的间谍？"巴芬若有所思地重复道，应该是在回忆过去从我这里得到的情报，然后恍然大悟似的明白我的消息是从何而来的。看着他沉思的样子，我感到既得意又轻松，终于不用装作对宫廷中的事一无所知了。

"我们的兵力足够击败他吗？"我问格里玛·莫格。

"我们无法保证绝对胜利，"她的回答十分官方，"但马多克也没有十足胜算。"

现在我们的战斗力比前几天的可差多了，但聊胜于无。

"宫廷中还有一则流言，"格里玛·莫格说，"而且愈演愈烈——传闻说，只有成功屠杀巨蛇的人，才能成为真正的空境统治者。还说，只要沾染绿石楠家族的鲜血，就会和他们一样至高无上。"

"一听就是安西里宫廷的风格。"米克尔说。他会认同这个传言吗？会期望我像传言那样去做吗？

"至尊王有一颗美丽的头颅，"法拉说，"但是没了头颅，他还能不能活呢？"

"他在哪儿？"我问，"至尊王在哪儿？"

"有人在因斯伊尔岛的海岸上看到了巨蛇，针叶宫廷的一位骑士袭击了它，我们在一小时前发现了骑士的尸体，同时也在追踪巨蛇。它经过的土地都会变成一片焦黑，留下印记。艰难之处在于，它的行踪十分混乱，并且令大片土地有了毒性。好在最后我们还是找到了巨蛇，然后跟着它回到了宫殿。它似乎把王座大厅当成巢穴了。"

"至尊王与这片土地血脉相连，"巴芬说，"至尊王中毒，就相当于这片土地中了毒。女王陛下，也许只有一个办法能救……"

"够了！"我对巴芬、蓝达林和其他委员大吼一声，连侍卫都吓了一跳。我站起来，说："今天的会议到此为止。"

"但你必须……"蓝达林刚要说，但看到我的表情后，就闭上了嘴巴。

"我们的工作就是给你提意见，"尼瓦尔矫揉造作地说，"我们可是有大智慧的。"

"是吗？"我语气轻柔，却暗藏杀机。这是卡丹最常用的说话方式，今天却从我嘴巴里冒出来了。"你如果稍微有点智慧，就应该知道不要惹我不快。也许去遗忘塔待一个星期，你就能想起来自己是什么身份了。"

这下，所有人都安静了。

从前，我以为自己和马多克不一样。但事实证明，坐在这个位置上的我也只会是一个暴君，一个无法以理服人，只能威胁恐吓，无法控制情绪，阴晴不定的暴君。

我适合潜伏在暗处，我适合与匕首、暗杀和阴谋为伍，我适合给别人下圈套甚至下毒。我从没奢望过登上女王的宝座，因此也害怕自己无法胜任这个职位。

站在王座大厅大门前，我感觉已经无法控制自己，内心强烈的冲动迫使我拉开大门上的门闩。

身旁的凡德想劝阻我，这已经不是第一次了。"我们至少……"

"你站在这儿，"我对她说，"别跟着我。"

"遵命，女王陛下。"她回应道。无论多不情愿，她都必须按照我的要求去做。

我走进雄伟的大厅中，解开肩上的披风。巨蛇就在眼前，仍然盘踞着那破败的王座。它的体型又变大了一些，大得只要微微张嘴，就能吞下一匹马。它身上的金圈颜色暗淡了不少，我不知道它是生病了还是又发生了什么变化。它身体的一侧有一道新鲜的伤痕，似乎是长剑或尖矛划伤的。地上杯盘狼藉，倾倒的餐桌和满地食物之间，还燃烧着几支火把，将巨蛇的黑影照得朦朦胧胧。地面的裂缝里冒出氤氲的蒸汽，还夹杂着滚烫的石头的气味。

"卡丹？"我小心试探着，一边朝王座走了几步。

巨大的蛇头摇摆着向我靠近。它不再盘着身子，而是以松散的姿态准备进攻。我停下脚步，它也停下了动作，没有再朝我移动。不过它那一颗大脑袋还在前后滑动着，像是在戒备，又像是在寻找扑杀的机会。

我强迫自己往前走，一步接着一步。巨蛇的金色瞳孔始终跟随着我，这是它浑身上下——除了脾气以外——最像卡丹的地方。

但我也有可能走上更邪恶的道路，变成达因那样的魔鬼。如果我真的变成了这样——如果我果真如传闻所说——我希望有人能阻止我。我相信你就是那个人。

我想起腰侧的伤口，想起雪地里开出的小花。于是，我集中注意力，希望能从空境的土地中汲取能量。卡丹是马布女王的孙子，是真正的至尊王。我是他的妻子，我治愈了自己，当然也可以治愈他。

"拜托了，"我乞求着大厅污浊不堪的地面，乞求着空境的土地，"你要我做什么都可以。我可以放弃王位，我可以答应你所有条件，只要能救他回来。帮我打破诅咒吧。"

我在脑海中用力地祷告，但奇迹并没有发生。

第二十四章

炸弹在大厅中找到了我。她从黑暗中踱着步走了出来，脸上并没有戴网罩。

"茱德？"她说。

我被她的声音拉回了现实，这才意识到自己有多靠近巨蛇。我就坐在宝座边上，与它只相隔三英尺。它已经适应了我的存在，闭上了金色的眼睛。

"你的姐姐很担心你。"她说着，小心翼翼地朝我这边移动。这时，巨蛇抬起头来，吐出蛇信子，炸弹顿时全身僵直，停在原地。

"我没事，"我说，"我只是需要时间思考。"

没有什么真爱之吻能阻止它，没有什么咒语能破解魔法，除了死亡！

炸弹上下打量着巨蛇。"它认识你吗？"

"我不知道，"我说，"它似乎不介意我在这儿。我刚才一直在问它为什么不信守承诺。"

最艰难的事——几乎不可能做到的——就是忘掉卡丹对我说他爱我。他向我表白了心意，我却没有做出回应。我以为还有时间。

我当时感到十分幸福，尽管发生了这么多事情，我依然感到幸福。我们获得了胜利，一切都水到渠成，并且我也明白了他对我的爱。我很幸福，直到事情的发展出乎所有人意料。

"有几件事你需要知道，"炸弹说，"格里玛·莫格应该跟你汇报过马多克的行动了吧。"

"是的。"我说。

"我们发现有几位大臣在密谋暗杀你。不过，他们的计划已经成炮灰了，"她脸上闪过一丝神秘的笑，"他们也是。"

我不知道自己听了这消息是否应该感到高兴。现在，我只觉得疲惫。

"幽灵已经将各个宫廷的情况都摸清楚了，"她说，"我们可以逐个筛查一遍。有意思的是，你父亲给你传来了口信。他希望你能让他、诺尔夫人和贾雷尔王到宫殿中一起商议计划。"

"他们想来这里？"我从宝座的高台上跳下去，巨蛇的眼神一直跟着我移动，"为什么？难道他们对现在的情况还不满意吗？"

"我不知道，"她颤抖的声音让我想起她对牙齿宫廷的仇恨，以及牙齿宫廷所背负的深重罪孽，"但马多克一直想要见你、你弟弟和你姐姐，当然还有他的妻子。"

"很好，"我说，"让他来，带上诺尔夫人和贾雷尔王，但不允许携带任何武器。他已经不再是客人了。我只能承诺不会伤害他，可不会给他贵宾的待遇。"

"那他要付出什么代价才配得上你的承诺呢？"炸弹充满期待地问道。

"等着瞧吧。"我走到门边，回头望了一眼巨蛇。它的栖息之地已经变得几乎和它的鳞片一样黑了。

来回通了好几次消息后，马多克登陆的事宜终于敲定了，他们一行人将在黄昏时分上岸。

我可不想让他们进到宫殿内，于是只同意在宫殿的广场上与他们见面。格里玛·莫格带着骑士半包围着我们，弓箭手埋伏在树上；炸弹带着间谍藏匿于高处和低处的隐蔽角落，幽灵也在其中，他把自己的耳朵用软蜡封住了。

我的雕花木沙发搬到了外面，放置在一个新打造的高台上。木沙发脚下摆了许多坐垫，那是给我弟弟和姐姐们准备的——还有奥里安娜，如果她愿意和我们一起坐的话。

场地上没有宴会桌，也没有红酒。我们唯一的妥协就是在泥泞的土地上铺一层毯子。我的高台两侧插着火把，那是为我差得可怜的人类视力准备的，不是为了他们。

在我们头顶上，厚重的乌云快速聚拢，时不时劈出一道刺眼的闪电。早些时候，因斯维尔岛上还下起了苹果大小的冰雹。空境从未出现过这样的天气。我只能猜测是因为卡丹，他受了诅咒，连带着这里的天气也受了诅咒。

我坐在精致的雕花木沙发上，严肃地整理自己的衣着，扫了扫裙边的褶子，希望显示出女王的风范。

"您漏了一点，"炸弹指着我的衣服说，"女王陛下。"她占据着高台右前方的位置。

我又掸了掸裙子。炸弹笑了一下，一看到欧克和我的姐姐们一起登上高台，又赶紧忍住了笑意。炸弹一戴上网罩，便好似完全融入阴影中。

上一次见欧克时，他还高举着手中的短剑，神色惊慌。我很高兴今天看到了不一样的他，一个登上高台后朝我跑来、满脸笑容的他。

"茱德！"他大喊着，爬到我的腿上，刚才悉心摆好的造型瞬间就白费了。他的羊角抵在我的肩上。"我跟奥里安娜说了滑板的事，但她觉得我不应该玩这么危险的东西。"

我抬起头，希望能看到奥里安娜的身影，但我只看到了薇薇和塔琳。薇薇下身穿着一件牛仔裤，上身穿了一件飘逸的白色衬衫，外面套着一件织锦背心。这是介于人类和精灵之间的打扮。塔琳穿着一件我在她衣橱里看过的长裙，裙摆上绣着从树叶后探出脑袋张望的小动物。欧克穿着一件墨蓝色的小外套，头上戴着一顶小王冠，这顶王冠提醒着我们所有人——欧克也许是绿石楠家族最后一位继承人了。

"我需要你的帮助，"我对欧克说，"但这件事会非常困难，而且让人心烦。"

"我需要做什么？"他偷偷摸摸地问。

"你要假装自己很用心在听，但要保持安静。无论我说什么，无论父亲说什么，无论发生什么事，都不要吭声。"

"这哪里是在帮忙。"他不满地说。

"这已经帮了我大忙了。"我坚持道。

他夸张地叹了一口气，从我腿上滑下去，闷闷不乐地坐在坐垫上。

"希瑟在哪里？"我问薇薇。

"在图书馆。"她说话时，表情带着内疚。她估计认为希瑟早就该回到人类世界，只是因为自己的私心才被困在这里。但她没有想到，其实她们想要的东西是一样的。"她说如果是在电影里面，一定存在着一首关于受诅咒的大蛇的诗歌，并且里面会有我们需要的线索。所以，她就去查找诗歌了。占星师也拿她没有办法。"

"她挺适应精灵世界的。"我说。

薇薇只露出一个僵硬而苦涩的笑。

接着，奥里安娜在格里玛·莫格的陪同下走了过来，坐在了炸弹的对面。和我一样，奥里安娜也穿着此前在正殿会面时所穿的长裙。我看着西沉的太阳，突然意识到距离那天已经过去整整一天了。我不知道自己和巨蛇一起待了多长时间，也根本没有意识到时间的流逝。自从卡丹受了诅咒，我仿佛丢失了时间这个概念。

"他们来了。"凡德说罢，从过道跑上高台，站在炸弹身边。

凡德身后响起一阵鹿蹄声。马多克骑着一头鹿现身了。他身上不再穿着那件标志性的铠甲，而是换成了一件深蓝色的丝绒紧身上衣。当他跳下坐骑时，我明显注意到他的脚因为吃了巨蛇的一记横扫而跛了。

从他身后驶来了一辆冰马车，拉车的马也像水晶似的通体透明，仿佛是冻结的海浪变幻而成的。牙齿宫廷的君主刚下车，马车和马匹就融化消失了。

虽然现在天气并不冷，但诺尔夫人和贾雷尔王都穿着白色的皮草。他们身后站着一位仆人，仆人手里提着一个银箱子。还有苏伦女王，她作为真正的统治者，却衣衫单薄，只穿着一件简单的白色连衣裙。她的头上戴着一顶朴素的王冠，用针线缝在了前额。她的手腕上穿刺着一条细细的金色锁链，那是她的新枷锁，锁链的一端还系着棒子，防止脱落。她脸上印着新鲜的伤痕。上一次我看见她时，她还戴着嘴套。看来她脸上的伤痕就是那嘴套的形状。

我尽量装作面无表情的样子。但她让我觉得恐怖，我难掩内心的反感。

马多克朝我们微笑着走来，仿佛是来和我们一起拍全家福的。

欧克抬起头，看到苏伦女王扎在肉里的锁链，吓得脸色惨白。接着，他看向马多克，似乎在等待马多克给他一个解释。可惜，马多克什么也没说。

"你们需要坐垫吗？"我对马多克的小团体问道，"我可以让人拿来。"

诺尔夫人和贾雷尔王扫视整个花园，看看骑士、戴着面罩的炸弹、格里玛·莫格和我的家人们。

欧克又回到闷闷不乐的样子，在坐垫上也不好好坐着，而是把脸埋在抱枕里躺着。我想用脚碰一碰他，让他别这么无礼，但也许此时正是表现出无礼的好时候，我不能让牙齿宫廷的人认为我有多重视他们。至于马多克，他太了解我们了，无论我们多出格，他都不会感到意外。

"我们站着就行。"诺尔夫人说罢，不满地撇着嘴。

在坐垫上很难保持优雅的坐姿，而且那样的话她就必须低下身子，变得比我更低。她拒绝我也是意料之内的事。

我想起了卡丹，他总是歪着戴王冠，在王座上也懒洋洋地斜倚着。这样的肢体动作让人无法预测他的想法，也提醒着所有人——他是至高无上的至尊王，他才是规则的制定者。我决定尽量模仿他，包括那不耐烦的坐姿。

"你们胆子很大嘛，竟然还敢回来。"我说。

"跟其他人相比，你应该最欣赏有胆量的人。"马多克的眼神望向薇薇、塔琳，最后又望向我，"我以为你真的死了，还为你哀悼呢。"

"我很惊讶你竟然没有用帽子沾我的血。"我说。

站在我身旁的格里玛·莫格听了，赞同地扬了扬眉。

"你生我的气，我不怪你，"他说，"但我们对彼此的仇恨已经持续得太久了。茱德，你不是我想象中的傻瓜，我也并不想伤害你。你现在是精灵的至尊女王，无论你做了什么才爬到这个位置，我都为你鼓掌。"

他也许"不想"伤害我，但那不代表他"不会"伤害我。

"她是货真价实的女王，"塔琳说，"她没有死在北方的雪地里，唯一的原因就是这片土地治愈了她。"

身边的精灵开始议论纷纷。诺尔夫人毫不掩饰地用嫌恶的眼神看着我。我想起来她和贾雷尔王都没有朝我恭敬地行礼，也没有称呼我为女王。看着我坐在高高的王座上，她心里该有多难受啊；一想到我有资格坐在真正的王座上，她的心里又该有多憎恨我呢。

"正所谓，青出于蓝而胜于蓝，孩子获得比父母更高的成就，是很正常的。"马多克说，他眯起了眼睛，盯着奥里安娜，"但我们回想一下，我们家庭矛盾的根源就在于我想让欧克成为至尊王。我一直认为，借助孩子之手执政和我自己当至尊王是一样幸福的。"

我体内愤怒的火焰正熊熊燃烧。"看来我这个不愿意受你控制的孩子要倒大霉了！"

他开始露出怨恨的表情。"那我们就来看看你下一步行动好了。至尊女王茱德。你和你的军队会在可怕的新大将军的带领下，与我军交战。这将是一场殊死大战。如果你赢了，那么我就回到北方，拟定新的计划。当然，我也可能会死在战场上。

"我死了之后呢？你还是要处理这一位至尊蛇王。它的鳞片比世界上最坚硬的盔甲还坚固，它的毒液会渗透到土地之中。然而你，始终是一个凡人，世界上不会再有一顶血腥王冠能赋予你控制空境的能力，就算有，你也戴不上。阿莎夫人已经在联系大臣和骑士了。他们都认为，作为卡丹的母亲，阿莎夫人才有资格代为执政，直到卡丹回归。真糟糕，在你的整个任期内，你都要面对无数暗杀者和觊觎王位的人。"

我瞥了炸弹一眼，她可没有跟我说关于阿莎夫人的事。炸弹轻轻点了点头，证明确有其事。

马多克将我的未来描述得非常暗淡，并且他的分析还句句在理。

"那茱德就放弃好了，"薇薇说着，挺直了腰杆，"退位让贤，有什么所谓呢。"

"她不会的，"马多克说，"你根本不知道茱德的目的是什么，如果你知道了，就不可能把话说得如此轻松。她就是要让自己成为众矢之的，以保护她的弟弟。"

"别跟我说教，"薇薇不甘示弱地反击，"一切都是你的错。是你让欧克陷入危险的境地，让卡丹受到诅咒，让茱德命悬一线。都是你的错。"

"我站在这里，"马多克说，"就是为了修正我的错误。"

我仔细端详他的表情，回忆着他将我错认为塔琳时，对我说的话。他问我杀死自己的丈夫是不是非常痛苦，他说我可以把罪恶交给他来分担。也许他认为自己现在所做的事就是在帮我分担，但我不敢苟同。

贾雷尔王往前走了一步。"那个在你脚下的小孩，就是绿石楠家族的最后继承人，对吗？"

"是的，"我说，"欧克总有一天会成为至尊王。"谢天谢地，这一次，我弟弟没有反驳我。

诺尔夫人点了点头。"你是凡人，活不久的。"

我连反驳的力气都省了。在空境，凡人可以永远年轻，但只要我们踏足人类世界，就会瞬间衰老。即便我可以逃脱这个命运，马多克的话也很在理。没有卡丹，我想执政简直难于登天。

"这就是'凡人'的意思，"我叹了口气，终于不需要掩饰了，"我们会死的，就像流星一样，短暂但耀眼。"

"真有诗意，"她说，"你还是个宿命论者。很好，你看起来像是个能讲理的人。马多克想让我们跟你谈个条件。我们有办法控制那条巨蛇——也就是你丈夫。"

我感觉全身的血液瞬间涌上了大脑。"控制他？"

"就像控制任何动物一样，"贾雷尔王朝我咧开嘴，笑容里全是阴狠毒辣，"我们有一个魔法嘴套，是格瑞森打造的，能控制生物。而且它还会根据控制对象的大小进行变化，所以能够用在各种生物身上。现在格瑞森已经不在了，这样的东西可是非常珍贵的。"

我的眼神不由自主地看向苏伦和她脸上的伤疤。那就是她以前戴着的东西吗？他们为了把它献给我，硬生生从她脸上摘下来了？

诺尔夫人接过她丈夫的话茬，接着说："嘴套上的皮带会渐渐嵌入肌肤之中，最后，卡丹会完全听从你的命令。"

我不太明白她这番话的意思。"我的命令？他可是中了咒语的。"

"是的，而且很可能永远无法恢复正常，如果格瑞森没说错的话。"她接着说，"但，万一哪天他突然变回来了，那他也必须顺从你的旨意。这样难道不好吗？"

我咬紧后槽牙，避免自己对她破口大骂。"这真是个特别的条件，"我说着，看向马多克，"我的意思是，这只是一个投机取巧的花招而已。"

"确实，"马多克说，"我明白你的意思。但这样一来，我们都能得到自己想要的东西。茱德，你的至尊女王之位将无人能动摇。只要能掌控巨蛇，你在宫廷中就没有敌手了。塔琳，你会成为至尊女王的姐姐，在宫廷中享有崇高的地位，没有人能阻止你占有洛基的土地和房产，也许你妹妹还会为你添置一些。"

"这可说不好。"我插嘴道。他说得好像我已经答应他的要求了。

"薇薇安，你大可以放心地回到人类世界，尽情享乐，从今以后不会再有家族的负担。此外，欧克又可以和他的母亲一起生活了。"马多克眼中迸出好战的火星，"我们可以把常务委员会的人除掉，由我来取代他们的位置。我会引领你，茱德。"

我看向牙齿宫廷。"那他们会得到什么呢？"

贾雷尔王笑了。"马多克已经同意由你弟弟欧克迎娶我们的女王，等到他继承王位之时，他的妻子就会和他一起登上王位。"

"茱德……？"欧克紧张地喊道。奥里安娜握住他的手，紧紧地攥在手心里。

"别开玩笑了，"薇薇说，"欧克不应该和这些人，包括他们可怕的女儿，扯上任何关系。"

贾雷尔王怒气冲冲地瞪着薇薇。"你，马多克的亲生女儿，反而是这里最无关紧要的人。你真是太没用了。"

薇薇闻言翻了个白眼。

我凝视着那个小女王，观察着她苍白的面容和毫无生机的双眼。尽管我们讨论的是她的未来，但她似乎并不关心。她看起来也没有得到很好的照顾。我不敢想象这个人和我弟弟结婚的场景。

"先别谈欧克结婚的事，"马多克说，"你想要那个嘴套吗，茱德？"

给卡丹戴上嘴套，让他永远受我控制，这是魔鬼的行径。我只想让他回来，让他站在我身边，听他如何嘲笑这群人。只要他能回来，无论他变得多么恶劣、残忍、诡计多端，我都能接受。

我想到卡丹在大厅中说的话，在他摧毁王冠以前，他说："人们的忠诚和爱都不能靠强迫得来。"他是对的，他当然是对的。但是，我想要那个嘴套。我急切地想拥有它。我能想象自己坐在重新打造的王座之上，一条巨蛇环绕在我身边的模样。这是权力的象征，也是爱的表现。我永远不会失去他。

这是一幅可怕的画面，同时也有着致命的吸引力。

这至少能给我带来一点希望。否则，我又能做什么呢？发动战争，牺牲我的士兵？杀死巨蛇，放弃拯救卡丹的任何一点可能？为了什么呢？我累了，不想再斗下去了。

"你发誓那个嘴套没有任何其他作用。"我说。

"没有。"诺尔夫人说，"只能让你控制戴上嘴套的对象。只要说出口令就可以了。如果你同意我们的条件，我们就把口令告诉你。"

贾雷尔王朝他的仆人挥了挥手，那个仆人就从银箱子里拿出嘴套，丢到我面前。嘴套金光闪闪，上面钉着许多皮带子，做工精美。也许拥有它并不需要我付出什么代价。

"我想知道，"我思考着，"你们既然拥有这么强大的武器，为什么自己不用呢？"

贾雷尔王迟疑良久，迟迟不做回应。

"啊。"我想起巨蛇身上的新伤痕。我相信，如果我仔细察看那个嘴套，一定能发现牙齿宫廷的骑士的血——也有可能是马多克的士兵的血。"你们没办法给它戴上嘴套，对吗？死了多少人？"

贾雷尔王很不高兴地看着我。

马多克说："一个营。还把弯曲森林里的树木点燃了。我们没法接近那个怪物。他速度太快，招招致命，还能源源不断地产生毒液。"

"但是在大厅里，"诺尔夫人说，"他能知道格瑞森是他的敌人。我们认为你可以诱骗他，就像未婚少女诱骗独角兽那样。你可以给他戴上嘴套，如果你不幸死了，那么欧克就可以提前继承王位，迎娶我们的女王了。"

"看来你是实用主义。"我说。

"考虑一下吧，"格里玛·莫格说。我扭头看向她，她耸了耸肩膀。"马多克说得没错。靠你自己很难把持住王位。我相信你一定能诱骗那条巨蛇，并且让它成为你的武器。它可以说是空境中最强的战力。这才叫力量，丫头。"

"或者，我们可以现在就把这些人杀了，将嘴套占为己有。"炸弹说着，摘下脸上的网罩，"他们本来就是叛徒，现在又手无寸铁。而且，你要知道他们本来是想给你设下圈套的。你自己也明白，荣德。"

"莉莉弗？"诺尔夫人开口叫道。听见别人唤炸弹的真名，而不是她的代号，感觉可真奇怪。不过，炸弹在成为间谍以前，就是牙齿宫廷的奴隶，所以他们知道她的真实姓名也不奇怪。

"你还记得我，"炸弹说，"要知道，我也没忘记你。"

"你就算拥有嘴套，也不知道怎么使用，"贾雷尔王说，"没有我们，你不可能降服巨蛇。"

"我想我能从她嘴里逼出来，"炸弹说，"我会很享受那个过程的。"

"你就让她这么无礼地跟我们说话吗？"诺尔夫人对马多克发起了脾气，好像他能改变什么似的。

"莉莉弗并没有跟你们说话，"我平静地说，"她是在跟我说话。鉴于她军师的身份，我如果不仔细考虑她的建议，那可就太糊涂了。"

马多克爆发出一阵笑声。"得了吧，如果你真的了解贾雷尔王和诺尔夫人，你就应该知道他们有多憎恨你，无论你如何严刑拷打，他们都不会如你所愿的。而且，我知道你很想要那个嘴套，女儿。"

牙齿宫廷的人跟在马多克身后，朝王座走近了些。

他们找到了一条统治空境的捷径，那就是通过控制欧克来掌权。一旦欧克和苏伦结婚，我就会成为众矢之的。马多克也是。但我还有巨蛇，它只听从我的命令。这条巨蛇就是这片土地的化身。

"让我看看你的诚意，"我说，"为了深海宫廷的欧拉女王，卡丹如你所愿，完成了较量。现在，你必须将欧拉女王从咒语中释放出来。她和她的女儿都对我深恶痛绝，所以你不用担心她们会成为我的盟友。"

"我以为你也同样厌恶她们。"马多克皱着眉头说道。

"我希望卡丹的牺牲是值得的。我想帮他完成心愿，"我说，"而且，我也要确保你不会再利用欧拉女王来跟我讨价还价。"

他点点头。"很好，我答应你。"

我深吸一口气。"我不会将欧克作为谈判的条件，但如果你想终止这场战争，那就告诉我使用嘴套的方法，我们一起让空境恢复太平。"

贾雷尔王踏上了高台的阶梯，我的侍卫冲到他面前，抽出刀阻止他靠近。

"你是想让我在大庭广众之下喊出来吗？"他不悦地说。

我摆摆手，让侍卫退下。他走到我身旁，凑在我的耳边悄声说道："取三根你的头发，在嘴套上打结，你就能和它捆绑在一起了。"说罢，他后退一步，"好了，你是否同意我们的要求？"

我看着他们三个人。"当至尊王戴上嘴套，被我驯服后，我会在能力范围内，提供你们想要的一切。但在那之前，你们什么也得不到。"

"那么你必须这样做，茱德，"马多克对我说，"明天，为低级宫廷召开宴会，并且邀请我们。在宴会上，你要昭告所有人，说我们已经放下成见，将会共同对抗眼前更大的威胁，以及我们为你提供了驯服巨蛇的办法。

"我们的军队会在因斯维尔岛的岩石海岸上驻扎，但不是为了战斗。你拿起嘴套，诱骗巨蛇靠近。等巨蛇戴上嘴套后，你发出指令，让它照你的指令做，到时候所有人都会为你欢欣鼓舞。这样一来，你的权威就能得到巩固，也能顺理成章地奖励我们。当然，你也应该按照约定给我们赏赐。"

他这就开始指挥我做事了。"有一个能代替你说谎的女王，感觉很不错吧？"我说。

马多克朝我笑了笑，这一次，我竟然没有从他的笑容中看出奸诈。"和你再一次成为家人感觉确实不错。"

这一切都让我感到不对劲，只有手中嘴套上的皮带才让我感觉真实。

在离开宫殿的路上，我正好经过王座大厅。走进去后，却不见巨蛇的身影，只有蜕下的像纸一样的金色蛇皮。

我走了一整夜，来到岩滩边上。我跪在海滩上，将手心里揉成一团的纸扔到海浪中。

如果你真的爱过他，我写道，帮我。

第二十五章

回到宫殿中自己的套房里，我在壁炉前的地毯上躺下。塔琳坐在我身边，挑拣着从宫殿厨房里端出来的烤鸡肉。地板上放着一大盘食物——芝士、面包、葡萄干、鹅莓、石榴、西洋李子，还有一大罐厚奶油。薇薇和希瑟坐在另一侧，她们的腿交错搭在一起，十指紧紧相扣。欧克把小莓果排成一排，又拿起大李子像打保龄球似的朝莓果撞去。若是放在从前，看到他这样玩，我一定会批评他几句，但现在我实在没有心情。

"这样比打仗好，对吗？"塔琳问着，从架子上取下一个冒着热气的水壶，把水倒入一个小锅里，又往锅中加入一些叶片，薄荷和接骨木花的香味从锅中涌了出来。"休战。不太可能达成的休战。"

所有人都在沉默地思索，没有人回答她。我没有给马多克什么实质的承诺，我敢肯定，在今晚的宴会上，他会大肆拉帮结派，笼络更多同党。慢慢地，就像滚雪球一样，他的势力会越来越大。而我最终会陷入孤立无援的境地，成为一个没有实权的摆设。他们采用这样的方式来攻击我，就是因为他们料定我会自我安慰，会骄傲地以为自己可以避免这样的命运，可以挽回所有损失，可以战胜他。

"那个女孩子是怎么回事？"欧克问道，"苏伦女王。"

"牙齿宫廷的人不是很好相处。"我一边对欧克说，一边坐起身子接过塔琳递来的茶杯。虽然很长时间没有睡觉了，但我一点也不累，肚子也不饿，只能强迫自己吃一点儿东西。我不知道自己还是不是人类。

薇薇哼了一声。"真委婉，照你的话说，火山也只是'比较温暖'

而已。"

欧克皱了皱眉头。"我们要帮助她吗?"

"如果你决定要娶她,我们可以让那个女孩在这里生活、养老。"我说,"如果她来了,我们可以帮她摆脱束缚。我猜这样对她来说已经是极大的幸福了。但我不认为你应该这样做。"

"我不想娶她——也不想娶任何人,"欧克说,"我也不想成为至尊王。为什么我们不能单纯地帮她呢?"

茶水太烫了,第一口就烫到了我的舌头。

"要帮助一个女王可没有那么简单,"塔琳说,"女王已经是最厉害的人了。"

我们再一次陷入沉默。

"那么,你会住在洛基的家里吗?"薇薇转向塔琳,问道,"你不一定要这么做,也不一定要把他的孩子生下来。"

塔琳拿起一颗淡黄色的鹅莓,在指间把玩着。"什么意思?"

"我知道在精灵世界,后代是非常稀有且珍贵的。但在人类世界,有一种手术叫堕胎。"薇薇说,"就算在这儿,也是有弃婴的。"

"还可以送给别人领养。"希瑟插了一嘴,"这由你自己决定,没有人会对你指手画脚的。"

"如果有人敢指指点点,我就把他们的手砍了。"我向塔琳保证。

"我想留下这个孩子,"她说,"我虽然很害怕,但也很高兴。欧克,你不再是最小的孩子了。"

"太好了。"他说着,把手上的李子滚到奶油罐边上。

薇薇截住了他的李子,拿起来咬了一口。

"嘿!"他大声抗议,但薇薇笑得更得意了。

"你在图书馆找到什么线索了吗?"我强掩声音中的颤抖,向希瑟打听道。我知道她一定没有找到办法,否则早就告诉我了。但我还是想问一问。

她打了个哈欠。"我看到一些荒诞的故事。没什么用，只是很荒诞而已。有一个是关于蛇王的，说它能控制世界上所有的蛇；还有一个是说一条蛇在两位精灵公主身上施了魔法，把她们也变成了蛇——但只是偶尔才会变身。"

"还有一个和想要孩子有关，"她说着，瞥了塔琳一眼，"一位花匠的妻子一直无法怀孕。有一天，她在花园里看到一条可爱的小青蛇，就非常神经质地开始念叨为什么连蛇都有宝宝，而她却没有。那条蛇听到了，就主动说要当她的儿子。"

我睁大了双眼。欧克笑了。

"不过，它这个儿子当得还可以。"希瑟说，"他们在房子的角落给它挖了一个洞，让它住在洞里，还把自己的晚餐喂给它吃。他们就这样生活着，直到小蛇渐渐长大，它说想娶一位公主为妻。它想要的不是毒蛇公主，也不是蟒蛇公主，而是他们当地的人类公主。"

"这该怎么办呢？"塔琳好奇地问。

希瑟笑了。"父亲去面见国王，代表儿子提亲。国王当然不同意了，像所有童话故事中的人物一样，国王没有直接拒绝，而是让蛇完成三件不可能的事：第一，将果园里所有的水果变成宝石；第二，将宫殿的所有地板都变成银地板；第三，将宫殿的所有宫墙都变成金墙。每一次，父亲都把国王的要求转述给蛇，而蛇就告诉父亲完成的办法。首先，它让父亲种下一颗神秘的果核，第二天所有的水果都变成了翡翠玉石；然后，它让父亲用蜕下的蛇皮擦拭宫殿的地板，于是所有地板都变成了银地板；最后，它让父亲用它分泌的毒液涂抹宫墙，又把所有墙壁都变成了金墙。"

"那个父亲才是干了所有活的人。"我迷迷糊糊地说。在火炉边躺着真暖和。

"他大概是那种为孩子包办一切的父母吧，"希瑟的声音听着非常遥远，"总之，无奈的国王最终只能向女儿坦白，告诉她，自己把她嫁给了一条蛇。就这样，她结婚了，但是当她和蛇单独在一起的时候，蛇竟然蜕去了蛇皮，变成了一个美男子。公主喜出望外，可就在这时，国王冲进了房间，一把火烧掉了蛇皮。他认为这样是在拯救自己的女儿。"

"那个蛇男绝望地哀号了一声，变成一只白鸽飞走了。公主崩溃地号啕大哭，决定要去找他。这毕竟是一个神话故事，很多事情都不合逻辑。在寻找他的路上，公主遇到了一只多事的狐狸。狐狸告诉她，那只白鸽说自己原本是一位王子，只因中了食人魔的诅咒，才变成这样，想拯救他就必须用鸟群——和狐狸的鲜血。你大概能猜到后面的故事了。可怜的狐狸，是不是？"

"真冷血，"薇薇说，"狐狸只是想帮忙而已。"

这就是我听到的全部内容。后来，在她们温柔的讨论声中，我渐渐睡着了。

我突然打了个冷战，睁眼一看，我身上盖着一张毯子，火炉里只剩一点余烬。睡眠有着神奇的魔力，让我从过去两天的恐怖和震惊之中稍微缓过神来，能更好地思考了。

我看见塔琳坐在沙发上，也裹着一张毯子。我走过安静的房间，发现希瑟和薇薇正躺在我的床上。欧克不在这里，我估计他和奥里安娜在一起。

我走出房间，发现门口有一位骑士在等着我。我认出他是卡丹亲卫队的一员。

"女王陛下，"他右手放在胸口处朝我行礼，"凡德正在休息，她让我来守卫您的安全，直到她回来。"

我突然感到十分内疚，自己居然一直没有想过凡德会不会工作太久、太劳累了。我确实需要多几个近身骑士。"你叫什么名字？"

"回女王陛下，我叫阿特高尔。"

"至尊王的其他亲卫在哪里？"我问。

他叹了口气。"格里玛·莫格派他们去追踪巨蛇了。"

他们之前的任务是保护至尊王的人身安全，而现在却要去看着一条蛇，这是多么奇怪又悲哀的变化。我不知道阿特高尔是否认同我的想法，也不知道我直接交给他们任务是否合适，于是我先让他在套房门口等着。

走进套房里，我惊讶地发现炸弹坐在沙发上，手里把玩着一个雪花玻璃球。玻璃球里有一只猫，还有一行字：恭喜晋升。这是薇薇送给卡丹的加冕礼物。我都不知道原来他还留着。我看着玻璃球里翻滚着的晶莹剔透的白色雪花，突然想起之前曾接到报告说王座大厅下雪了。

炸弹一抬头看到我，肩膀就泄气似的塌了下去，脸上的绝望跟我如出一辙。

"也许我不应该来。"她说。这句话明显不像是她会说出来的。

"怎么了？"我走进房间。

"马多克找你谈判的时候，我听到了塔琳说的话。"她似乎在等我反应过来，但我没有明白她的意思，只好摇了摇头。

"这片土地治愈了你。"她小心翼翼地看向我，似乎期待着我能否认这件事。她是不是想到了在这里进行的拆线手术？又或者是我怎么能从那么高的地方摔下来还活得好好的？"我想，也许……你能用那股力量唤醒蟑螂。"

想当初刚加入影子会时，我根本不懂什么叫间谍，也因此遭遇了很多挫折。炸弹早已见识过我的失败，但这一次的溃败，仍让我不愿面对。"我尝试过破解卡丹的诅咒，但我做不到。我不知道之前自己做了什么，也不知道奇迹还会不会再发生。"

"一看到贾雷尔王和诺尔夫人，我就想起自己对蟑螂的亏欠，"炸弹说，"如果不是他，我根本没办法在他们手中苟活。我不仅爱他，我还欠他一条命。我一定要让他好起来。如果你有什么办法……"

我回忆着雪地中花朵生长的场景。在那一刻，我是有魔法的。

我感到了希望。

"我可以试一试，"我打断她的话，"如果能帮助蟑螂，我当然是愿意的，我确实可以尝试一下。走，现在就去。"

"现在？"炸弹说着，站起身来，"不，你回来是要休息的。"

"就算我和马多克、和牙齿宫廷的停战协议进行得比想象中顺利，那条大蛇也很可能不受我的诱骗，那我就无法给他戴上嘴套，"我说，"到那个时候，我可能就没命了。还是趁现在赶紧试一试吧。"

炸弹轻轻捏了捏我的胳膊。"谢谢你。"她说。从她嘴里蹦出人类的礼貌用语多少有些别扭。

"先别急着谢我。"我回她道。

"那我送你一个礼物吧。"她从口袋里拿出一个黑色网罩，和她的是一套。

我换上一身黑色的衣服，披上厚重的斗篷，戴上网罩，和她一起走进秘密通道。

我惊讶地发现，这条通道竟然比我上次来时改进了不少。现在的它已经和宫殿中的其他秘密通道连接在了一起，形成了一张巨网似的暗道。我们向下穿过酒窖，再往下走，来到影子会新的秘密基地。这里比以前的基地大多了，设备也更齐全。卡丹一定有出资修缮。否则，只可能是他们背着卡丹去抢劫了。这里有一个厨房，里面堆满了陶瓷碗碟，还有一个壁炉，大得可以在里面烤一匹小马。我们经过训练室、服装室，还有一间能媲美大将军级别的作战室。我看到几个间谍，有的熟悉，有的陌生。

走进其中一个房间，我看到幽灵坐在一张桌子后面，桌上放着许多卡片。金色的头发遮住了他的眼睛，他抬起头来提防地看向来人。我拉开网罩。

"茱德，"他松了一口气，"你来了。"

我不想让他们希望落空。"我不知道自己能做什么，但我想看看他。"

"这边，"幽灵说着，站起身来，将我带到一个挂满发光玻璃圆球的小房间里。蟑螂就躺在床上。

我看见他身体上发生的变化，心一下子提了起来。他的皮肤变成了灰土色，不再是以前的深绿色，而且皮肤表面还出现了蜡状的物质。情况看起来非常不好。他时不时会抖动一下，然后大喊一声，猛地睁开双眼。他的眼睛里布满红血丝，根本无法聚焦。我吓得倒吸一口气，但过了一会儿，他又安静地回到睡梦中了。

"我以为他只是陷入昏迷。"我慌张地说。就像故事里的白雪公主那样，静静地躺在玻璃床上，不会发生任何变化。

"帮我找一下能固定住他的东西。"炸弹说着，用她的身体压住蟑螂，"每次毒性发作，他就会这个样子。我必须控制住他，直到痉挛消失。"

我终于知道她为什么来找我，为什么一定要采取行动了。我环顾四周，看到一个箱子上放着一摞被单。幽灵把被单撕成长条。"去吧，试一试。"他说。

我完全不知道自己应该做什么，只好走到蟑螂的脚边，闭上双眼。

我想象着自己和脚下的土地融为一体，想象着它的力量从脚底灌入我全身。但紧接着，我的意识就回到了自己身上。我感觉自己非常愚蠢，于是停了下来。

我做不到。我只是一个凡人，是离魔法最遥远的凡人。我救不了卡丹。我救不了任何人。这样是行不通的。

我睁开眼，摇摇头

幽灵双手搭在我的肩上，与我靠得极近，就像当初他教我谋杀别人的动作一样。他声音轻柔。"茱德，不要强迫它，要让它自然地流动。"

我叹了一口气，再次闭上眼睛。

我努力感受着脚下的土地，空境的土地。我想到瓦尔·莫伦的话："你认为播种在空境的种子，和播种在人类世界的种子会结出一样的果实吗？"虽然我是人类，但我是在这里长大的。这里就是我的家，我的国土。

我又一次感到那种全身被针扎了一样的感觉。"醒来，"我心想着，用手握住蟑螂的脚踝，"我是你的女王，我命令你醒来。"

蟑螂全身都开始剧烈抽动。突然，他狠狠地一脚踹上我的肚子，把我踹飞到墙上。我瘫坐在地。腹部传来猛烈的疼痛，这让我想起自己的内脏前不久才刚受过伤。

"茱德！"炸弹朝我大喊，双手压住蟑螂的脚。

幽灵跪在我身旁。"你伤得重吗？"

我竖起大拇指，告诉他我没事，只是暂时说不出话。

蟑螂又大吼了一声，不过这一次似乎发出了几个音节。"莉……"他的声音又轻又尖，但好歹是能说话了。

他逐渐恢复意识，然后，醒了过来。他被治愈了。

他抓住炸弹的手。"我快死了，"他说，"中毒……我真蠢。我已时日无多了。"

"你不会死的。"炸弹说。

"有些话，我以前一直没有告诉你，"他说着，把她拉近，"我爱你，莉莉弗。从我们第一次见面的第一个小时，我就爱上你了。我爱你，却感到绝望。在我死之前，我希望你能明白我的爱。"

幽灵睁大了眼睛，瞟了我一眼。我笑了。蟑螂看不到坐在地上的我们，并不知道我们也在这儿。而且，他现在只顾着看炸弹震惊的脸。

"我从来没想过……"他说着，又停了下来。显然，他以为炸弹脸上的表情是害怕。"你不用回应什么，只是，在我死前……"

"你不会死的。"她又说了一遍。这一次，蟑螂似乎才真正听见。

"我明白了，"他露出懊悔的神色，"我不应该告诉你的。"

我悄悄往厨房爬去，幽灵跟在我身后。就在我们快到门口时，我听见了炸弹温柔的声音。"如果你不说，"她说，"那我就不能告诉你，我和你有同样的心情了。"

幽灵和我走在返回宫殿的路上，我们抬头看着星星。我不禁佩服炸弹，她比我聪明太多了，因为她能把握住机会，告诉蟑螂自己的感受。我之前没有告诉卡丹，以后恐怕再也没有机会了。

我转身向低级宫廷的营地走去。幽灵疑惑地看着我。

"在睡觉前，我还有一件事情要做。"我告诉他。

他什么也没有问，只是跟在我身后。

我们去拜访马罗嬷嬷和赛弗林。赛弗林是前任沃尔德王的儿子，也雇用了格瑞森很长一段时间。他们是我最后的希望。只是，他们虽然愿意与我见面，并且礼貌地听我讲完了来龙去脉，却也想不出任何办法。

"一定有办法的，"我坚持着，"一定有破解的关键。"

"这件事难就难在，"马罗嬷嬷说，"你已经知道如何破除诅咒了。除了死亡，这是格瑞森说的。我知道你想得到其他答案，但魔法并不能随着我们心意来。"

幽灵在不远处静静地站着，皱着眉。我很庆幸有他在我身边陪我，尤其是现在这个时候，因为我不确定自己能否独自承受这样的结果。

"格瑞森在创作王冠之初，一定是不想让人破解咒语的。"赛弗林说道。他脑袋上弯曲的角给他增添了几分恐怖的气息，但他的声音却非常温柔。

"好吧。"我一屁股坐在附近的一段圆木上。虽然本就没有期待什么好消息，但听了他们的话，我再一次感觉未来一片愁云惨雾。

马罗嬷嬷眯起眼睛看我。"所以，你准备使用牙齿宫廷给的嘴套吗？我很想亲眼见识见识。格瑞森做的东西虽然邪恶，却也不失有趣。"

"欢迎来看，"我说，"他们说让我把头发系在上面。"

她哼了一声，说："可别这样。如果你这样做了，就会和巨蛇一起被嘴套控制了。"

你就能和它捆绑在一起了。

一瞬间，我气得火冒三丈，血压飙升，眼睛一片白茫茫的，什么也看不清，仿佛天上劈下了一道闪电。

"那嘴套应该怎么用？"我气得声音发抖。

"应该有一个指定的口令，"她耸了耸肩，"但很难猜出到底是什么词。如果没有口令，这个嘴套就是废物。"

赛弗林摇了摇头。"格瑞森想让世人记住的东西，只有一样。"

"他的名字。"我说。

回到宫殿后不久，塔特就拿着塔琳为我挑选好的赴宴礼服过来了。仆人们为我端来食物，并且帮我做好了沐浴的准备。我泡进浴缸中，她们有的帮我擦拭香水，有的梳理我的头发。我俨然是一个芭比娃娃。

礼服是一条通体银色的长裙，裙面上装饰着许多硬质金属叶片。我用皮带将三把小刀绑在腿上，又将一把带鞘的小刀藏在胸间。塔特怀疑地看着我身上的新伤痕，那是被蟑螂一脚踢出来的。我没有告诉她自己经历的一趟小冒险，她也识趣地没有问。

作为从小在马多克家长大的孩子，我早已习惯了仆人的存在。我们的厨房里有厨师，马厩里有马夫，还有几个操持家务的仆人会负责整理床铺，让家保持干净体面。在那里我来去自如，能随性地安排自己的时间，想做什么就做什么。可现在，在宫廷守卫、塔特还有其他宫廷仆人的关注下，我的一举一动都要格外谨慎。

我几乎很少有独处的机会，即便有，时间也很短。过去，我常常凝视端坐在王座之上的埃尔德雷德，或是在觥筹交错的狂欢派对中纵酒不歇的卡丹。当时的我并不理解位高权重者心中这般脆弱无力的感觉。

"你们退下吧。"仆人们帮我编好头发，戴上耀眼的银色箭矢耳坠后，都被我打发了下去。

我没办法找到咒语中的漏洞，也不知道应该如何破解。不过现在，我必须暂时把这些想法放到一边，关注自己真正能做的事情：不要掉入牙齿宫廷为我设下的陷阱，不要让马多克之流限制我的权力。我相信他是有心让我继续担任至尊女王的，同时也愿意让怪物至尊王陪伴在我左右。但一想到这样的场景，我就不禁为卡丹感到心痛，我怎么能让他一辈子受困于巨蛇体内。

我想知道他现在痛不痛，我想知道皮肤发生鳞化是什么滋味，我想知道他的意识是否清醒，我想知道在一个曾忠诚于他的宫廷面前被迫戴上嘴套会不会让他感到羞耻。他心里会产生怨恨吗？怨恨他们。也怨恨我。

但我也有可能走上更邪恶的道路，变成达因那样的魔鬼。如果我真的变成了这样——如果我果真如传闻所说的那样——我希望有人能阻止我。我相信你就是那个人。

马多克、贾雷尔王和诺尔夫人打算和我一起参加宴会。在宴会上，我将宣布结盟的消息。我必须建立起自己的威信，并且在整场宴会中保持我作为女王的威严。这可真是一个棘手的任务。牙齿宫廷的人总是自以为是且自视甚高。如果他们对待我的态度也是如此，那我的气势就弱了一大半。但倘若我贸然与他们发生争执，就会让盟友的关系有所动摇，这也是不明智的。至于马多克，我毫不怀疑他会以父亲的名义给我提出一大堆建议。如果我强硬地拒绝他，那就是一个不知好歹的女儿。可是，如果他们的风头过盛，盖过了我，那我此前的一切功夫，所有计划都将付诸东流。

我脑海中盘算着，挺直了腰杆，昂首挺胸地朝晚宴地点出发。

我优雅地走过长满青苔的草坪，长着飞蛾小翅的仆人跟在身后牵着我的裙摆。轻盈飘逸的裙摆如波浪般在空中舞动，我发梢间的银饰在星光下熠熠生辉。宫廷侍卫保持着距离，在我左右两侧护卫着。

我看见罗本王站在不远处的一棵苹果树下，半月形弯刀装在抛了光的刀鞘里，发出微弱的银光。他的伴侣凯伊夫人穿着和肤色相近的深绿色。安妮女王正在和赛弗林说话。蓝达林正一杯接一杯地喝着酒。宴会的氛围非常压抑。他们都是见识过恐怖诅咒生效的人，之所以还留在这里，只是为了准备明天可能发生的战斗。

"我们之中只有一人能对他们说谎。"我想起最后一次和卡丹一起面对低级宫廷的君主之前，他对我说的话。但今晚，我需要的并不是谎言，也不是诚恳的真相。

一看到我、马多克和牙齿宫廷的人走进花园，人群就渐渐安静了下来。所有像墨水一样深邃的眼睛都盯着我，所有饥渴的、美丽的脸蛋都转向我，仿佛看见一头误入狮群的羔羊。

"各位君主、女王以及空境的居民们。"我对着沉默的人群开口。但紧接着，我又犹豫了。在众人面前发表演说总让我感到尴尬与不适。"作为在至尊宫廷长大的孩子，我从小就听过许多有关诅咒和怪物的、疯狂而虚幻的神话传说。即便在这里，在空境，那些传说听起来也过于荒诞离奇。现在，我们的至尊王变成了一条巨蛇，我们便都身处传说之中。

"卡丹摧毁了王冠，因为他想成为不一样的统治者，以不同的方式管理空境。他已经完成了一个目标——马多克和牙齿宫廷的苏伦女王已经放下了武器，向我们投诚。经过协商，我们已经达成了停战协定。"

人群传来低声议论的声音。

我直视前方，不去看站在身旁的马多克是何表情，但我猜他一定不喜欢我把功劳都揽到自己身上，贾雷尔王和诺尔夫人也一定对我心生怨怼，因为当我提及他们的女儿时，似乎把她当成了牙齿宫廷的一份子并给予尊重。

我接着说："我邀请他们今晚共襄盛举。明天，我们会在战地上相会，但不是为了战争，而是为了驯服巨蛇，解除它对空境的威胁。我们将勠力同心，为空境带来和平。"

人群中响起了零散的、不太确定的掌声。

我真希望此刻卡丹能在我身边。我能想象到他懒散地倚着沙发靠背，指导我如何发表演讲的样子。要是在以前，我一定会觉得他很烦人，但现在一想到他，我的胃就拧成一团，我渴望他的陪伴。我思念他。思念的痛苦就像一个长着血盆大口的无底深渊，而我迫不及待地要坠入其中。

我举起酒杯，四周的人们也纷纷举起酒杯和盛酒的羊角杯。"让我们敬卡丹一杯，敬我们的至尊王，他为空境的子民牺牲了自己，也挣脱了血腥王冠的控制；敬所有盟友，你们的忠心像空境的土地一样坚不可摧；敬带来和平的承诺。"

我仰头喝下一杯，所有人都跟我一样一饮而尽。宴会的氛围似乎有所改变。我希望这代表他们接受了我至尊女王的身份。

"说得真不错，女儿，"马多克说，"但我怎么没听见你承诺奖赏我的事？"

"让你成为我的第一顾问？你现在不是已经在教训我了吗？"我坚定地望着他，"只有等巨蛇戴上嘴套，我们的约定才正式生效。"

他皱起了眉头。我没有给他任何反驳的机会，转身朝牙齿宫廷一行人走去。

"诺尔夫人。"我叫道。她很惊讶我竟然主动与她交谈，似乎认为我这样的行为太过放肆。"您似乎还没有与阿莎夫人见过面，她是至尊王的母亲。"

"确实没见过，"她承认道，"不过……"

我扶着她的手臂，将她带到群臣环绕的阿莎夫人面前。阿莎夫人看到我向她靠近，便有所防备，听到我说话时则更加警戒。

"我听说您想在宫廷中担任新的职务，"我对阿莎夫人说，"我在考虑要不要让您作为我们的使者，出使牙齿宫廷。您现在正好可以认识一下诺尔夫人。"

我说的话并不是真的，只是想让阿莎夫人知道，我已经知晓了她的阴谋。如果她敢与我作对，那我就会将她发配到遥远的北方，到时候她可就要与她最珍视的舒服日子说再见了。而且这样一来，还能让她们二位互相折磨，真是再合适不过的惩罚了。

"你真的要让我和儿子相隔万里吗？"她问。

"如果你想留在这儿，一起照顾巨蛇，"我说，"尽管告诉我。"

从阿莎夫人的表情来看，她此刻最想做的应该是刺穿我的喉咙。

"二位好好聊一聊吧。"说完我转身便走，留她和诺尔夫人在原地。也许她们真的会聊得很开心，毕竟这两个女人都很恨我，她们至少已经有一个共同话题了。

仆人们端上一盘又一盘精美的食物，看得人眼花缭乱。蕨类植物的柔软根茎、包裹在玫瑰叶片中的坚果、装满草药浸液的酒瓶、蜜糖烤雏鸟等美食逐样呈上。

我盯着宴会上的精灵们，突然感觉整座花园都旋转了起来，心里同时升起一股诡异的虚幻感。我头晕目眩地四处张望，寻找着我姐姐们的身影，寻找影子会的人，哪怕是凡德也行。

"女王陛下。"我身旁传来一个声音。是罗本王。但此时，我感觉胸口闷得喘不过气，没办法在这么多人的面前对他摆出女王的架子。

"你能留下来可真好。"我说，"在卡丹摧毁王冠后，我一直不确定你会不会离开。"

他点了点头。"我一直不太喜欢他，"他说着，用像河水一般灰白的眼眸俯视着我，"从一开始，就是你说服我发誓效忠王冠的，也是你在深海宫廷破坏和平条约后，以一己之力为空境争取到了和平。"

我杀了贝尔金才换来的和平，又怎么会忘记。

"我愿意为你战斗，不为别的，只为你这个凡人至尊女王能让我心爱之人高兴，还能让我厌恶之人反感。在卡丹做出那一番惊世骇俗的事情后，我才终于明白为什么你愿意一次又一次地以性命相搏，拼死将卡丹送上王位。也因此，我愿意为你们拼尽最后一口气。"

我从没想过他会对我说出这样的话。我呆若木鸡地愣在原地。

罗本王摸了摸手腕上的手环，那是一副由绿色的丝线编织而成的手环。不，不是丝线，是头发。"他竟然愿意摧毁血腥王冠，选择相信子民的忠诚之心，而不是以誓言相逼。他是真正的精灵至尊王。"

我张了张嘴，正准备回应他时，突然看见在草坪的另一端，妮卡茜娅穿着微光盈盈的礼服走了过来，一身银色鱼鳞在众多大臣和君主间闪动着光芒。我还注意到罗本王的伴侣凯伊正朝着妮卡茜娅走去。

"唔，"我说，"你的女朋友好像要……"

罗本王回过头，和我同时看到凯伊朝妮卡茜娅的脸上打了一拳。妮卡茜娅跟跄着撞到一位大臣身上，随后摔倒在地。而凯伊则甩了甩自己的手，似乎这一拳也伤到了她自己的关节。

妮卡茜娅的塞尔基族护卫马上朝凯伊冲去。罗本王也马上那边跑去，人群自动分开两边，给他让出一条路。我正准备跟上，马多克就拦住了我。

"女王不应该像小女孩一样围观别人打架。"他说着，握住我的肩膀。我可不会因为厌烦他而错失良机。我挣脱开他的手，顺手扯下他三根头发。

一位一头红发的骑士冲到凯伊和妮卡茜娅的守卫之间，我不认识她。

等罗本王走到那儿时，我清晰地听到陷入混乱的两拨人在互相咒骂着。

"滚开！"我朝马多克大吼一声，然后大步跑了起来。我无视了所有想拦住我交谈的人，弯着腰把裙子提到膝盖，一路飞奔。也许我的样子很滑稽，但我不在乎，当我往自己的胸口里塞东西的时候就已经够可笑了。

妮卡茜娅的下巴都红了，喉咙也像充了血似的。我拼命忍住才没有在这个不恰当的时候笑出声来。

"你最好别帮这个皮克西精灵说话。"她严肃地告诫我。

冲在前面的那个红发骑士是一个凡人，身穿沃尔德王的宫廷服饰。她的鼻子在流血，我猜她已经和妮卡茜娅的护卫打斗了一番。

罗本王摆好架势，随时准备抽刀。他刚刚才说会为我们拼尽最后一口气，我可不想他因为这点事受伤。

凯伊今天的晚礼服比上一次的要暴露许多，能清晰地看到一条长长的伤疤从她的喉咙一直划到胸前。那伤痕看起来既像刀伤，又像烧伤，估计与她此刻的愤怒有关。"我不需要任何人帮我说话。"她说，"我能处理好自己的事。"

"你该庆幸她只是揍了你一拳。"我对妮卡茜娅说。她的出现让我紧张得心跳加速。我忍不住回想曾经被她囚禁在深海宫廷的日子。我转而对凯伊说道："到此为止，明白了吗？"

罗本王伸出手，搭在凯伊的肩膀上。

"行吧。"凯伊说罢，蹬着靴子大踏步地走开了。罗本王等了一会儿，我对他摇摇头，于是他也跟着凯伊走了。

妮卡茜娅摸了摸自己的下巴，谨慎地看着我。

"看来你收到我的纸条了。"我说，

"看来你已经和敌人结盟了，"她朝马多克瞥了一眼，说道，"跟我来。"

"去哪？"我问。

"去一个没人能听见我们说话的地方。"

我们一起走出花园，没有让守卫跟着。走到僻静之处，她抓住我的手，"是真的吗？卡丹中了诅咒？他已经变成了一个怪物，一个刀枪不入的怪物？"

我僵硬地点了点头。

出乎我意料的是，她竟然一下子瘫倒在地。

"你在干什么？"她把我吓呆了。

"求求你，"她耷拉着脑袋，无力地说，"求求你，你一定要破解他的诅咒。我知道你是真正的至尊女王，你也许并不想让他回来，但是……"

她的话让我震惊。"你以为我……"

"以前是我看走了眼。"从她的话语中能听出极度的痛苦。她哭着哭着，大声喘了一口气，"我以为你只是一个凡人。"

我忍住想反驳她的冲动，没有打断她说话。

"当你成为他的内政大臣时，我告诉自己他只是想利用你来撒谎，或者是因为你足够听话罢了，虽然我明知你不是一个乖巧顺从的人。当你跟卡丹说，他根本不知道你能做出什么事情时，我真的应该相信你。

"在你流亡的时候，我从他口中听到了更多关于你的故事。也许你不相信，但卡丹和我在成为恋人以前，甚至在认识洛基之前就是好朋友了。他是我从深海宫廷来到这以后的第一个朋友。哪怕经历了那么多事情，我们的友谊依然没变。我真恨他竟然爱上了你。"

"他也恨自己爱上了我呢。"我的笑声比想象中更苦涩。

妮卡茜娅盯着我看了很久。"不，他不是这样想的。"

对她这句话，我唯有沉默。

"他令精灵闻风丧胆，但他本质并不是这样的，"妮卡茜娅说，"你

233

还记得贝尔金的仆人吗？那个凡人仆人？”

我点了点头。我当然记得，我永远不会忘记苏菲，还有她那两只装满石头的口袋。

“有时候，贝尔金的人类仆人会突然失踪。传闻说是卡丹杀了他们，其实不是的。是卡丹把他们送回了人类世界。”

我承认，这一点是我怎么也没想到的。“为什么？”

她甩了甩手，“我不知道！可能只是为了让他哥哥心烦。你也是人类，我想你也许会欣赏他做的这件事。而且他还送了你一件晚礼服，让你在加冕礼上穿。”

我想起来了。那件如夜色般漆黑的晚礼服裙，裙身上缝制着鲜明的树影图案，还镶嵌着星星状的水晶宝石。那条裙子比我预定的要美上千倍。我以为那是达因王子送给我的，毕竟，那是他的加冕礼，而且在我加入影子会时，也发誓会效忠于他。

“他从来没有告诉过你，对吗？”妮卡茜娅说，“明白了吗？你根本不知道他做的这两件好事。还有，我见过你注视他的眼神，你以为没有人看到，实际上我什么都知道。”

我紧紧咬住脸颊内侧的肉，虽然我和卡丹是爱人，并且已经结婚了，所有人都认为我们相互爱慕着，但我还是感到尴尬。

“所以，答应我，”她说，“答应我你会救他。”

我想起金色嘴套，想起星图的预言。“我不知道怎么破解诅咒，”我说着，眼眶里的泪在打转，“如果我知道，还会举办这个愚蠢的晚会吗？如果你能告诉我要杀谁，要偷什么，要解开什么暗语或是要迷惑哪个女巫，只要你能告诉我办法，我一定会照做，无论有多险多难，无论要付出什么代价。”我的声音已经嘶哑破音了。

她坚定地看着我。不管我此前对她有什么样的看法，可以肯定的是，她真的非常在乎卡丹。我的泪水决堤而出，从眼眶簌簌滚落，她惊讶地看着我，我想她也明白了，我和她一样在乎卡丹。

总之，这对卡丹而言是件好事。

与妮卡茜娅结束谈话后，我回到晚会上，找到新的沃尔德王。他见到我时似乎很意外。站在他身边的是那个流鼻血的凡人骑士。另一个红发的人类正往她的鼻子里塞着棉花，我记得这个人是赛弗林的伴侣。我才发现，塞弗林的伴侣和那个骑士是双胞胎。虽然不像我和塔琳长得一模一样，但能明显看出来是双胞胎，生活在精灵世界的人类双胞胎，她们俩似乎一点也没有不适应的样子。

"我需要你的一样东西。"我对赛弗林说。

他朝我鞠了一躬。"当然，我的女王。我的一切都属于你。"

这天晚上，我回到卡丹华丽的套房里，在宽敞的床上躺下。我伸长了腿，用力踢着被子。然后，我扭过头，看着放置在椅子上的黄金嘴套，它在昏暗的灯光下幽幽地发着金光。

如果巨蛇能戴上它，就能永远陪在我身边。戴上嘴套之后，巨蛇可以回到这个房间里。它可以盘在地毯上，陪着我，虽然这样会让我看起来和它一样像个怪物，但至少我不会再孤单了。

慢慢地，我睡着了。

在我的梦里，化为巨蛇的卡丹缠在我的身上，黑色的鳞片隐隐地亮着。

"我爱你。"我对他说。

紧接着，他一口将我吞了下去。

第二十六章

"你还没完全康复呢。"塔特发着牢骚，用尖尖的手指戳了戳我的伤疤。从我起床到现在，塔特这个淘气鬼就一直在我眼前晃悠，她帮我盛装打扮，好像我一会儿不是去面对大蛇，而是去参加另一场派对，同时嘴上也不停地抱怨着。"不久之前，马多克才差点把你砍成两半呢！"

"你明明是效忠他的，现在却要服侍我，会不会觉得很心烦？"我问她。她已经把我两侧的头发扎成两条紧实的辫子，和剩余的头发一起盘在脑后绕成一个圆髻。我的耳朵和脖子上没有任何装饰，这是当然的，不能给巨蛇任何拉扯我的机会。

"就是他派我来这里的，"塔特说着，从摆满梳妆工具的梳妆台上抓起一把刷子，用它沾了沾黑色的粉，"也许他后悔雇用我了，毕竟，如果他不把我打发出来，现在挨唠叨的就是他，而不是你了。"

她的话让我忍不住笑了。

塔特开始帮我化妆，为我抹上眼影，涂上口红。

门上传来两声轻叩，塔琳和薇薇走了进来。"你一定想不到我们在金库里找到了什么。"薇薇说。

"我以为金库里只有宝石和黄金之类的东西。"我的回忆开始倒带，想起很久以前，卡丹曾经说过如果影子会愿意背叛我，放了他，那他就把贝尔金的金库里的宝贝都送给影子会。我想起自己当时的惊慌失措，想起他魅惑的面庞和我因为难以抵挡他的魅力而生出的自我厌恶，内心五味杂陈。

塔特哼了一声，原来是蟑螂走了进来，身后还拉着一个箱子。"你的姐姐们就不能消停一会儿。"

他的皮肤已经恢复成原来的深绿色，虽然体形消瘦，但脸色健康多了。看到他这么快就能起身活动，我内心的一块大石总算落了地。我很想知道我姐姐们是怎么让他帮忙干活的，但我更好奇的是，炸弹后来又跟他说了什么。他的面容洋溢着飞扬的神采，从一进门，嘴角的笑容就没有停过，眼里更是散发着熠熠光彩。

光是看着他幸福的模样，我就有点黯然神伤。

塔琳咧开嘴笑了。"我们找到了盔甲。光彩夺目的盔甲。给你穿的。"

"给女王穿的，"薇薇说，"我提醒一下，在你之前，已经很久没有出现过女王了。"

"所以这有可能是马布女王自己穿的。"塔琳接着说。

"你们这是把它夸上天了。"我无奈地说。

薇薇弯下腰，解开箱子的锁。她从箱子里拿出一件精美细致的盔甲，上面的花纹经过精心雕刻，看起来像一片片正在落下的微型金属常春藤叶。它美得摄人心魄，让我不禁倒吸一口气。这是我有生以来见过的最漂亮的盔甲。它具有古典韵味，雕刻工艺独具特色，看起来一点也不像格瑞森的作品。我很庆幸在格瑞森之前还有优秀的工匠，并且他们依然追随着至尊宫廷。

"我就知道你会喜欢。"塔琳高兴地笑着。

"我也有一样宝贝，你也会很喜欢的。"蟑螂说着，把手伸到包里，捏着三根像银丝一样的东西。

我把它们放进口袋里，和我从马多克头上扯下的头发放在一起。

薇薇正忙着把箱子里的东西一样一样往外搬，多得令人目不暇接：一双用优雅的雕花金线缠绕的靴子；一副荆棘样式的护带；一对由无数叶片组合而成的金属护肩，叶片的边缘还向内卷曲着；一顶由金质枝丫交错形成的王冠状的头盔，两侧还装点着黄金浆果。

　　"好吧，就算巨蛇一口咬断你的脑袋，"塔特说，"你剩下的部分依然美艳动人。"

　　"就是要这样。"我说。

　　至尊宫廷的军队已经集结完毕，准备进军。像小灵犬一样娇小的战马、能行踏于沼泽间的水马、头顶巨角的驯鹿还有巨型蟾蜍等都已经佩戴好鞍具，有的甚至装备了武器。

　　射术高强的弓箭手们全都背着涂了安眠药的箭，挎着巨大的弓，列好了队。骑士们更不必说，无时无刻不在准备着。我看见草坪另一端的格里玛·莫格，正和一小群红帽精灵聚在一起。他们轮流传递着一个装满鲜血的玻璃瓶，每个人接过瓶子后都痛饮一口，再用自己的帽子去沾瓶子里的血。一大群皮克西精灵从空中飞过，他们的武器是小小的毒镖。

　　"一切准备就绪，"格里玛·莫格朝我走来，解释说，"为了防止嘴套没有发挥作用；或是他们想趁乱谋逆。"她仔细观察着我的盔甲，又看了看我背在身后的那把借来的宝剑，露出沾染着鲜血的一排尖牙，笑了。接着，她把右手放在心口处。"至尊女王。"

　　我很想朝她微笑，但我知道自己此刻的笑一定比哭还难看。我的身体从内到外都在散发焦虑。

　　我的面前有两条路，只有一条能走向胜利。

　　我曾是马多克的门徒和达因的杀手。除了学习他们的方式，我不知道还能如何取胜。我不知道成为英雄的秘诀，只知道夺取成功的办法。我知道如何用匕首刺穿自己的手。我知道如何怨恨他人，也知道如何成为他人的眼中钉。我知道今天怎么做才能取胜，只要我愿意斩断七情六欲，胜利就在眼前。

我说过，如果我不能比对手更好，那就比对手更可怕。让人不寒而栗，骨寒毛竖。

取三根你的头发，在嘴套上打结，你就能和它捆绑在一起了。

贾雷尔王想陷害我，想自己掌控话语权。只等我给巨蛇戴上嘴套，他就能一举控制我和卡丹。我敢肯定马多克不知道贾雷尔王的心思，也就是说，贾雷尔王之后一定会杀了马多克。

但他打的如意算盘，我也能打。我已经把他和马多克的头发绑在了嘴套上，到时候和巨蛇捆绑在一起的人可就不是我了。只要巨蛇戴上嘴套，马多克和贾雷尔就会成为我的奴隶，就像卡丹曾经听命于我那样。那时，有了嘴套的控制，卡丹也会再次落入我的掌控之中。

如果巨蛇最终成了一头穷凶极恶的滔天巨兽，如果它荼毒了空境的土地，那就让我成为统治怪物的蛇蝎女王，成为焦黑的空境之主；让我的红帽精灵父亲像个傀儡一样伴我身侧；让世人对我望而生畏，让我无所畏惧。

只有用他自己的鲜血，才能换来伟大君王的诞生。

让我得到望眼欲穿、梦寐以求的一切，让我感受权力带来的苦痛；让我凭着破碎的心活下去。

"我已经看过星图了。"巴芬说。一瞬间，我还沉浸在自己疯狂的想象中，没有回过神来听他说了什么。他深蓝色的袍子在晌午微风的吹拂下轻轻飞扬着。"但它们什么也没告诉我。星图没有给出明确的预言，那么未来的走向有可能会受一件关键事件的影响。在事件完结以前，无法得出任何定论。"

"那就不紧张了。"我喃喃自语道。

炸弹从阴影中走出来。"巨蛇现身了。"她说，"就在弯曲森林边上的海岸。我们必须尽快出发，以免它再次消失。"

"记住你们的阵型，"格里玛·莫格对她的部队大声喊道，"我们从北边进发。马多克的人会控制住南边，牙齿宫廷看好西边防线。保持距离。我们的目标是将巨蛇赶到女王的怀抱里。"

我新铠甲上的叶片碰撞在一起，发出悦耳的叮当声。我被扶上一匹高大的黑色骏马。格里玛·莫格则骑在一头雄壮的武装巨鹿背上。

"这是你第一次打仗吗？"她问我。

我点了点头。

"如果战争爆发，你只需要顾好自己的眼前事，打好自己的仗。"她对我说，"其他事情就让别人去操心。"

我又点了点头。马多克的军队出发了，朝着之前说好的位置移动。打头阵的是他的亲兵，那是他精挑细选后从至尊宫廷带走的步兵。紧接着就是支持他的低级宫廷的军队。当然，牙齿宫廷的士兵也带着冰雪制成的武器跟在后面。他们中的许多人肤色惨白，像浑身包裹着一层霜，有一些人甚至像死尸一样，白得泛蓝。我一点也不想跟这样的一支军队交战，无论是在今天还是以后。

白蚁宫廷跟在格里玛·莫格身后。罗本王那银白色的头发非常显眼，他骑在一头马形水怪的背上。当我向他望去时，他朝我敬了个礼。与他齐头并进的是沃尔德王的部队。奇怪的是，塞弗林并没有跟他的人类伴侣走在一起，反而与那个红头发的骑士并行，就是那个被妮卡茜娅的守卫打得流鼻血的人。此刻她看起来异常亢奋。

后方的宫殿里，薇薇、奥里安娜、希瑟和欧克都在等着我们，和他们一起的还有一支出色的宫廷守卫，以及来自低级和高级宫廷的许多大臣。他们会在城墙上观战。

我的手指紧紧攥着金色嘴套。

"高兴一点。"格里玛看到我的表情后对我说，她扶了扶脑袋上那一顶因浸满鲜血而僵硬的帽子。"我们的前方是荣耀。"

我们从树林中穿行而过。我忍不住想起从前我梦想着成为一名骑士时，脑海中浮现的正是这样的场景——面对拥有魔力的猛兽，我身穿铠甲，手握重剑，威风无比。但就和其他所有幻想一样，我忽略了这一切有多么可怕。

一阵惨烈的尖叫声划破长空，那是从前方的密林深处传来的。格里玛·莫格做了个手势，至尊宫廷的军队马上停止前进，分散开来。只有我继续往前走，躲避着一棵又一棵枯死的树木，艰难地行进，直到我看到大约三十英尺外巨蛇盘旋着的黝黑身影。我的马害怕地往后退，发出了惊恐的鸣叫。

我拿着嘴套，翻身下马，独自向巨蛇走去，向卡丹的化身走去。它的体积又大了些，比马多克的一艘战船还要长，它的脑袋硕大无比，如果张开嘴巴，一颗尖牙就有我背上宝剑的一半大。

它看了就让人胆战心惊。

我强迫自己朝那一片焦黑枯萎的草地走去。在巨蛇身后，我看到印着马多克新月徽章的旗帜在风中飘扬。

"卡丹。"我悄声说着。嘴套的金色皮带在我手里隐隐发亮。

仿佛是在回答我似的，巨蛇缩回了脑袋，长长的脖子绕着圈转动，像是在寻找出击的最佳时机。

"我是茱德，"我的声音紧张得发抖，"茱德。你喜欢我，记得吗？你很信任我的。"

巨蛇猛地朝我突进，从草地上飞一般向我袭来，我们之间的距离瞬间被拉近了。所有的士兵都分散开来；受惊的马匹纷纷抬起前蹄跳了起来；蟾蜍自顾自地向森林里跑去寻找遮蔽物，完全不管背上的骑士如何指挥；马形水怪则疯狂地往海里蹿。

我手里没有任何可以用来防卫的武器，只得将嘴套高高举起。我准备把它扔出去。但巨蛇突然在离我十英尺的地方停住了，原地扭动着身体。

它那双镶着金边的眼眸定定地望着我。

我浑身发颤，掌心湿透了。

我知道消灭敌人的办法，但我不想这么做了。

此时此刻，我站在大蛇面前，只能想到嘴套陷入卡丹肌肤里的可怕场景，只能想到卡丹永远为嘴套所困的痛苦。掌控他一举一动的想法曾经那么诱人。当他发誓臣服于我，当他在那一年零一天里必须听我命令时，我仿佛成了一个权势滔天的巨人，我手中的力量从未那样强大过。我能控制任何人，任何事。没有什么能伤害到我。

我朝巨蛇迈进一步，又迈进一步。我离它更近了，再一次被它那庞大的体积震慑住。我举起一只颤抖的手，贴在它黑色的鳞片上。那些黑色的甲片摸起来干燥且冰凉。

它的金色瞳孔没有告诉我答案，但我想起与我一同躺在房间地板上的卡丹。

我想起他嘴角狡黠的笑。

我想他一定很讨厌受到这样的控制。我怎么能将他锁在身边，还自私地说这是因为爱呢？

你已经知道如何破除诅咒了。

"我真的爱你，"我喃喃地说，"我永远爱你。"

我把金色嘴套塞回了皮带里。

我的面前有两条路，只有一条能走向胜利。

但我不想用这样的手段获得胜利。如果我真这样做，也许往后的每一天都会生活在恐惧中，也许权力最终会从我手中溜走，也许失去卡丹将是我无法承受的痛。

可如果我真的爱他，那我就只有一个选择。

我抽出背上的宝剑。这是可以刺穿一切的"诛心"。战前，我特意从塞弗林处将其借来，并带到了战场上。因为无论怎么否认，内心深处，我还是知道自己会做出怎样的选择。

巨蛇的眼神非常坚定，但聚集在周围的精灵们发出了惊讶的叹息声。我还听到了马多克的咆哮。

事情的结尾本不该如此。

我闭上双眼，但又忍不住睁开。我挥起诛心剑，朝巨蛇的脑袋砍去。只此一下，手起刀落，我便劈开了巨蛇的鳞片，砍断了它的骨头。它的脑袋滚落在我脚边，金色的瞳孔渐渐黯淡了。

鲜血喷涌而出，巨蛇的身体猛烈扭动，最后渐渐平静下来，变成一具死尸。我的手颤抖着将剑塞回剑鞘中。我全身抖如筛糠，连站都站不稳，膝盖发软跪倒在焦黑的草地上，跪倒在一片血污之中。

我听见贾雷尔王对我怒吼着，但我听不清他在说什么。

我好像也在尖叫。

所有精灵朝我拥来。我听见刀剑交锋的铛铛声，弓箭在空中嗖嗖地划过。但所有声音似乎都远在千里之外。

我耳边清晰地想起了瓦莱里安死前的诅咒。"我诅咒你的双手永远沾着血污。诅咒你只有死亡相伴。"

"你应该按我们说好的做。"贾雷尔王说着，挥动他的长矛，尖尖的矛头向下指着我。"你的任期不长了，凡人女王。"

接着，格里玛·莫格骑着牧鹿赶过来，用刀挑起他的长矛。他们的武器碰撞在一起，由于用力过猛不断发出"呲"的回响。"首先，我会杀了你，"格里玛对贾雷尔王说，"然后，我会吃了你。"

从不远处的密林中飞出两支黑色弓箭，深深地扎进了贾雷尔王的喉咙里。他随即从马背上滚落，牙齿宫廷的人惊恐地尖叫起来。我回过头，捕捉到炸弹白色头发的残影。

格里玛·莫格马上转过身去，和牙齿宫廷的另外三位骑士交手。她一定认识他们，也一定领导过他们，但此刻她挥刀的手却毫不留情。

我身边不断回响着凶狠的咆哮和叫喊声。渐渐地，战斗的声势弱了。从海岸边传来了一声雄壮的号角声。

在黑色的岩石后，海水翻腾出许多白色的泡沫。塞尔基族人从深深的海底浮起，他们身上耀眼的鱼鳞映衬着刺眼的日光。妮卡茜娅骑在鲨鱼背上，和自己的族人一起现身。

"深海宫廷与空境的土地和至尊女王结为同盟，"她大声宣告，整个战场都能听见她的声音，"放下手中的武器。"

没多久，深海宫廷的军队就登陆了海岸。

马多克站在我面前。他的脸颊和额头上都沾上了血渍。他满脸兴奋，这是一种让人感到恐怖的邪恶的喜悦。这是红帽精灵注定的命运，他们生来就是为了鲜血、暴力和谋杀。我想，他内心深处也许很高兴能与我分享此刻吧，哪怕我们是敌人。"站起来。"

我已经听够他的指令了。我强迫自己站起来，手放在皮带里的金色嘴套上，那个嘴套绑着马多克的头发，我本可以用嘴套控制他。我现在依然可以用嘴套控制他。"我不会和你战斗的。"我冷漠地说，"我虽不想看到嘴套皮带扎进你的肉里，但要是真发生了，我也不可怜你。"

"不用再威胁我了，"他说，"你已经赢了。看。"

他掐着我的肩膀，将我往回拗，让我看巨蛇那具庞大的尸体。一阵恐怖的战栗像闪电一般传遍我全身。我试图挣开他的手。紧接着，战场上的动静渐渐平息了，所有精灵都盯着巨蛇。它的身体里射出一阵夺目的金光。

从万丈光芒中，卡丹走了出来。卡丹，浑身一丝不挂，覆盖着血水，走了出来。

他还活着。

只有用他自己的鲜血，才能换来伟大君王的诞生。

战场上的人纷纷跪倒在地。格里玛·莫格跪下了，罗本王也跪下了，就连片刻前还在相互厮杀的士兵都双膝跪地。妮卡茜娅在海面上遥遥张望着，所有人都向至尊王行礼，他终于涅槃重生。

"我向你投降，"马多克压低了声音，对我说，"只向你投降。"

卡丹向前走了一步。脚步刚落，他脚下的土地就裂开了一道口子。他接下来的每一步都将空境坚硬的土地踏裂。他说话时，像敲响了震天的鼓，雄浑的声音回荡在整个战场上。"诅咒破除。至尊王归来。"

现在的他，由内而外散发出和巨蛇一样令人毛骨悚然的可怕气息。

但我不在乎，我冲向他的怀抱。

第二十七章

卡丹的手指用力地抓着我的后背。他在发抖，我无法确定这是诅咒的余威还是恐惧的余震。但他紧紧地拥抱着我，仿佛我是世界上唯一坚实的依靠。

几位士兵朝我们走来，卡丹猛地松开我。他活动活动下巴，摆摆手拒绝了一位想给他穿上外套的骑士，虽然他现在一丝不挂。

"我都裸奔好几天了，"至尊王慢吞吞地说着，眼里透出一丝酸楚，但所有人都沉浸在震惊中，没有人发现。"为什么现在要穿衣服呢？"

"你羞不羞啊？"我无奈地挤出几个字，配合着他，没想到他还能开诅咒的玩笑。没想到他还有心情开玩笑。

他咧开嘴，朝我露出一个笑，但眼底却毫无笑意。我明白这个笑容只是伪装。"我全身上下的细胞都欣喜若狂。"

看着他，我的胸口却一阵阵疼。我感觉自己喘不过气来。虽然他就活生生地站在我面前，但失去他的痛苦没有减少分毫。

"女王陛下，"格里玛·莫格向我行礼，问道，"是否要将您父亲囚禁起来？"

我犹豫了，回想着刚才我用金色嘴套威胁马多克的时刻。"你已经赢了。"

"是，"卡丹说，"囚禁他。"

一辆马车驶了过来，在不平整的石头路上"咯啦""咯啦"地晃动着。格里玛·莫格大声喊着指令。两位将军给马多克的手腕和脚踝套上镣铐。沉重的锁链低垂，任何轻微的动作都会让它发出声响。士兵将马多克带走了，弓箭手的准星始终瞄在马多克身上。

他的军队也弃械投降，宣誓效忠。我听见精灵扇动翅膀的扑簌声，士兵脱下盔甲的叮当声和伤者一声声的哀号。红帽精灵摘下帽子，沾上新鲜的血液。有一些精灵开始啃食尸体。空气中弥漫着呛鼻的黑烟和海水的咸味。黏稠的血腥和苔藓的腥臭搅和在一起。哪怕只是一场小规模战争，酣畅淋漓的血战后依然要面对血肉横飞、生灵涂炭，胜者高歌，败者遭到蚕食。

只要回到宫殿，人们就会开始狂欢，庆祝胜利的时间会比作战的时间还要长。

在返回宫殿的马车里，卡丹疲惫地瘫坐在椅子上。我盯着他，看着他身体上干结的一道道血痕，还有黑色的卷发上凝固的水泥一般的血块，强迫自己将目光转移到窗户外面。

"多长时间了？距离我 ——"他欲言又止。

"连三天都不到，"我对他说，"眨眨眼就过去了。"我没有告诉他的是，这三天里的每一分每一秒，我的内心有多么煎熬，每一天都像度日如年。

我也没有告诉他，他差点就要一辈子困在巨蛇的身体里，差点就要戴上永恒的金色枷锁。他也很有可能会死去。

他很可能会死的。

这时，马车停下了，仆人招呼我们出去。他们为卡丹送上一件宽大的丝绒斗篷，这一次，卡丹没有再拒绝了。他把它披在肩上，与我一起快步穿过了寒风凛凛的地下宫殿。

"也许您会想要洗个澡。"蓝达林体贴地提议道。

"我想看看王座。"卡丹说。

没有人阻止他。

王座大厅中一片狼藉，倾倒的桌子和腐烂的水果污浊不堪。地面的巨大裂缝一直延伸到王座处。王座上的裂缝仍在，通体的花朵已尽数凋零。卡丹伸出手，五指一张，地上的碎石、岩块、沙土纷纷滚落回缝隙中，将其重新填充起来。接着，他收拢手指，分裂的王座焕然一新，上面的石楠花也重新盛放，将整个宝座包裹起来。忽然，原先的一尊王座变成了两尊。

"你喜欢吗？"他略带得意，明知故问。

"了不起。"我赞叹道。

他终于露出满意的表情，才允许蓝达林带我们到宫廷套房去。套房里站满了人——仆人、将军，还有常务委员会的大部分成员都在。仆人们已经为至尊王做好了沐浴准备。华丽的酒杯也已准备到位了，亟待人们用美酒灌满。法拉吟唱着一首关于蛇王的歌谣，卡丹看起来既有些享受他的歌颂，又有些不堪其扰。

我不想在这么多人面前脱下我的盔甲，让他们看到我身上的斑斑血迹，便偷偷溜回了自己的房间。

我一打开门，竟然看到了希瑟。她坐在沙发上，一看到我便站了起来，手里还抱着一本厚厚的书。她的粉色头发已经有些褪色了，不过除此之外，她整个人看起来朝气蓬勃。"恭喜你，这样说会不会很奇怪？我不知道对一场战争，应该说些什么，但我听说你赢了。"

"我们赢了。"我对她笑了。

希瑟摸了摸脖子上挂着的两串手工粗糙的花揪果项链，说："这是薇给我做的。让我戴着参加庆功宴。"说罢，她似乎才注意到我身上的不同之处。"那不会是你的血吧——"

"不是，"我说，"我没事，只是有点恶心而已。"

她缓缓地点了点头。

"还有卡丹，"我说，"他也没事。"

她手里的书滑落到沙发上。"他已经不是一条大蛇了？"

"不是了，"我说，"但现在我感觉自己呼吸有点急促。是这样说的吗？我呼吸得太快了。头晕。"

"这里没有人懂得人类的医学，对吗？"希瑟走过来，在我的盔甲上摸索着，"我帮你把盔甲脱下来，看看会不会好一点。"

"跟我说话，"我说，"跟我说一个故事。说什么都行。"

"好，"她说着，还在研究怎么脱下我的盔甲。"我听了你的建议，和薇谈过。最后，我告诉她我并不想清除关于她的记忆，也很抱歉让她许下那样的承诺。"

"她高兴吗？"我和希瑟一起解开盔甲的第一个扣子。

"我们大吵了一架，吵得歇斯底里。"她说，"也大哭了一场。"

"哦。"我略感遗憾地说。

"你还记得那个神话故事吗？就是那个一条蛇有帮它包办一切的直升机父母，而且还娶了人类公主的故事？"

"直升机父母？"我喃喃地重复着。还没听到故事的结尾我就睡着了，可能确实漏了这个环节。

"当王子的蛇皮被烧毁之后，公主必须通过考验才能寻回他。所以，我告诉薇她也要通过考验。我要她重新与我相识，而且这一次要好好表现，一开始就告诉我实话。让我重新爱上她。"

"该死的。"最后一个锁扣终于解开了，整副盔甲哐当一声摔在地上，我这才意识到希瑟成功分散了我的注意力，我的呼吸也恢复正常了。"这还真是神话传说一般的爱情。一个考验。"

希瑟握住我的手。"如果她成功，那我所有的记忆都会恢复。如果她失败了，今晚将会是我们最后一次见面。"

"我希望你能在宴会上开怀畅饮。"我将她紧紧抱在怀中。"我更希望的是薇做得足够好，好到能再一次牵起你的手。"

房门突然打开，奥里安娜走了进来。一看见我，她的神色有些慌张，马上低头行礼，额头几乎都要贴到地板上了。

"你不需要这样，"我说。她马上用尖锐的眼神瞪了我一眼。看得出来，她对我这位至尊女王的言行举止有很多意见。我心中一阵暗喜，无论她心中有多少不满，都不能干涉我分毫，因为这是她要遵守的礼节。

奥里安娜站直身子。"我希望你能对你父亲仁慈一些。就算不为你自己，也要为你弟弟考虑。"

"我已经格外开恩了。"说着，我拿起地板上的盔甲，走出了房间。

我不应该离开宫廷套房的。过去我总是让卡丹站在台前，自己则在暗地里操纵一切。这是我的老习惯，而且我也不愿意承受那么多人紧迫的目光。但一离开卡丹，我心中便生出一种虚幻之感，我害怕他身上的咒语没有被完全破除，我害怕这一切只是一场梦。我加快脚步，沿着来时的路往回赶，身上只穿着软垫甲和护腿的腿套。

我回到套房内，却发现卡丹已经消失了，所有的大臣也都不见了。浴池里的水仍是温热的，烛火也亮着，但房间里空无一人。

"我又把水加满了。"塔特不知道从哪里冒出来，吓了我一跳。"来吧，你整个人乱七八糟的。"

"卡丹去哪里了？"我问，顺便扯下了身上的衣服。

"王座大厅，还能去哪儿？"她说，"是你迟到了。但一战成名的英雄就应该最后登场。我会让你惊艳全场的。"

"听起来你可有得忙活了。"我说着，顺从地走入浴池。水面上的樱草花瓣被我搅动得漂向四方。热水浴极大地舒缓了我酸痛的肌肉。我将整个身体浸入水中。在这一系列骇人听闻又事关重大的事件终于尘埃落定后，不得不独自回味此前不愿面对的种种复杂的情感，才是最麻烦的。我担惊受怕了这么多天，现在本应感到如释重负，但我脑海中只有一个念头，就是拉着卡丹一起躲在王座大厅的餐桌下，亲自确认他完好无损地回来了。

如果他有兴致的话，也许还能好好说一会儿话。

我从水底冒出来，将贴在眼前的头发抹到脑后。塔特递给我一条毛巾。"擦掉你手指上的血。"她说。

她又将我的头发编成两只羊角，只不过这一次用了金色丝线作为发丝间的装饰。她为我准备了一件青铜色的天鹅绒束腰外衣，外衣之上，又给我披上了一件青铜色的皮斗篷，斗篷的领口高耸且外翻，非常华丽，尾部则是宽大飘逸的裙摆，只要一丝微风就能轻盈地飞起来。最后，她为我戴上了一双铜色的宽袖口手套。

如此显赫不凡的礼服，就算殿堂门口没有号角声宣告我的到来，我也无法悄无声息地溜到宴会上。

"恭迎至尊女王，茱德·杜尔特。"门口男侍者洪亮的声音穿透了整个大厅。

我看到卡丹坐在宴会主桌的一端。即便隔着遥远的距离，我也能感觉到他炽热的目光。

大厅中央摆放着许多长宴会桌，让人们坐下来享受美食。每一个大盘子里都装满了食物：挖成球状的果肉、坚果、塞满蜜枣的面包……空气中飘荡着蜂蜜酒的甜味。

我听见演奏者争前恐后地吟唱着自己最新谱写的歌曲，大部分都是歌颂巨蛇至尊王的，不过我至少听见了一首关于我的歌，只是内容差强人意：

我们的女王收剑入鞘，闭上双眼。

她说："我以为这条蛇会再大一点。"

仆人们从厨房里鱼贯而出，每个人手上都捧着一个大托盘，盘子里是堆积如山的浅色肉块。肉的做法各有不同：或炭烤，或油煮，或烘炙，或炖汤。我过了好一会儿才反应过来眼前的是什么。是巨蛇的肉。那一条庞然巨物曾是至尊王的化身，从它身上切下来的肉也许能增强精灵的魔力。看着眼前的食物，作为人类的我清晰地感受到了强烈的不适应。精灵世界里，总有让我感到惊悚的事。

我希望卡丹没有不舒服。虽然他表现得很是愉悦，甚至还和往自己盘子里堆满肉块的大臣们谈笑风生。"我一直觉得自己秀色可餐。"他嘴上这么说，但我注意到他一口都没有吃。

我又一次想象着自己躲在餐桌下的样子，就像我小时候那样，就像我在加冕礼上那样，和他一起躲起来。

但我没有这么做，我走到主桌，找到自己的位置——也就是卡丹的正对面——坐了下来。我和卡丹隔着满桌的银器、餐具和烛光，遥遥相望。

接着，他站了起来，大厅内所有的精灵都安静了下来。"明天，我们会将所有事情处理完毕，"他说着，高高举起手中的酒杯，"今夜，就让我们铭记我们的胜利，我们的计谋以及我们给彼此带来的欢乐。"

所有人都举起酒杯，一饮而尽。

宴会上的歌曲没有停歇——似乎有无穷无尽的曲目可供吟唱——还有数不清的佳肴，即便我这样的凡人也能大快朵颐。我看见希瑟和薇薇穿行在餐桌间，还跳着舞。我看见蟑螂和炸弹躲在新王座的阴影里，蟑螂正往炸弹嘴里扔着葡萄，每一颗都准确地扔进了她的嘴巴，没有一颗失手。格里玛·莫格正和罗本王讨论着什么事情，她盘子里的食物堆得高高的，一半是巨蛇肉，另一半是一种我叫不出名字的肉。妮卡茜娅坐在荣耀的席位上，距离主桌不远，她的随从也坐在她身旁。我看见塔琳坐在一位乐师边上，手舞足蹈地跟他说着什么。我看见了幽灵，他和刚才的我一样，也注视着塔琳。

"打扰一下。"这句话将我的注意力拉了回来，我看见钥匙部长蓝达林走到了卡丹的身后。

"委员，"卡丹应着，身子往后一躺，靠在桌子上，俨然一副喝多了的慵懒模样。"你是想来几块蜂蜜小蛋糕吗？我递给你就是了。"

"关于那个囚犯——马多克——以及他的军队和牙齿宫廷的残余势力的事情还没处理好，"蓝达林说，"其他很多事情也需要与您商谈。"

"明天，"卡丹坚持道，"或者后天，或者下一周再说。"说罢，他径直站起身，将杯中的酒一饮而尽，然后放下酒杯，朝我走来。

"赏脸跳个舞吗？"他问着，伸出了手。

"你也许还记得我不擅长舞蹈。"我说着，站了起来。我们上一次跳舞是在达因王子的加冕礼上，就在变故发生之前。当时的他已经醉得不省人事了。

*你真的恨我，对吧？*他当时这么问道。

*几乎跟你恨我一样多。*我当时也毫不客气地回答。

卡丹牵着我的手，走到舞池中央，舞池边的小提琴手不断加快音乐节奏，所有人的舞步都越来越快，越来越快。大家不断地旋转着，跳跃着。我们双手紧握在一起。

"我不知道应该就哪件事先向你道歉，"我说，"是砍了你的头，还是拖了这么长时间才动手。我不想抹杀最后一点你存在的痕迹。而且我怎么也想不到，你竟然还活着。"

"你不知道我等你这句话等了多久，"他说，"你不想我死。"

"如果你敢取笑我的话，我会——"

"杀了我？"他扬起一双黑色的剑眉，反问道。

我真讨厌这个男人。

接着，卡丹抓住我的手，将我带离人群，走向他以前带我去过的密室，就在王座的高台的背面。那里仍和我记忆中的一样，厚厚的墙壁上长满青苔，天花板上布满散发微弱亮光的蘑菇，地上摆着一张矮沙发。

"只有在心烦意乱的时候，我才会表现出冷酷或嘲讽。"他说着，在沙发上坐下了。

我松开他的手，站在原地。我曾发誓，如果有机会，一定要做这件事。只要有机会，我就要第一时间做这件事情！

　　"我爱你。"我脱口而出，含糊地说了这三个字。

　　卡丹大吃一惊。也许是我说得太快了，他没听清我说了什么。"你不用同情我，"他沉思良久，终于开口说道，"也不用因为我中了诅咒就这样。以前，我求你对我撒谎，就是在这个房间，但现在，我求你不要对我说违心的话。"

　　我想起自己对他说过的谎言，双颊火辣辣的。

　　"我不是一个能轻易得到爱的人。"他说。我耳边响起他母亲对他的评价，和他现在说的话如出一辙。

　　我曾想象过自己向他表达爱意的场景，我以为说出这些话会像扯下绷带那样痛苦且迅速。但我没有想过他会质疑我。"我开始对你有好感，是在我们去找低级宫廷的统治者协商时，"我说，"那时候你很幽默，让我感觉很新奇；后来我们去了空空宫，你展现出自己的机智。我时常会想起，你在达因的加冕礼后带我逃离宫殿的时刻，虽然之后我又把匕首架在了你的脖子上。"

　　卡丹没有打断我的话，所以我只好接着说下去。

　　"在我用计骗你当上至尊王之后，"我说，"我想，如果你恨我，那我大可以像从前那样恨你。但我做不到。我感觉自己非常愚蠢。我以为你会让我心碎。我以为这会成为你攻击我的弱点。但你又将我从深海宫廷里救了出来，你明明可以不管我，可以让我在海底腐烂而死的。在那之后，我开始希望自己的心意能够得到回应。但紧接着就是流放——"我匆忙地吸了一口气，"也许，是我把自己的心意隐藏得太深了吧。我以为，如果我不那样做，如果我放任自己去爱你，我就是在飞蛾扑火，玩火自焚。我会像一只火柴盒一样被烧得一干二净。"

　　"但你现在已经解释清楚了，"他说，"而且你确实是爱我的。"

"我爱你。"我明确地告诉他。

"因为我又机智，又幽默，"他微笑着说，"你怎么没有提到我的帅气。"

"我也没有提到你有多'秀色可餐'。"我说，"这两点可都是你的优良品质。"

卡丹一把拉过我，让我倒在他怀里。我凝视着他深邃的双眸和柔软的双唇，擦去他精灵耳尖上一块干了的血渍。"变成巨蛇，"我说，"感觉怎么样？"

他迟疑了一会儿。"感觉像是困在一个黑洞里，"他说，"我很孤单，唯一的想法就是要冲破这片黑暗。我也许没有完全变成动物，但也不是完整的自己。我失去了思维能力。只剩感官和一些感觉——仇恨、恐惧和想要摧毁一切的感觉。"

我正准备开口说话，他用眼神制止了我。"还有你。"他看着我，嘴唇微张，看不出是不是在笑。这样的表情似乎比微笑更有深意，又似乎什么也没说。"我什么都忘了，唯独记得你。"

当他亲吻我时，我才终于觉得自己能重新呼吸了。

后 记

一周后，我的加冕礼正式举行。我没想到有这么多低级宫廷的统治者和国民会千里迢迢地赶来见证。有趣的是，他们中有许多人甚至煞费苦心地带上人类前来，这些人类的身份不一，或为宾客，或为养子女，或为艺术家，或为爱人伴侣。这么努力地想要讨好我，在空境也算是空前绝后了，当然也是一种可喜的变化。

卡丹钦点了三位精灵工匠，负责制造宫廷的器具。第一位是马罗嬷嬷。第二位是一位看起来有一定年纪的鬼怪，他的整张脸仿佛都藏在了编成辫子的浓密胡须里。第三位人类工匠给我带来了意外惊喜，他竟然和我父亲认识。我和这位泽西·罗伯特见面后，他先是夸赞了暗夜剑一番，又跟我说起了十年前和我父亲一起参加会议时发生的一件趣事。

宫廷工匠自上岗后一直忙碌着。

加冕礼于傍晚正式召开，地点选在因斯伊尔岛。我们沐浴在灿烂的星空下，地上摆着熊熊燃烧的火盆，空中飘扬着海浪的飞沫，弥漫着海洋的味道，月光铺洒在脚下的夹竹桃花瓣上。

我穿着深绿色的礼服长裙，双肩和两袖上都覆盖着乌鸦的黑色羽毛；卡丹则身着紧身上衣，以亮眼的甲虫翅膀作为点缀；穿着蓝色长袍的巴芬——胡子上挂着许多精美的饰品——会是仪式的主持人。

欧克穿着一袭白衣，只有金色纽扣做简单的装饰。塔琳亲吻了他的额头作为鼓励，因为他将亲手为我和卡丹戴上王冠。"高级宫廷一直延续着绿石楠王朝的传统，"巴芬大声宣告着，"只有血亲能为血亲戴冠加冕。虽然王冠已毁，效忠的誓言也已作废，但我们仍要遵循传统。因此，至尊王，请你接受由欧克——你的血亲以及继承人——为你戴上的新王冠。"

欧克听到自己被称为继承人时，似乎不太高兴，但他还是从软枕上拿起王冠，那是一顶金光灿灿的圆形王冠，冠边镶嵌了九片金叶子。作为至尊王，卡丹不应该向任何人低头，所以薇薇安只好将欧克一把抱了起来。欧克大笑一声，将王冠放在卡丹的头上，围观的人们也会心一笑。

"空境的子民们，"巴芬仓促地说着卡丹从未在加冕礼上说过的惯例仪式语，"你们是否接受绿石楠家族的卡丹作为至尊王？"

人群爆发出一阵热烈的回应。"我们接受。"

接着，轮到我了。"不管在哪个宫廷，出现两位统治者都是罕见的。但是，你，茱德·杜尔特，至尊女王，向我们展现了两位统治者的优势所在。当高级宫廷受到威胁时，你挺身而出，直面敌军，破解了可能毁灭空境的诅咒。前来接受由欧克——你的弟弟以及继承人——为你戴上的王冠。"

我向前走，薇薇安把欧克重新抱在怀里。欧克松开手，王冠"噗"的一声卡在我的脑袋上。我的王冠和卡丹的一模一样，而且重量也超乎我的想象。

"空境的子民们，"巴芬说，"你们是否接受茱德·杜尔特作为至尊女王？"

有那么一会儿，连空气都沉默了。就在我以为他们要将我赶下台时，终于有人开了口，"我们接受。"

我朝卡丹开怀一笑。他也朝我微笑，但似乎有一些惊讶。也许我以前很少这么毫无顾忌地笑吧。

卡丹看向站在我们面前的人。"现在，我们要嘉奖忠臣，惩罚叛徒。首先，是给予奖励。"

卡丹朝一位仆人使了个眼色，仆人便将马多克的宝剑呈上，就是那一把能劈开空境王座的利剑。

"献给格里玛·莫格，我们的大将军。"他说，"你将拥有格瑞森的遗作，只要你效忠于宫廷，它就是你的武器。"

她先是鞠了一躬，而后右手握拳放于心脏处，接受了宝剑。

卡丹接着说："塔琳·杜尔特，我们的审问一直没有结果。但现在，我宣布审问正式结束，你不再是犯罪嫌疑人。至尊宫廷对审问结果没有异议。我们将把洛基名下的所有房产和土地都转移至你和你的孩子名下。"

人们有些窃窃私语。塔琳向前一步，屈膝行礼表示感谢。

"最后，"他说，"我们希望影子会的三位成员走上前来。"

幽灵、炸弹和蟑螂走上了撒满白色花瓣的地毯。他们每个人身上都裹着大斗篷，从头到脚遮得严严实实，甚至脸上都戴着黑色网罩。

卡丹招了招手，三位侍者走了过来，每人手里都捧着一个软枕，软枕上各放了一张银色面罩，没有性别之分，只是一张扁平的金属面具，在嘴巴的位置有微小的凸起。

"你们是阴影中的潜行者，但我希望你们也能与我们一起站在光明中，"卡丹说，"我赐你们一人一张面具。只要戴上它，就没有人能辨认你们的体型和声音；只要戴上它，你们就能够在空境内来去自如，没有人能阻挡你们。每一个房间里的壁炉都会对你们敞开，包括我的。"

他们一起朝卡丹鞠躬，然后拿起面具戴在脸上。刚把面具戴好，每个人的身体周围就出现了朦胧的幻影。

"感谢您，我的王。"其中一人说道，就连我这个如此熟悉他们的人都分不清是谁在说话。但是，面具也有无法掩盖的动作，比如说当他们再一次鞠完躬准备退下时，其中一人牵起了另一人的手。

又比如说另一张戴了面具的脸始终注视着塔琳的方向。

接下来轮到我发言了。我的胃紧张得直打颤。卡丹坚持要让我对犯人进行审判。胜利是你靠战斗得来的，他告诉我，还有无数不为人知的艰辛工作，所以理应由你来决定他们的命运。

无论我选择怎么样的惩罚，是处决，流放，还是诅咒，对犯人来说都是应受的——如果能展现出一丝智慧，人们就更赞同了。

"现在，把犯人带上来。"我说。欧克已经退到一边，站在塔琳和奥里安娜中间。

两位骑士走过来，单膝跪地。其中一人先开口了。"我受命为那些和我有同样经历的人求情。我们原为宫廷军队的成员，但在誓言失效后，我们选择了和马多克一起前往北方。我们背叛了至尊王，而且——"说到这里，他变得结结巴巴的，"妄图终结他的统治。我们错了。我们希望能获得赎罪的机会，让我们证明从今天开始，我们将忠诚于至尊宫廷。"

另一位骑士开口了。"我受命为那些和我有同样经历的人求情。我们原为宫廷军队的成员，但在誓言失效后，我们选择了和马多克一起前往北方。我们背叛了至尊王，而且妄图终结他的统治。我们不希望赎罪。我们将忠诚于自己的将军，哪怕要接受惩罚，也不愿跟随他人。"

我瞥了人群一眼，看向那些为空境浴血搏杀的士兵，为逝者哀悼的子民——那些死去的精灵原本可以再活几个世纪。我深吸一口气。

"严格来说，高级宫廷中的士兵都该被称为'猎鹰'，"我的声音没有一丝犹豫和颤抖，稳稳当当的，连我自己都感到惊讶，"那么，那些不愿赎罪，一心谋逆的人，你们就变成猎鹰，盘旋于空中，尽情捕猎吧。只有坚持一年零一天不杀生的人，才能回归自己的真实形态。"

"不杀生，我们以什么为食呢？"那个骑士问道。

"总会有人大发善心让你们活下来的，"我尽可能用冷酷无情的语调回答道，"至于那些愿意赎罪的人，我们接受你们的誓言和拥护。你们将再次成为至尊宫廷的一员。但你们身上将被打上背叛者的标记。你们的双手将永远呈现红色，象征着你们渴望洗去的血污。"

卡丹鼓励地朝我笑了笑。蓝达林似乎对我独自惩罚罪人有所不满。他清了清喉咙，却不敢真的打断我说话。

下一个犯人是牙齿宫廷的诺尔夫人。苏伦女王亦步亦趋地跟在她身后。苏伦的王冠依然被缝在脑袋上，虽然她的手腕上已没有了镣铐，但镣铐穿过肌肤形成的伤口还在。她的手依然皮开肉绽。

我让仆人呈上还没有用武之地的嘴套。

"我们已经表示了愿意跟随你，"诺尔夫人单膝跪地，说，"我们跟你谈好了条件，是你破坏了我们的约定。放我们回去。难道我们受到的惩罚还不够多吗？"

"贾雷尔王给我设了圈套，想让我成为他的奴隶。你知道这件事吗？"我看了一眼嘴套，问她。

她是精灵，无法撒谎，只得保持沉默。

"你呢？"我问苏伦。

那个女孩发出了一声惊悚而狂野的笑。"我知道他们隐藏的所有秘密。"她的声音软绵无力，而且沙哑，似乎很久没有说过话了。

我的袖子动了动。我低头一看，没想到是欧克来到了我身边。他示意我低下头听他说话。看到我俯下身子，蓝达林的眉头皱得更紧了。

"你之前不是说我们帮不了她吗？"他说，"现在，我们可以帮她了。"

我站直身子，与他四目相对。"你想为苏伦女王求情？"

"是的。"他说。

我让他回到奥里安娜身边，同时心里也有了一丝希望，也许他日后会想成为至尊王的。"我的弟弟为你争取了宽大处理。苏伦女王，你是否愿意发誓效忠至尊宫廷？"

她看了诺尔夫人一眼，似乎是在征求意见。诺尔夫人点了点头。

"我听从您的命令，至尊女王，"女孩说着，看向卡丹，"还有至尊王。"

我看向诺尔夫人。"我希望你能向你的女王宣誓效忠。"

诺尔夫人目瞪口呆地看着我。"我当然愿意向您宣誓——"

我摇摇头。"不。我希望你向她效忠。你的女王。牙齿宫廷的女王。"

"苏伦？"她六神无主地四下张望，似乎在寻找一个逃跑的出口。从我见到诺尔夫人的第一面到现在，这是我第一次看到她露出害怕的表情。

"没错，"我说，"向她宣誓。她是你们的女王，不是吗？你要么现在发誓，要么就自己戴上嘴套。"

诺尔夫人咬紧后槽牙，咬牙切齿地说出了誓言。尽管并不情愿，但她还是说了。苏伦女王的表情变得诡异、冷漠。

"很好，"我说，"至尊宫廷会保管这个嘴套，希望永远不要有用到它的那一天。苏伦女王，由于我弟弟为你求情，我会让你回到北方，不附加其他惩罚，只一条——从此不再有牙齿宫廷。"

诺尔夫人倒抽一口凉气。

我接着说："我们将收回你的土地，褫夺你的封号，查封你的堡垒。如果你，诺尔，胆敢违抗命令，别忘了，今后能惩罚你的，是你发誓效忠的苏伦女王。她可以用任何方式对待你。走吧，你应该感激欧克的宽容。"

不再是女王的苏伦露出一个毫不友善的笑容，我才注意到她的牙齿竟然被削尖了。尖尖的牙齿末端上还残留着一抹可怕的红色污渍。我第一次想到一种可能性，也许他们给苏伦戴上嘴套，是害怕她会做出某些事。

最后一位登场的犯人是马多克。他的手腕和脚踝都戴着沉重的金属锁链，从他痛苦的表情来看，那锁链应该是生铁制的。

他既没有下跪，也没有哀求。只是一会儿看看我，一会儿看看卡丹，接着又看向欧克和奥里安娜。我看见他的下巴动了动，但除此之外再没有其他动作了。

我想说点什么，却感觉喉咙发不出声音。

"你没什么想说的吗？"卡丹问他，"你以前可是滔滔不绝的。"

马多克朝我歪了一下脑袋。"我在战场上就已经向她投降了。还要说什么？战争结束了，我输了。"

"你会心甘情愿地面对处决吗？"我问道。我听见不远处的奥里安娜惊讶的吸气声。

但马多克仍笑着。似乎已经放弃抵抗了。"我从小就教你不要妥协。我只求一死。干脆利落，不要顾念我们之间曾经的爱。还有，我并不怨恨你。"

战争结束以后，我便心知肚明自己将要对他施以惩罚。我在脑海中反复思量应该给他什么样的刑罚。我要考虑的不仅是他的军队，他的挑战，不仅是我们在雪夜中的决斗，还有许多陈年往事，那些永远横亘在我们之间的罪孽。我是否应该为亲生父母报仇？那是不是他亏欠我的血债？马多克会理解的。他会明白在责任面前，爱不足以成为借口。

但我同样疑惑，作为我父母的女儿，我是否应该像他们那样，对爱与责任有着更宽容的理解。"我曾说过，我是你一手造就的产物，但我远不止如此。自小你便教育我不要妥协，但我学会了仁慈。我愿意对你网开一面，只要你能展现你的诚意，让我知道你值得。"

马多克惊讶地看着我，眼神中透露出疲惫。

"女王陛下，"蓝达林插了一嘴，显然无法忍受我做出这样的决定。"虽然你可以决定所有——"

"安静。"卡丹的态度完全变了，语气十分尖刻。他看向蓝达林，仿佛下一个惩罚就要落在这位钥匙部长的身上。接着，卡丹朝我点了点头。"茱德正要说到有趣的部分。"

我始终凝视着马多克。"首先，你发誓自己会忘了那个名字。你要将它从脑海中抹去，此生不能再说或是写出那个名字。"

　　"需要我先把名字告诉你吗？"马多克问道，嘴角扬起一个不易察觉的笑容。

　　"我不想。"现在这个场合，似乎不适合告诉他我早就知道那个名字了。"第二，你必须发誓向我们效忠，永远顺从我们。"我接着说，"第三，你必须先完成前面两件事，然后我再宣布对你的惩罚。"

　　我看得出来马多克在和自己的自尊心作斗争。他内心有一个声音告诉他要像那些放弃赎罪的士兵一样，维护自己的骄傲；有一个声音让他挺直腰杆，尊严地踏入坟墓。但还有一个声音让他珍惜活命的机会，不要自寻死路。

　　"我想要你的仁慈，"他挣扎良久，终于开口，"或者，像你说的，对我网开一面。"

　　我深吸一口气。"我罚你，在人类世界度过余生，且不得再触碰任何武器。"

　　他紧紧地抿着嘴巴，接着鞠了一躬。"遵命，我的女王。"

　　"再见，父亲。"我看着他离去的背影，喃喃地说道。我的声音很轻，他应该听不见。

　　在加冕礼后，塔琳和我一起送别薇薇和欧克，他们要回人类世界了。既然战争已经结束，欧克其实可以回到空境，在宫廷学院中上学，就像塔琳和我从前那样。但他执意要在人类世界多待一段时间，不仅仅是因为他在那里度过了一段快乐的时光，还因为奥里安娜决定搬离空境，去和马多克一起生活——欧克想念他的父母了。

过去一周，薇薇一直在空境和人类世界之间穿梭，忙着和"刚刚认识"的希瑟约会。现在，她打算永远离开空境了。此时她正忙着将野玫瑰果酱、蛛丝外套和其他想带走的东西打包起来。她一边忙活，一边梳理着要跟自己的父亲马多克解释多少人类世界的新鲜玩意儿，"比如说电话，"她说，"还有怎么在杂货店买东西。哦，这简直太好玩了。真的，将他流放是你送给我的最好的礼物。"

"你应该知道他如果无聊过头了，就会开始操控你的生活吧，"塔琳说，"或者说帮你策划如何攻占旁边的公寓大楼。"

听了塔琳的话，薇薇脸上的笑容凝固了，反而是欧克开始"咯咯咯"地笑了起来。

塔琳和我帮薇薇打包了四个装得鼓鼓囊囊的大鞍囊，虽然薇薇已经在她家附近种了足够多的千里光草，随时可以回来拿东西，但她的行李还是多得吓人。格里玛·莫格还给薇薇列了一张单子，让她帮忙从人类世界带些东西回空境。大部分是速溶咖啡和辣椒酱。

出乎我意料的是，卡丹竟然说要跟我们一起去人类世界。

"你一定要来，"塔琳说，"我们可以举办一场派对。毕竟你们两个结婚的时候都没有庆祝呢。"

我不认为卡丹会喜欢这样的安排。"哦，我们不在意的。我们不用任何——"

"那就这样决定了，"薇薇拿定主意了。真是我的大姐。"我敢说卡丹一定没有尝过比萨。"

欧克听到薇薇这样说，感到非常震惊，于是开始介绍不同配料的比萨，有菠萝比萨，香肠比萨还有凤尾鱼比萨等等。我们还没到人类世界呢，我就已经开始担心了。毫无疑问，卡丹会很讨厌这一切，我只希望他不要对此感到过分厌恶。

我还没有找到拒绝卡丹同行的理由，我们就开始将鞍囊绑到千里光马身上了，紧接着，我们就在海洋上方飞翔，不一会儿就在公寓旁的一片空地上着陆了。好在这片空地比较隐蔽，薇薇的邻居们看不见我们。

我翻身下马，看着脚下干枯的草地，闻着空气中汽车尾气的味道。我担忧地看向卡丹，怕他会嫌弃地皱鼻，但他只是表现出好奇的样子。他先是注视着一扇扇亮着灯的窗户，然后又望向汽车轰鸣的高速公路。

"时间还早，"薇薇说，"比萨店不远，咱们可以走着去。"她上下打量我们一番，"不过，我们还是先回公寓去换衣服吧。"

我明白她的意思。卡丹看起来像是刚从哪个戏院的舞台上结束演出回家的演员，就算他能用魔法换衣服，我猜他也不知道该换成什么样子的。

薇薇给我们开了门，又拿出咖啡粉倒进咖啡壶，还在里面加了肉桂。欧克走到里屋去，拿出一台电子游戏机，马上就躺在沙发上，沉浸于游戏世界。我们则挑选着合适的衣服。

卡丹的紧身裤和靴子不用换，他又找到了一件短袖上衣，是薇薇的人类朋友落在这儿的，他穿上正好合适，于是他便把自己华丽的紧身上衣换了下来。我从薇薇的衣柜里拿了一条裙子，薇薇穿起来太宽松了，但穿在我身上却正合适。

"我跟希瑟介绍过你们了，"薇薇说，"我待会打个电话给她，问问她能不能带一些生活用品过来。你们可以重新认识她了。欧克会带你们去比萨店的。"

我的小弟弟欧克欢快地笑着，抓起我的手，拉着卡丹和我一起跑下楼梯。薇薇追了上来，塞给我一些钱。"这是你的报酬，布莱恩给的。"

"你为他做了什么？"卡丹问。

"和格里玛·莫格决斗。"我说。

他不可置信地看着我。"他应该要付给你金子才对。"

我们走在人行道上，他的话让我笑了出来。卡丹看起来完全没有不适应的感觉，他自在地吹着口哨，盯着经过我们身边的每一个人看。我屏住呼吸，但他并没有让路人长出和他一样的尾巴，也没有用苹果引诱他们，没有做出一件邪恶的精灵王可能会做的事。

走进比萨店后，欧克点了三个超大号的比萨，上面盖着满满的配料：肉丸拼虾、洋葱土豆、羊奶酪黑橄榄和蘑菇培根。我敢说之前一定没有人允许他一次性点这么多。

当我们提着热气腾腾的打包盒回来时，希瑟和薇薇已经挂好了银闪闪的横幅，上面印着颜色鲜艳的"新婚快乐！"四个大字，横幅下的餐桌上摆着几瓶红酒，还有一个冰淇淋蛋糕，上面零碎地撒着橡胶软糖。

"很高兴认识你，"我朝希瑟走去，给了她一个拥抱，"我总有预感自己会爱上你的。"

"她跟我说了很多你们疯狂的经历。"希瑟说。

薇薇吹响一只吹龙口哨。"来，"她递给我们两个纸王冠，让我们戴在头上。

"太荒谬了。"我抱怨着，还是将自己的戴上了。

卡丹把微波炉的玻璃门当成镜子，调整着头上的王冠，让它歪到一侧。

我朝他翻了个白眼，他笑了一下。看着他的笑容，我的心突然抽搐了，此时此刻，我们欢聚在一起，所有人都平安无事，这是我曾经做梦也不敢奢望的。在这样幸福的时刻里，卡丹甚至流露出一丝害羞的神情，仿佛和我一样不习惯这样的场景。我知道，未来一定还会有很多挑战，但我也知道，我们一定能渡过难关。

薇薇打开装着比萨的盒子，拔出一瓶红酒的酒塞，欧克拿出一块虾肉比萨，大口地吃了起来。

我举起手中的塑料杯。"敬我们的家人。"

"还有空境。"塔琳说着，也举起了杯子。

"还有比萨。"欧克说。

"还有你们的冒险故事。"希瑟说。

"还有全新的开始。"薇薇说。

卡丹笑了，注视着我。"敬无与伦比的谋划。"

敬我们的家人，空境，比萨，冒险故事；敬全新的开始，还有无与伦比的谋划。我必须为此干一杯。

致　谢

如果没有你们的支持、帮助、批评和出谋划策，完成这本书将会是一件无比困难的事。莎拉·里斯·布伦南、利·巴尔杜戈、史蒂夫·别尔曼、卡珊德拉·克莱尔、莫琳·约翰逊、约书亚·路易斯、凯莉·林克和罗宾·沃瑟曼——感谢你们，我的无赖团队！

感谢所有读者，谢谢你们在大街上把我认出来，谢谢你们写信给我，为精灵们画肖像画，还打扮成角色的模样。你们做的所有事情对我而言都意义非凡，不是三言两语可以说清楚的。

无尽的感谢送给小布朗童书出版社，谢谢你们支持我怪异的写作风格。尤其要感谢我了不起的编辑——阿尔文娜·玲，在众多要感激的人中，我还要特别感谢鲁盖亚·达乌德、西耶娜·康科索尔、维多利亚·斯台普顿、比尔·格蕾丝、艾米丽·波尔斯特、娜塔莉·卡瓦纳和瓦莱丽·王。感谢在英国为我们提供帮助的热键图书，尤其是珍·哈瑞斯、艾玛·马修森、罗伊森·奥谢伊以及缇娜·莫瑞斯。

感谢乔安娜·沃尔普，希拉里·佩切奥内，普雅·沙赫巴齐安，乔丹·希尔，阿比盖尔·多诺霍，以及新叶文学社的所有人，在你们的帮助下，困难的事情也变得简单许多。

感谢凯瑟琳·詹宁斯为我提供了美丽且具有启发性的插图。

最后，感谢我的丈夫西奥，是他帮我弄清楚自己到底想说一个什么样的故事；还要感谢我们的儿子塞巴斯蒂安，是他提醒了我，有时候尽情玩耍也是一件重要的事情。